Die Welt nach dem Morgen

liegt in unseren Händen

Die Welt nach dem Morgen

Sechs dystopische Geschichten

Impressum:

© Kerstin Imrek 2025 (Hrsg.) / 1. Auflage
Anschrift: Kerstin Imrek, Mörikeweg 5, 73635 Rudersberg
Verlag: BoD · Books on Demand GmbH, In de Tarpen 42,
22848 Norderstedt, bod@bod.de
Druck: Libri Plureos GmbH, Friedensallee 273, 22763 Hamburg
Korrektorat/Lektorat: Anne Junker (@lektorat_felidea)
Satz und Layout: Kerstin Imrek
Kapitel-Zeichnungen: Kerstin Imrek (Herz aus Metall & Sanctuary),
Christiane Cwikla (Die dunkelste Stunde & Das verbotene Kind),
Rahel Meister @bugsandbrushes (Der Sommer 2036),
G.T. Avem (Terra Ultimo)
Umschlag-Gestaltung: Christiane Cwikla
Quelle Umschlagfotos: www.unsplash.com & eigene Quelle

Kontakt Hrsg.:
E-Mail: KerstinImrek@gmail.com
Website: www.kerstinimrek-autorin.de
Instagram: @kerstinimrek_autorin

Bibliografische Information der Deutschen Nationalbibliothek:
Die Deutsche Nationalbibliothek verzeichnet diese Publikation in
der Deutschen Nationalbibliografie; detaillierte bibliografische
Daten sind im Internet über http://dnb.d-nb.de abrufbar.

ISBN: 978-3-7693-2597-3

Vorwort

Die sechs Geschichten in dieser Anthologie – so unterschiedlich sie auch sind – haben eine gemeinsame Botschaft. Alle bestehenden oder vergangenen Ereignisse haben den Klimawandel mit verschiedenen Auswirkungen zum Hintergrund. Das Thema ist so aktuell wie nie zuvor. Man muss nur die Nachrichten verfolgen. Erschreckend, wie real eine dystopische Zukunft doch geworden ist.

Giftige Luft, die alle Menschen dazu zwingt, sich unter Kuppeln oder der Erde zu verkriechen, Wassermassen, die ganze Städte verschlingen oder unerträgliche Hitze und Kälte – all das findet sich in dieser Anthologie.

Sechs Autor*innen haben spannende Geschichten erschaffen, die zugleich erschreckende und berührende Schicksale schildern und zum Nachdenken anregen. Jetzt lesen und mitreißen lassen!

Und nicht das Nachwort vergessen! Da gibt's interessante Hintergründe zur Entstehung dieser Anthologie.

Content Notes

Tod (einer geliebten Person)

Gewalt gegen Schwächere

Machtmissbrauch

Darstellung von Verletzungen und Blut

Sechs Geschichten.
Sechs Schicksale.
Eine Botschaft.

Die gesetzlose Fey bricht in die Festung SOLARIS ein, um das **Herz aus Metall** zu stehlen – und findet neben dem unfreiwilligen Verbündeten Rin eine erschütternde Wahrheit.

Die Diebin Roxy nutzt **die dunkelste Stunde**, um sich durch die gnadenlose Wüste zu kämpfen – im Gepäck ein mysteriöses Artefakt, das alles verändern kann.

In **Terra Ultimo** trotzt die junge May den brutalen Gesetzen der Zeit und folgt einer mysteriösen Botschaft, die ewige Erlösung verspricht.

Der Sommer 2036 entscheidet über das Schicksal des jungen Sinan, der im diktatorischen München eine Wahl zwischen Liebe und Rebellion treffen muss, während die Welt im Regen ertrinkt.

Eine kleine Gruppe aus Überlebenden sucht in einer zerstörten Welt das sagenumwobene **Sanctuary**, um endlich in Frieden zu leben.

Yara will um jeden Preis **das verbotene Kind** in ihrem Bauch vor dem »System« in Sicherheit bringen und wird gnadenlos gejagt.

Kerstin Imrek

Kerstin Imrek hat ihre Leidenschaft fürs Schreiben bereits im Kindesalter entdeckt. Ihre anfänglichen Kurzgeschichten haben sich über die Jahre zu immer komplexeren Roman-Welten entwickelt. Heute schreibt sie am liebsten Dystopien, Fantasy und Urban Fantasy. Die Geschichten von Kerstin Imrek berühren, schockieren und bleiben im Gedächtnis. Authentische Charaktere und Diversität sind ihr ebenso wichtig wie unangenehme Themen aufzugreifen.

»Ich schreibe heute über das Gestern von morgen.«

Bisher erschienene Bücher im Selfpublishing:

→ UTOPIA – Weiße Sonne (Buch 1)

→ UTOPIA – Die Sonnenstadt (Buch 2)

→ Ungeschriebene Zukunft – Fünf Geschichten aus UTOPIA

Bisher erschienene Geschichten in Anthologien:

»Morgen wach ich in Utopia auf!« in

Herzblutträume – Zwischen Tinte und Magie

(Spendenanthologie im Selfpublishing)

KONTAKT

E-Mail: KerstinImrek@gmail.com

Website: www.kerstinimrek-autorin.de

Instagram: @kerstinimrek_autorin

Herz aus Metall

Kerstin Imrek

Inhalt:

Die Luft auf der Erde ist giftig. Die Menschen leben in metallischen Festungen mit Filtersystemen. Sich jenseits davon aufzuhalten, ist lebensgefährlich, auch wegen der dort hausenden Outlaws.

Fey, ein Outlaw, bricht in die Festung SOLARIS ein. Ihre Mission: Das *Herz* stehlen. Dabei hat sie nicht mit dem unscheinbaren und sensiblen Rin gerechnet. Anfangs feindlich gesinnt stellen Fey und er schnell fest, dass sie mehr verbindet, als ihnen lieb ist. Was haben Rins Träume zu bedeuten, in denen Fey auftaucht und er gefoltert wird? Sind es wirklich nur Träume? Die Grenzen verschwimmen und die Zeit drängt. Denn die Elite der Stadt hat ihre ganz eigenen Pläne.

»Es ist Zeit, unser eigenes Buch zu schreiben!«

Von Metallstädten und Outlaws

Die Luft auf der Erde ist giftig, ein Atmen ohne Maske schon lange nicht mehr möglich.

Die Menschheit hat vor hundert Jahren metallische Festungen unter Kuppeln errichtet und sich darin verschanzt. Der Sauerstoff wird aufwändig mit dampfbetriebenen Apparaten gefiltert. Auch sonst funktioniert alles mit Dampfkraft. Sie stammt vom *Herz* – einer scheinbar unerschöpflichen Energiekugel.

Auf jedem Kontinent der Welt existieren je zwei Metallstädte. SOLARIS und LUNA heißen die Festungen in Europa – benannt nach der Sonne und dem Mond.

Das Leben in den Städten wird von der Regierung kontrolliert. Künstliche Gewächshäuser, Wasserfilteranlagen und synthetisches Fleisch garantieren eine ausreichende Versorgung.

Außerhalb der Festungen leben die Outlaws. In eigens gebauten, fahrbaren Unterkünften ziehen sie durch das Ödland und die Geisterstädte jenseits der Metallfestungen. Sie ernähren sich von selbst hergestellter Trockennahrung und Wasserersatz. Erbitterte Kämpfe um die besten Gebiete stehen auf der Tagesordnung.

1
Fey:
»Wo ist diese Spinne?«

SOLARIS.

Fey hatte die Festung schon einmal aus der Ferne gesehen. Aber noch nie von der Nähe. Geschweige denn von innen. Als Outlaw kam man diesen Metallstädten auch besser nicht zu nah. Sie besaßen Abwehrsysteme, die ein Leben innerhalb eines Atemzugs auslöschen konnten.

Was Fey zugutekam. Die Verteidigung der Stadt rechnete nicht damit, dass jemand so todesmutig war, sich ihr zu nähern. Schon gar nicht zu Fuß. Oder allein. Fey war so unbedeutend, dass sie durchs Raster fiel – für das System unsichtbar. Zumindest wenn es nach ihrer These ging. Sollte sie sich als falsch herausstellen, würde Fey es gleich erfahren.

Dann bin ich tot.

Fey kauerte in ihrem Versteck und beobachtete aufmerksam die Umgebung. Alles lag ruhig und friedlich da. Niemand schöpfte Verdacht. Wieso auch?

Beachtet mich einfach gar nicht. Ich bin eure Aufmerksamkeit gar nicht wert!

Fey atmete tief durch, dann richtete sie sich auf und klopfte den imaginären Dreck aus ihrer Kleidung. Sie mutete futuristisch und nostalgisch zugleich an mit ihren vielen Schnallen und den Metallplatten an Knien und Ellbogen. Ihr Gesicht bedeckte eine Maske, welche die giftige Luft in der Umgebung filterte. Am auffälligsten war ihr Mecha-Arm, den sie entschlossen in ihre Hüfte stemmte. Er ersetzte ab der Schulter ihren rechten Arm, den sie vor fünf Jahren bei einem Revierkampf zwischen Outlaws verloren hatte.

Mit Fey Fawks legte man sich besser nicht an. Das wussten ihre Rivalen inzwischen. Und bald wüssten es auch die Bewohner von SOLARIS.

Mich von der Bergseite an die Festung anschleichen und mir Zugang ins Innere verschaffen. Dann in die Elitezone vordringen, mir das Herz schnappen und wieder raus aus der Stadt.

Der Plan klang simpel und klar. Ein Kinderspiel. Sofern ihn niemand durchkreuzte.

Die Kuppel von SOLARIS, welche die Stadt umschloss, schmiegte sich an ein gewaltiges Bergmassiv. Das kam Fey zugute. Sie verließ ihre Deckung – ein kleiner Felsvorsprung – und spurtete los. Rennen mit der klobigen Filtermaske strengte an. Dazu die Anspannung und ihr Werkzeug, das sie in einer prallgefüllten Bauchtasche bei sich trug – inklusive Iih, ihre Mecha-Spinne. Mit ihren acht Beinchen assistierte sie Fey unter anderem als Werkzeug. Hauptsächlich aber hatte sie den Status als treue Begleiterin inne. Nicht jeder konnte von sich behaupten, eine dampfbetriebene Haustierspinne zu besitzen.

SOLARIS offenbarte zunehmend sein gigantisches Ausmaß. Die metallische Kuppel verbarg die Sicht auf die dahinterliegende Stadt und mutete wie eine umgestülpte Schüssel an.

Wie sie wohl von innen aussieht? Fey konnte es sich lediglich aus Erzählungen zusammenreimen, die allesamt erfunden waren. Kein Outlaw hatte je das Innere einer Festung gesehen.

Ich bin die Erste – sofern ich es da rein schaffe. Fey schüttelte den Kopf, um die Zweifel beiseite zu wischen, und konzentrierte sich auf die vor ihr liegende Aufgabe.

Die erste Herausforderung stellte das Passieren der Schutzhülle der Festung dar. Sie bestand aus robustem Metall. Undurchdringbar.

Ihre linke Hand glitt über das Metall. Ehrfürchtig, fast zärtlich. Die Kuppeloberfläche mutete wie Glas an, so glatt war sie. Beinahe unwirklich – nicht von dieser Welt. Da ging ihr Schweißerherz auf.

Was würde ich dafür geben, von den Erschaffern dieser Kuppel zu lernen.

Fey schüttelte den Kopf und mahnte sich zur Konzentration. Besann sich auf ihre Aufgabe: Den Zugang zur Stadt zu finden. Es musste ihn geben. Niemand baute eine derart riesige Stadt und schloss sich darin ein – ohne Möglichkeit, sie im Notfall verlassen zu können.

Glaubte Fey. Und zweifelte im selben Moment.

Da war nichts. Nichts außer der glatten, makellosen Kuppel. Fey hatte bereits über einen Kilometer zurückgelegt. Wenn ein Zugang existierte, dann hier – auf der besser geschützten Bergseite.

»Das gibt's doch nicht«, fluchte Fey, die allmählich die Geduld verlor. »Wo ist diese verdammte …« Sie lag der Länge nach auf dem steinigen Boden, bevor sie wusste, was geschehen war.

Es knackte gleich mehrmals – in ihrem Mecha-Arm, mit dem sie den Großteil des Sturzes abgefedert hatte. Aber auch in ihrer Filtermaske. Ein gezackter Riss schoss quer über ihr Sichtfeld.

Scheiße!

Fey befürchtete, gleich der giftigen Luft ausgesetzt zu sein. *Das Glas wird bersten und ich qualvoll ersticken. Die Rebellion endet, bevor sie angefangen hat. Weil ich gescheitert bin.*

Ein scharfer Schmerz fuhr durch ihren Stumpf an der Schulter: *Auch das noch!* Vermutlich eine Prellung durch den Stoß. Fey krallte die Finger ihrer linken Hand um die malträtierte Stelle und atmete mit geschlossenen Augen durch.

Krrr!

Das klang nicht gut. Das klang *gar* nicht gut!

Ich sollte schnell ins Innere kommen, bevor die Scheibe springt.

Ein leises Zischen gesellte sich zu dem Knacken. Fey befürchtete schon ein anderes unentdecktes Leck. Bis etwas an ihrem linken Arm herunter krabbelte. Etwas mit acht metallischen Beinen, das sich unbemerkt aus ihrer Bauchtasche befreit hatte.

»Iih!«

Die kleine Dampfspinne seilte sich unbeeindruckt an ihrem Metallfaden zu Boden und wuselte davon.

»Halt, wo willst du hin?« Fey rappelte sich auf und setzte ihr nach. Verfluchte dabei, dass sie vergessen hatte, die Random-Einstellung auszuschalten, die ihrem mechanischen Haustier eine gewisse Lebendigkeit verlieh.

Krrr!

Das Geräusch zwang Fey zur Besinnung. Sie rannte einer Spinne hinterher, statt ihr Problem zu lösen, bevor es zu spät war. Selbst wenn Iih ihr viel bedeutete, bereit dafür zu sterben, war sie keineswegs. Das hätte ihre Schwester nicht gewollt. Auch wenn sie sich dann endlich wiedersehen würden.

Sorry Lia, entschuldigte sich Fey bei ihrer Schwester – der Schöpferin von Iih – und schlug einen Haken, um zurück zur Wand der Kuppel zu gelangen. Einen erschrockenen Aufschrei später lag sie erneut auf der Nase, beziehungsweise ihrer lädierten Maske.

Was ist denn heute los mit mir? Fey taxierte den Fleck neben ihrem Fuß. Etwas ragte wie eine Wurzel nur einen Zentimeter aus der Erde. Nur dass es keine Wurzel war.

Fey rutschte näher heran, um es genauer zu untersuchen. Eine wahnwitzige Hoffnung keimte in ihr auf.

Bitte sei das, was ich glaube, betete sie zu einem Gott, an den sie noch nie geglaubt hatte. *Bitte ...*

Krrr!

Ein weiterer Riss zuckte über Feys Sichtfeld, verzweigte sich zu einem Netz. Zu einem instabilen Netz.

Fuck! Mit beiden Händen schaufelte sie die Erde um die vermeintliche Wurzel beiseite – und stieß einen heiseren Freudenschrei aus.

Eine Luke! Vor ihr befand sich eine runde Metallplatte im Boden. Mit einem Griff, über den sie gestolpert war.

Zweimal!

Fey packte mit beiden Händen zu und rüttelte daran. Die Luke bewegte sich keinen Millimeter. Kein Wunder, denn ein Zahlenschloss schützte sie vor unbefugtem Zugriff. Fey war eine hervorragende Mechanikerin, aber leider keine Türschloss-Knackerin. Dafür jemand oder etwas anderes.

Fey sah sich fahrig um. *Wo ist diese Spinne, wenn ich sie mal brauche?*

Nicht da, so viel war sicher.

Fey erhaschte eine Bewegung aus dem Augenwinkel, streckte die Hand aus, um danach zu greifen. Dann wurde ihr schwarz vor Augen.

2
Rin:
»Träum was Schönes«

Gefesselt.

Er spürte die glatten Riemen um Arme und Beine. Festgezurrt, dass es schmerzte. Selbst der Kopf war fixiert. Eine Schlinge über der Stirn verhinderte die kleinste Bewegung.

Seine Finger verkrampften und er hielt den Atem an, lag mit geschlossenen Augen da. Gleich kamen sie, die Schmerzen. Gruben sich in seinen Kopf, durch sämtliche Nervenbahnen seines Körpers. Bis der nicht mehr standhielt und ihn in eine gnädige Ohnmacht schickte.

Es lief jedes Mal gleich ab.

Sie folterten ihn. Und wenn er wieder zu sich kam, entfernten sie die Elektroden, die nahezu jeden Zentimeter seines nackten Körpers bedeckten und diese grässlichen Impulse in ihn jagten.

Sie – das waren Männer in weißen Kitteln. Mit OP-Masken. Sie trugen verspiegelte Spezialbrillen. Er wusste nicht, wie sie aussahen. Wie ihre Stimmen klangen. Niemand sprach ein Wort. Niemals. Niemand erklärte, wieso sie ihm das antaten.

Ihm blieb nur, die Augen zu schließen und zu hoffen, dass es schnell vorbei sein würde. Er biss sich auf die Lippen – versuchte, nicht zu schreien. Manchmal klappte es. Manchmal nicht.

Heute nicht.

Rin erwachte von seinem eigenen Schrei. Er brannte in seiner Kehle, nahm ihm den Atem. Sein Herz raste und kalter Schweiß rann ihm die Schläfen hinunter, sickerte in sein schwarzes, lockiges Haar und ließ sein Shirt wie eine zweite Haut an ihm kleben.

Rin richtete sich auf, rieb sich abwechselnd die Handgelenke. Er spürte die Riemen darum. Wie sie in seine Haut schnitten. Dabei konnte er sie nicht wirklich spüren. Es war wie dieser Phantomschmerz, der seinen Körper wie ein Netz umspannte.

Jedes Mal nach diesem Albtraum.

Rin war froh, dass es heute vorbei gewesen war, bevor die Männer ihm wieder die Elektroden entfernt hätten. Bittere Galle schwappte ihm in den Mund, wenn er an ihre Finger dachte, die ungeniert über seinen zitternden schmächtigen Körper glitten. Wieso zogen sie die Elektroden nicht ab, während er bewusstlos war? Um ihn zu demütigen? Oder erfüllten sie in seinem Delirium noch einen bestimmten Zweck? Wie diese gesamte grässliche Prozedur?

Rin wollte nicht über die Hintergründe sinnieren. Hauptsächlich, weil es nur ein Traum war. Wenn auch ein verdammt realistischer. Der sich wiederholte.

Nacht für Nacht.

Ihm den Schlaf raubte und dafür sorgte, dass er den halben Tag brauchte, um in der realen Welt anzukommen. In einer Welt, in der die Atemluft giftig und er unter dieser Kuppel eingesperrt war.

Rins Alltag bestand darin, die Stadtbibliothek zu verwalten. Für ihn nicht nur ein ihm zugewiesener Beruf, sondern eine Beruf*ung*. Er hatte sich voll und ganz den Büchern verschrieben. Schon seit er denken konnte. Das Gerücht, dass er jedes Buch in dieser Bibliothek mindestens einmal gelesen hatte, hielt sich hartnäckig in seinem Bekanntenkreis.

Richtige Freunde besaß Rin dagegen nicht. Die Bücher waren seine Freunde. Und sie blieben ihm treu. Seine Exfreundin hätte sich ein Beispiel an ihnen nehmen sollen. Sie hatte Rin mit seinem damals einzigen *Freund* betrogen. Ihm das Herz gebrochen und dafür gesorgt, dass er der menschlichen Verbindung abgeschworen hatte. Weil sie unglücklich machte.

Bücher enttäuschten Rin nicht. Sie lieferten zuverlässig ihre Informationen oder unterhielten ihn. Und nervten nicht mit Fragen.

Woher diese Albträume kamen.

Warum er nicht zum Seelenklempner ging, weil das ja nicht normal war, jede Nacht schreiend aufzuwachen.

Wieso eine kitschige Spieluhr neben seinem Bett stand, die eine altertümliche Musik abspielte, wenn man sie aufzog.

Rin lauschte ihren Klängen. Jede Nacht. Nach dem Albtraum. Sie beruhigten ihn. Halfen ihm, wieder in den Schlaf zu finden.

So auch heute. Rin lag mit geschlossenen Augen da und konzentrierte sich darauf. Die Melodie erinnerte an ein altes Kinderlied. Den Text kannte Rin nicht. Niemand kannte ihn. Dieses Artefakt gehörte in eine andere Welt – die *Alte Welt.*

Die untergegangene Welt.

Die Welt jenseits von SOLARIS machte Rin Angst. Er hatte genug darüber gelesen, wie es da draußen aussah. Und er hegte nicht das geringste Bedürfnis, sie kennenzulernen.

Die Frau mit den rehbraunen Augen dagegen schon. Wenn er nicht gerade davon träumte, gefoltert zu werden, besuchte sie ihn regelmäßig im Schlaf. Sie stand vor ihm und streckte ihren mechanischen Arm nach ihm aus. Weil sie ihn retten wollte? Rin wusste es nicht, aber es war eine schöne Vorstellung.

Die Spieluhr verstummte. Rin öffnete ein Auge und drehte den Kopf, betrachtete die kleine Porzellanfigur in Form eines tanzenden Mädchens auf seinem Nachttisch. Das Mondlicht warf einen bläulichen Schimmer auf ihre Haut, ließ sie beinahe lebendig wirken.

Ein trauriges Lächeln schlich sich auf Rins Lippen.

»Gute Nacht, Lia«, murmelte er. »Träum was Schönes.«

3
Fey:
»Willkommen in SOLARIS«

»Bist du okay?«

Die Stimme hallte dumpf in Feys Kopf. Sie klang unendlich weit weg. Wie aus einer anderen Zeit. So fremd und gleichzeitig vertraut, dass eine wohlige Wärme durch ihren Körper strömte.

Fey genoss den Kokon, der um ihren Verstand lag. Sie hatte es nicht eilig, sich von ihm zu befreien.

Die Stimme offenbar schon.

»Hey, kannst du mich hören?«

Etwas begann an ihr zu zerren, berührte ihre Schultern und Wangen. Hinterließ ein Prickeln auf Feys Haut. Und eine Sekunde später ein Brennen, als sie eine Ohrfeige traf.

»Autsch!« Fey fuhr ruckartig hoch, riss dabei ihre Augen auf. Und starrte in das verschreckte Gesicht eines jungen Mannes, der neben ihr kniete, die Hand noch vom Schlag erhoben.

»Spinnst du?«, blaffte Fey ihn an, rieb sich die brennende Wange. »Das tut weh!«

Der Mann rutschte mit zwei erhobenen Händen aus ihrem Radius. Sicher war sicher. »Geht ... geht es dir gut?«

27

»Du redest mit mir, oder? Dann kanns nicht so schlimm sein.«

»Du warst bewusstlos. Lagst hier in der Gasse beim Notausgang. Mit gesprungenem Visier.«

Die Worte lösten eine wahre Kettenreaktion in Feys Kopf aus.

Bewusstlos. Notausgang. Gesprungenes Visier.

Meine Maske! Ihre Finger tasteten nach ihrem Gesicht, in dem jeglicher Schutz fehlte. *Wie konnte mir das entgehen?* Auch der Mann vor ihr trug keine Maske. Die schwarzen Locken fielen ihm in die Stirn, kaschierten nur dürftig seine leicht abstehenden Ohren. Etwas Unsicheres, beinahe Kindliches lag in seinen grünen Augen.

»Bin ich etwa ...«

»... in der Stadt, ja«, ergänzte der Mann, ein unbeholfenes Lächeln in den Mundwinkeln. »Du bist wohl fremd hier.«

Das war eindeutig keine Frage, dennoch nickte Fey. Und bereute es im selben Moment. Sie war schließlich ein Eindringling. Und Eindringlinge – Outlaws – behandelte man garantiert nicht nett. Außer man wollte Zeit schinden, bis jemand käme, um sie festzunehmen!

Fey sprang auf, sah sich gehetzt um. Unzählige Straßen und Gassen zogen sich wie ein Spinnennetz zwischen bronzefarbenen Metallwänden, die sich zu allen Seiten in die Höhe erstreckten. Bis zur Kuppel, die sich wie ein künstlicher Himmel über das Szenario spannte.

Verdammt, sieht aus wie in einem Labyrinth!

Es *war* ein Labyrinth!

28

SOLARIS.

Ich bin in der Festung. Aber wie ...?

Fey unterbrach sich selbst. Ihr blieb keine Zeit über das Wie und Warum zu sinnieren. Den Triumph darüber, in die Stadt gelangt zu sein, verschob sie ebenfalls.

»Nicht weglaufen!«, rief der Mann, als sie zum Sprint ansetzte. Aufrichtige Sorge lag in seiner Stimme. Doch das konnte alles zum Spiel gehören.

Fey verschränkte die Arme vor der Brust und hob eine Augenbraue. »Ach, und wieso? Weil es anstrengender ist, mich einzufangen?«

Er schüttelte den Kopf. »Nein, weil du denen dann direkt in die Arme läufst. Du fällst hier ein bisschen auf.« Er rahmte mit einer Geste Feys Aussehen ein und zeigte dann auf sich selbst. »Alle hier tragen diese bronzenen Roben. Und keiner hat einen mechanischen Arm.«

»Was dir alles auffällt«, gab Fey gehässig zurück. »Aber entschuldige mich jetzt, ich will nicht warten, bis die Kerle da sind, die du gerufen hast.«

Der Mann blinzelte sie unschuldig an. »Ich habe niemanden gerufen. Ansonsten wären sie schon längst da. Weißt du, warum ich es nicht getan habe?«

Fey hörte nur mit halbem Ohr zu. Ihr Blick hastete von links nach rechts, dabei drehte sie sich um ihre eigene Achse. *Wohin? Wohin soll ich fliehen?*

»Wenn du jetzt abhaust, kann ich dir nicht mehr helfen«, machte der Mann ihr klar.

Fey fuhr zu ihm herum. Er kauerte noch immer auf dem Boden, sah zu ihr auf. Strahlte diese erschreckend vertraut Wärme aus, die sie zutiefst verwirrte und verunsicherte. Jede Sekunde ein wenig mehr.

»Warum solltest du mir helfen? Ich gehöre ganz offensichtlich nicht zu euch«, konterte sie. Ihre Stimme klang nur halb so sicher und patzig wie eben noch.

»Es hört sich vielleicht komisch an, aber ich träume von dir. Das muss etwas bedeuten.«

Sie starrte ihn für einen kurzen Moment an. *Ist das sein Ernst?*

Nur mühsam unterdrückte Fey ein gehässiges Lachen. Was war das für eine miese Schmierennummer? Sie setzte zu einer wenig schmeichelhaften Antwort an, als sie eine blecherne Stimme inklusive Surren vernahm.

»Protokoll zwölf aktiviert: verdächtige Aktivität an der Luke. Prüfung auf Fehlalarm eingeleitet.«

»Schnell!« Der Mann sprang nun ebenfalls auf und griff nach Feys linker Hand. »Die Bots sind gleich da. Ich weiß, wo du dich verstecken kannst!« Er tauchte mit seinem Blick tief in den von Fey – als wolle er sie hypnotisieren. »Vertrau mir!«

Fey unterdrückte den Reflex, seinen Griff abzuschütteln und kopflos davonzurennen. *Ich kann ihm vertrauen!*

Keine Ahnung, woher die plötzliche Gewissheit kam. Jeder konnte sagen, dass er von einem träumte. Das hieß gar nichts. Und doch strömte ein Gefühl von Sicherheit durch Feys Körper. Von den Haarwurzeln bis zu den Zehenspitzen.

Ein steifes Nicken ihrerseits genügte dem Mann, um seine Worte in die Tat umzusetzen. Er hob Feys kaputte Maske auf und spurtete los, zog sie wie eine Puppe hinter sich her.

»Ich bin übrigens Rin«, stellte er sich vor, während er sie durch unzählige verwinkelte Gassen zerrte und schließlich vor einer Metalltür zum Stehen kam. »Willkommen in SOLARIS.«

4
Rin:
»Ladys first«

Rin griff in den Kragen seiner Robe und zog eine Kette heraus, die er um den Hals trug. Daran baumelten zwei aufwändig verzierte Schlüssel. Mit einem davon entriegelte er die Tür und schob Fey ins Innere.

»Fühl dich wie daheim.«

Rin hasste sich für den dämlichen Spruch, noch bevor er ihn beendet hatte. Diese Frau machte ihn nervös – auf mehreren Ebenen.

Sie ist ein Outlaw und hier eingebrochen. Und ich helfe ihr, sich zu verstecken. Bin ich eigentlich wahnsinnig? Das ist Hochverrat!

Ein heißkalter Schauer durchfuhr Rin. Jetzt war es zu spät, einen Rückzieher zu machen. Jetzt galt es, das Beste daraus zu machen und darauf zu hoffen, nicht erwischt zu werden.

Aber was soll ich machen? Wie geht es jetzt weiter?

Rin hatte keinen blassen Schimmer. Sein ganzes Leben war er den Richtlinien gefolgt, hatte nie etwas in Frage gestellt oder eigene Entscheidungen getroffen. Stets war alles vorherbestimmt. Was er lernte, welchen Beruf er ausübte, wo er wohnte. Nie wollte jemand wissen, was er gern hätte. Und das war okay. Es lebte sich leichter, ohne sich Sorgen um die Zukunft machen zu müssen. Sobald er aus diesem Muster ausbräche, ginge es schief. Was die Misere mit seiner Exfreundin eindrucksvoll bewies.

Je weniger Überraschungen, desto besser.

Leider biss sich das mit der Rettungsaktion dieser Frau. Doch er konnte nicht anders. *Das ist sie, da bin ich sicher. Das muss etwas bedeuten.*

Ja, Ärger, meldete sich Rins innere Stimme abfällig. *Was will sie hier? Sicher nicht um Asyl bitten.*

»Ich komme jeden Tag an der Gasse vorbei und habe dich da mit der kaputten Filtermaske liegen sehen«, begann er ungefragt zu erzählen und beobachtete die Frau, wie sie seine kleine, unscheinbare Einzimmerwohnung in Augenschein nahm. Besonders lang blieb ihr Blick am Bett in der Ecke hängen.

»Du willst dich sicher etwas von den Strapazen erholen«, vermutete Rin. »Leg dich ruhig hin. Wir können auch später reden.«

Sie schüttelte stumm den Kopf. Ein paar braune Strähnen lösten sich aus ihrem lockeren Dutt und fielen ihr in Augen und Stirn. Was sie scheinbar nervte, denn sie strich sich die Haare mit dem Mecha-Arm hinter ihr linkes Ohr. Er quietschte ungesund dabei, worauf sie gequält das Gesicht verzog.

»Bist du verletzt?«

Schon wieder ein Spruch, für den sich Rin hätte ohrfeigen können. Es war doch offensichtlich! Er legte die ausgediente Filtermaske auf den Tresen der Kochnische und trat zu ihr.

»Ich hätte Verbandszeug da ... oder willst du lieber einen Werkzeugkasten? Ich bin aber leider weder Sanitäter noch Mechaniker.«

Halt einfach die Klappe! Du machst dich lächerlich! Kein Wunder, dass du betrogen wurdest! Du BIST lächerlich!

Die Frau formte ihre geschwungenen Lippen zu einem zaghaften Lächeln. Kein Spott lag darin. Höchstens Schmerzen, die der Arm ihr offensichtlich bescherte. »Werkzeug hab ich selbst. Bring trotzdem mal alles, was du so hast. Vor allem Ersatzteile. Ich schau, ob es noch was zu retten gibt.«

Fasziniert beobachtete Rin, wie die Frau die von ihm dargereichten Utensilien nutzte und den Esstisch in eine Werkbank umfunktionierte. Vor allem mit dem Schraubenzieher wusste sie umzugehen. Es zischte und knackte mehrmals in ihrem Mecha-Arm, was wohl dazugehörte. Zumindest fluchte sie nicht.

»Ich brauche ein paar Ersatzteile«, verkündete sie nach ihrer Reparatur und legte den Schraubenzieher beiseite, beugte und streckte ihren Arm zum Test ein paar Mal. »Beim Sturz hab ich wohl ein bisschen was verloren und in deiner Kiste ist nicht wirklich was Brauchbares.«

»Schreib mir alles auf, ich besorg sie dir«, versprach Rin.

»Danke.« Sie lächelte wieder dieses Lächeln, bei dem Rin ganz warm ums Herz wurde. »Ich bin übrigens Fey. Du hast nicht zufällig irgendwo eine Spinne rumwuseln sehen?«

»Spinne?« Alle Haare stellten sich auf Rins Armen auf. Er hasste Spinnen – hatte eine regelrechte Phobie vor ihnen.

»Keine echte«, beruhigte Fey leicht belustigt. »Sie ist mein mechanisches Haustier. Ich hänge ein wenig daran. Meine Schwester hat sie mir geschenkt ...«

Fey brach ab, zu schmerzlich schien die Erinnerung zu sein, die der Satz in ihr hervorrief. Ihr Lächeln wich einem traurigen, verlorenen Ausdruck.

»Tut mir leid«, bekundete Rin sein Mitgefühl. Für ihren Verlust – und dass er mit der Spinne nicht hilfreich war. Mehrere Fragen brannten in seiner Kehle, doch er hatte Angst, dass er Fey damit in die Flucht schlüge. In der Stadt wäre sie verloren und der Gedanke daran, dass sie von Bots aufgegriffen und verhaftet oder gleich getötet würde, machte ihm Angst.

Sie gehörte zu den Outlaws – und war laut der Elite, die diese Stadt führte, vogelfrei. Was hieß, dass es niemand scherte, wenn sie von jemandem umgebracht würde.

Doch wieso ist sie hier? Und wie hat sie es geschafft, durch die Luke zu kommen? Das ist so gut wie unmöglich!

Noch viel wichtiger aber war: *Was will sie hier? Und warum träume ich von ihr? Und bedeuten die Folterträume vielleicht auch etwas?*

»Du hast sicher viele Fragen.« Fey räumte ihr Werkzeug zurück in ihre kleine Bauchtasche. Gedankenlesen können musste sie für diese Erkenntnis nicht. »Aber ich habe auch ein paar.«

Rin deutete eine Verbeugung an. »Ladys first.«

5
Fey:
»Mehr nicht?«

Rin ist echt ein netter Kerl. Gar nicht so, wie Sit und die anderen aus der Truppe immer behaupten.

»Die Stadtbewohner werden dir feindlich gesinnt sein. Geh ihnen aus dem Weg und vertraue niemandem. Das sind alles falsche Schlangen, die deinen Tod wollen.«

Die Worte von Sit, dem engsten Vertrauten ihrer Sippe, hallten wie ein Echo in Feys Ohren. Sämtliche Alarmglocken hatten geschrillt, als sie sich Rin in der Gasse gegenüber gesehen hatte. Doch entweder der Kerl war ein verdammt guter Schauspieler, oder er war anders. Vielleicht war er auch einfach nur verrückt?

Das ist er definitiv, schließlich träumt er von mir, ohne mich zu kennen. Und er hat mich nicht verraten!

Fey musterte den viel zu höflichen jungen Stadtbewohner vor sich intensiv. Er verharrte noch immer in seiner Verbeugung, die keinesfalls abwertend wirken sollte, und erwartete ihre Fragen.

»Was willst du wissen?«, hakte er nach, als Fey nicht reagierte – ihn nur dümmlich anstarrte.

»Warum hilfst du mir?«, platzte es plötzlich aus ihr heraus. »Wieso lieferst du mich nicht aus und sicherst dir Lob und Anerkennung?«

Rin schien enttäuscht über die Frage zu sein. »Ich habe dir doch erklärt, warum ich dir helfe. Ich träume von dir, seit ... eigentlich schon immer. Aber auch, wenn ich das nicht würde, hätte ich dich nicht verraten.«

»Impft man euch den Hass auf uns nicht ein?«

»Doch, und zugegeben hatte ich auch erst ein wenig Angst vor dir. Aber du bist anders.«

Fey hob die Augenbrauen. »Ach? Weil ich in deinen Träumen bin?«

»Auch ... aber nicht nur.«

»Wie meinst du das?«

Fey merkte, dass Rin das Gespräch unangenehm war. Er trat zur Kochnische und tat beschäftigt, drehte ihr den Rücken zu. »Na ja, du siehst gar nicht so ... böse aus. Oder wie eine Wilde.«

»Ach, so seht ihr uns Outlaws? Als Wilde?«

»Ich hab nicht gesagt, dass ich das tue«, verteidigte sich Rin. »Und ihr scheint übrigens auch kein gutes Bild von den Stadtbewohnern zu haben.«

Die Bemerkung ließ Fey unkommentiert. Rin kannte die Antwort darauf selbst. »Was träumst du eigentlich genau von mir?«, fragte sie stattdessen.

»Nicht viel. Du streckst deinen Mecha-Arm nach mir aus.«

»Mehr nicht?«

»Mehr nicht.«

Feys Lippen kräuselten sich. »Dafür hab ich ja echt einen bleibenden Eindruck hinterlassen.«

»Scheint so«, nuschelte Rin.

Ist ihm das etwa peinlich? Wie putzig!

»Du wolltest mich auch was fragen«, griff sie das ins Stocken geratene Gespräch wieder auf. »Du willst sicher wissen, wie ich hier reingekommen bin und was ich will.«

»Äh, genau ...« Rin drehte sich endlich zu ihr um. Eine zarte Röte lag auf seinen Wangen. Seine Hände umklammerten ein dickes Buch mit schwarzem Ledereinband, als hinge sein Leben davon ab.

»Wie ich hier reingekommen bin, weiß ich selbst nicht so genau. Ich hatte eine Art ... Blackout. Seitdem vermisse ich auch Iih, meine Spinne. Und warum ich hier bin ...«

Fey geriet ins Stocken. Es war nie vorgesehen, dass sie in Kontakt mit einem Stadtbewohner trat. Ihm vom geplanten Diebstahl des *Herzens* zu erzählen, war in jeder Hinsicht eine schlechte Idee. Schließlich diente es der Stadt als wichtige Energiequelle. Rin würde ihr kaum helfen, zum *Herz* zu gelangen.

Fey biss sich auf die Lippen, fixierte ihren Mecha-Arm – und stellte erleichtert fest, dass ein Zahnrad am Ellbogen schief hing.

Das schindet Zeit.

Zeit, um sich eine verdammt gute Geschichte zu überlegen.

6
Rin:
»Wie bei Romeo und Julia«

Rin umklammerte noch immer das Buch. Beobachtete dabei, wie Fey an ihrem Arm herumbastelte. Sein Magen verkrampfte sich zu einem harten Knoten.

Ich hätte es wissen müssen! Sie hat nichts Gutes im Sinn. Ich sollte mich nicht von ihrer Art täuschen lassen. Vielleicht will sie sich nur mein Vertrauen erschleichen und mich dann ausnutzen, um ihr Ziel zu erreichen.

Rin schalt sich selbst, wie er so dumm sein konnte, auch nur einen Moment zu glauben, dass Fey anders war. Wenn sein Traum auch nicht außer Acht gelassen werden durfte. Im Endeffekt war es aber eben nur ein Traum, der nichts bedeutete. Wie der Albtraum, in dem er gefoltert wurde.

So war es doch, oder?

Rin schüttelte den Gedanken ab, bevor er ihn gefangen nehmen konnte und Fragen aufwarf, die er nicht zu stellen wagte.

Geduldig wartete er, bis Fey ihren Arm ausgebessert und den Schraubenzieher wieder in ihrer Bauchtasche verstaut hatte.

»Ich will die Stadt sehen.« Sie hob den Kopf und stellte sich Rins Blick, begleitet von einem leicht verunglückten Lächeln. »Ich weiß, das klingt total bescheuert, aber ich habe das Leben da draußen satt. Die ständigen Kämpfe um ... na eben alles. Was glaubst du, wobei ich meinen Arm und meine Schwester verloren habe? Ich wollte da weg.« Sie holte tief Luft. »Außerdem ist mein Clan hinter mir her.«

»Wieso?«

»Weil ich mich in einen Kerl aus einer verfeindeten Truppe verliebt habe. Jetzt ist Krieg angesagt.«

»Wie bei Romeo und Julia.« Rin hätte sich zu gern die Zunge abgebissen. Am besten noch vor dieser dämlichen Bemerkung. »Tut mir leid«, sagte er reumütig.

»Ach, schon gut. Ich mag Romeo und Julia.« Fey fixierte den Wälzer in Rins Armen. »Um was geht's in dem Buch?«

»Um ein ungleiches Paar. Sie lebt in der Metallfestung, er ist ein Outlaw.«

»Lustig, bei uns ist es andersrum ... und ohne das Liebeszeugs.«

»Hm, stimmt.« Rin lockerte den Griff um das Buch, strich behutsam über den Ledereinband – den darauf geprägten Titel und die Zierornamente darunter. Sie bildeten ein aufwändiges Herz.

»Herz aus Metall«, las Fey. »Ist das dein Lieblingsbuch?«

»Ja.«

»Hat es ein Happy End?«

»Das Buch erzählt von ihrem Kampf, zusammenzubleiben. Am Ende verlieren sie ihn.«

»Wie traurig.«

»Und realistisch«, ergänzte Rin. »Wo Liebe im Spiel ist, gibt es eben kein *und sie lebten glücklich und zufrieden bis an ihr Lebensende.*«

Rin mochte das Buch vor allem wegen des Endes. Es gab nicht allzu viele Geschichten ohne Happy End. Weil die Menschen danach verlangten. Weil es in der Realität selten eines gab und sie sich zumindest in der Fantasie eine heile Welt herbeisehnten.

»Du glaubst wohl nicht an die Liebe.« Fey klang aufrichtig traurig. »Tut mir leid, dass du verletzt wurdest.«

»Du kannst ja nichts dafür.« Er raffte sich zu einem traurigen Lächeln auf. »Ich verwalte die Stadtbibliothek und habe das Buch vor der Vernichtung gerettet. Literatur, die Liebschaften mit Outlaws behandelt, ist unerwünscht.«

Rin ließ offen, was er darüber dachte. Er hatte Fey ohnehin schon viel zu viel erzählt. Und wieso misstraute er ihr nach ihrer laschen Romeo-und-Julia-Nummer eigentlich nicht? Glaubte sie im Ernst, dass er ihr die Geschichte abnahm?

Zumindest Rins Herz war bereit, sich darauf einzulassen. Um sein Seelenheil zu wahren. Und um weiter an das Gute im Menschen zu glauben.

»Wie schade.« Mehr sagte Fey nicht dazu. Ihre Aufmerksamkeit galt noch immer dem Buch. »Liest du mir was vor?«

»Welche Stelle?«

»Deine liebste.«

»Okay.« Rin nahm gegenüber von Fey am Esstisch Platz, legte das Buch auf den Tisch und blätterte konzentriert und behutsam durch die Seiten. Dabei hätte er das gar nicht tun müssen. Er wusste, wo jeder einzelne Satz stand und was in welcher Szene geschah – fotografisches Gedächtnis sei Dank. Ein Buch einmal zu lesen genügte ihm, um sich dessen Inhalt merken zu können. Für immer. Trotzdem las er dieses Buch gern.

Rin spürte Feys Blick auf sich kleben. Hitze schoss ihm in die Wangen und in seinem Magen kribbelte es. Sie schien jede seiner Bewegungen einzufangen und in sich aufzusaugen.

»Was würde eigentlich passieren, wenn jemand wüsste, dass du das Buch hast?«

Nervöses Flattern löste das Kribbeln in Rins Magen ab. *Ich hätte ihr nicht sagen sollen, dass ich es gar nicht besitzen dürfte.*

»Vermutlich bekäme ich eine Verwarnung. Und das Buch würde verbrannt werden.«

»Nur eine Verwarnung?«, wunderte sich Fey.

Rin wusste, dass eine Verwarnung keinesfalls ausreichte. Auch nicht, welche Strafe er wirklich für dieses Vergehen bekäme. Im schlimmsten Fall Verbannung. Das traute er der Elite durchaus zu.

»Soll ich jetzt was vorlesen oder nicht?«, gab er ruppiger als geplant zurück.

Fey nickte nur. Sie dachte sich mit Sicherheit ihren Teil. Rin kümmerte sich nicht darum. Er hatte endlich eine Stelle gefunden, die Fey mit Garantie gefiel.

»Schön, aber auch traurig«, bekundete Fey, die die ganzen Minuten über still dagesessen und Rin gelauscht hatte. »Vor allem, wenn man weiß, dass sie nie miteinander glücklich sein werden.«

Dem hatte Rin nichts hinzuzufügen. Liebevoll schlug er das Buch zu, strich seufzend über den Einband. Das Buch weckte Emotionen, die er besser ganz tief in seinem Inneren vergrub.

»Zeigst du mir jetzt die Stadt? Vielleicht finde ich dabei auch Iih wieder.«

Feys unvermittelte Frage riss ihn aus seiner Lethargie.

»Wenn du magst. Aber so«, er rahmte mit einer Geste ihr Äußeres ein, »ganz bestimmt nicht. Schon gar nicht mit dem Mecha-Arm. Du brauchst ein Upgrade.«

Ein abenteuerliches Funkeln schlich sich in Feys Augen. »Dann leg mal los!«

7
Fey:
»Ein wandelndes Lexikon«

Ist das sein Ernst?

Fey brachte ihren Missmut mit einer verzogenen Miene zum Ausdruck. Sie stand vor dem Spiegel von Rins Kleiderschrank in der Ecke. Eine bronzene Robe wie die von Rin verhüllte ihren Körper. Genau genommen war das auch seine Robe, zumindest eine von den fünf, die er besaß. Die jeder Bürger von der Elite gestellt bekam, wie Rin erklärte.

»Ist etwas eng«, bemängelte Fey und versuchte, den melierten Stoff, der über ihre Brüste spannte, ein wenig zu dehnen. Er knirschte ungesund.

»Tut mir leid«, entschuldigte sich Rin mit einem unbeholfenen Grinsen. »Aber ich habe leider keine Damenrobe da, die *das da oben*«, er gestikulierte auf ihre Oberweite, »berücksichtigt.«

»So groß ist mein Busen jetzt auch wieder nicht«, fand Fey und griff sich ungeniert an jene Stelle. »Warum bist du auch so dürr?« *Und ist er gerade rot geworden?*

Tatsächlich! Ein zartes Rosa überzog Rins Wangen. Es war ihm scheinbar unangenehm, darüber zu reden. *Ist ja irgendwie süß, wie verklemmt er ist.* Feys Lippen kräuselten sich zu einem belustigten Grinsen.

»Zumindest die Ärmel sind schön weit, da fällt mein Mecha-Arm nicht auf«, wechselte sie das Thema. »Ich brauch nur noch Handschuhe.«

»So was besitzen wir hier in der Stadt nicht. Hier drin haben wir ja praktisch keine Jahreszeiten.«

»Draußen gibt's die auch nicht mehr«, erinnerte Fey. »Globale Erwärmung und so. Du weißt schon. Sommer nonstop.«

»Hm, ich habe eine andere Idee!« Rin kniete neben den Nachttisch am Bett und zog die untere Schublade auf, wühlte darin herum. Mit einem »Ah, da ist es« zog er einen kleinen roten Kasten hervor, auf dem ein weißes Kreuz prangte.

»Ich verstehe«, nahm Fey ihm die Erklärung ab und streckte Rin ihren Mecha-Arm entgegen. »Dann verarzte mich mal, Herr Doktor.«

»Verhalte dich ganz unauffällig. Und bleib bei mir. Sonst verirrst du dich und fällst früher oder später Bots in die Hände beziehungsweise Greifarme.«

Rins Instruktionen vor der Wohnungstür machten Fey nicht gerade Mut. Und er sprach nur von der Führung durch die Stadt. Er hatte keine Ahnung, was Fey wirklich vorhatte.

»Und ich kann dir jetzt schon verraten, dass du enttäuscht sein wirst. Die Stadt ist nicht so spektakulär. Eigentlich gibt es nur riesige metallische Wolkenkratzer, die alle gleich aussehen. Dazu künstliche Vegetation.«

»Und eine Elitezone«, ergänzte Fey unbedacht.

Rin reagierte prompt darauf. Irritiert zogen sich seine Augenbrauen zusammen. »Woher weißt du von der Elitezone, wenn du noch nie in der Stadt warst?«

»Na ja, es ist ein Mythos bei uns Outlaws. Aber es wäre nur logisch. Die wichtigen Leute wollen immer extra für sich sein, oder nicht?«

Die Erklärung war nicht einmal gelogen. Auch wenn es nicht klug war, so offenes Interesse daran zu bekunden. Andererseits ...

»Und deshalb sollten wir einen großen Bogen darum machen!« Rin griff nach der Türklinke. »Es gibt etwas viel Tolleres, das ich dir zeigen will.«

Feys Neugier war geweckt. »Was denn?«

»Lass dich überraschen!«

Die Stadtbibliothek.

Fey hätte es sich denken können. Nach einem Wirrwarr aus engen Gassen, die alle gleich aussahen und wie von Rin beschrieben nicht sonderlich spektakulär anmuteten, erreichten sie einen langgezogenen Gebäudekomplex. Über dessen breiten Schwenktüren prangte das Wort »Bibliotheca« – geprägt auf ein aufgeschlagenes, bronzenes Buch.

Niemand hatte sie auf ihrem Weg hierher beachtet. Auch jetzt, da sie stehenblieben, eilten die Leute geschäftig an ihnen vorbei. Sie wirkten in der Einheitskleidung wie Klone, verschmolzen zu einer gesichtslosen Einheit.

Rins zweiter Schlüssel kam zum Einsatz, mit dem er die Schwingtür entriegelte und Fey ins Innere führte. Sie befanden sich sofort im Herzen der Bibliothek. Das Zentrum bildete ein penibel aufgeräumter Schreibtisch – umgeben von tausenden Büchern, die sich in einem Ring über Dutzende Etagen in eine schwindelerregende Höhe schraubten.

»Mein Arbeitsplatz«, verkündete Rin. Stolz schwang in seiner Stimme und in seinen Augen lag ein euphorischer Glanz. »Wer hierherkommt, um ein bestimmtes Werk zu suchen oder zu erfahren, aus welcher Geschichte gewisse Zeilen stammen, der bekommt eine Antwort von mir. Immer. Ich weiß, wo jedes einzelne Buch steht. Was *darin* steht.«

»Ein wandelndes Lexikon, sehr beeindruckend«, bekundete Fey und betrachtete die Fülle an Wissen, das sich bis unter die Decke stapelte und sie durchaus beeindruckte. Zeitgleich überlegte sie, wie sie es für ihre Mission nutzen konnte.

Ich muss ihn weiter über diese Elitezone ausquetschen. Unauffällig natürlich.

»Sind hier noch von der Elite unentdeckte Geschichten über Outlaws?«

»Nein.«

»Du bist dir sehr sicher.«

»Ich sagte doch, ich kenne jedes Buch.«

»Und wenn jemand eins reinschmuggelt?«

»Wieso sollte das jemand tun?«

»Weiß nicht.« Fey hob die Schultern. »Ein stummer Protest?«

»Und ein nutzloser«, konterte Rin. »Ich würde es früher oder später entdecken und aussortieren.«

»Oder einfach behalten. Was glaubst du passiert, wenn das jemand herausfindet?«

»Niemand weiß davon.«

»Niemand – außer ich.« Ein verstohlenes Grinsen zuckte über ihre Lippen. »Zumindest *noch*.«

Der panische Ausdruck in Rins Augen brannte sich in Feys Gedächtnis ein und erinnerte sie daran, dass sie ihn in der Hand hatte. Dass sie ihn an die Elite verraten könnte. Jetzt sofort. Es sei denn, er tat ihr einen kleinen Gefallen.

8

Rin:
»Ich wusste es!«

Ich wusste es! Dieses Miststück hat mich nur ausgenutzt. Hat auf den richtigen Moment gewartet, um mich dann feige zu erpressen. Rins Magen verkrampfte erneut und er schmeckte Galle in seiner Kehle.

»Also doch!«, stieß er wütend hervor. »Ich dachte, du bist anders. Dieser Schwachsinn mit Romeo und Julia und diese Stadtführung ... Wie konnte ich nur so dumm sein? Du hast anderes im Sinn, nicht wahr? Aber vergiss nicht, dass du ein Outlaw bist. Das werden sie erkennen und dann ist es vorbei.«

»Und du wirst als Verräter gleich mitbestraft. Man wird das Buch und meine kaputte Filtermaske in deiner Wohnung finden. Was glaubst du, wonach das aussieht? Ich fürchte, wir sitzen notgedrungen im selben Boot.« Fey hob die Schultern. »Ich mache das nicht gern, weil du echt nett zu sein scheinst. Aber leider trifft es meist die Netten und Naiven.«

Rin verzichtete darauf, sein Beileid zu bekunden. Wut und Panik ballten sich in seiner Brust zu einem festen Knoten, der bei jedem Atemzug schmerzte. »Und was verlangst du jetzt von mir? Ich bin ein Niemand. Für so eine hinterhältige Tat hättest du dir jemand anderen mit mehr Macht und Einfluss suchen müssen. Ich bezweifle allerdings, dass ein anderer dich in der Gasse gerettet hätte. Ohne mich hätte man dich längst hingerichtet.«

»Es ist jetzt, wie es ist«, kommentierte Fey. Sie klang nicht so gleichgültig, wie sie es beabsichtigte. Das nützte Rin allerdings nichts.

»Also sag, was soll ich tun? Ich bin ein Bibliothekar. Völlig nutzlos.«

»Das hast du jetzt gesagt. Erzähl mir alles von der Elitezone und wie ich da reinkomme.«

»Das werde ich nicht! Was willst du da drin überhaupt?«

»Das braucht dich nicht zu interessieren.«

Die Antwort überraschte Rin nicht. *Wie konnte ich mich nur so in ihr täuschen? Und wieso habe ich von ihr geträumt? Sie hat die Hand nach mir ausgestreckt. Das tut niemand, der mir Böses will. Es ist ein Zeichen von Freundschaft und Vertrauen.*

Im krassen Gegensatz dazu standen die Folterträume. Hingen sie vielleicht sogar zusammen? Bedeuteten sie auch etwas? War Rins Schicksal vorbestimmt und die schrecklichen Torturen standen ihm noch bevor? Weil er Fey half – oder weil er sich ihr verweigerte?

Meine Gabe ist ein fotografisches Gedächtnis, nicht in die Zukunft zu sehen. Es muss einen anderen Grund geben!

Rin trat an ein Bücherregal, ließ seine Finger über die unzähligen Buchrücken gleiten. Sinnierte darüber, was er tun sollte. Wie er aus der Sache heil herauskam. »Ich kann dir nur sagen, dass der Elitekomplex an diese Bibliothek angrenzt«, sagte er schließlich. »Ein Loch in die Mauer schweißen oder sprengen kannst du dir aber sparen. Weil erstens die Wände wohl zu dick sind und zweitens alles überwacht wird.«

»Ich könnte mich reinschmuggeln«, überlegte Fey. »Wo ist der Eingang und wer geht da so rein und raus?«

»Einen Eingang gibt es nicht und ich habe noch nie jemand von der Elite jenseits ihrer Zone gesehen.«

»Keinen Eingang?«, hakte Fey ungläubig nach, trat dabei neben Rin und betrachtete nachdenklich die Buchrücken. »Was ist mit diesen Bots, die hier für Ordnung sorgen? Sind die nicht von der Elite?«

»Doch.«

»Und wo kommen die her? Lass dir nicht alles aus der Nase ziehen!«

»Oh, entschuldige, dass meine Kooperation zu wünschen übriglässt«, grollte Rin mühsam beherrscht. »Die Bots verschwinden hin und wieder in einer Schleuse. Ich denke, wegen Wartung oder so.«

»Zeig mir diese Schleuse!«

»Das ist Zeitverschwendung. Du kannst da nicht ...«

»Zeig sie mir einfach!«, fuhr Fey aufbrausend dazwischen und packte Rin am Oberarm. »Sofort!«

Rin begleitete Fey aus der Bibliothek, schloss sie pflichtbewusst ab und führte sie am Gebäude entlang, dessen Ende in eine glatte Wand mündete. Es gab weder Fenster noch Türen auf mindestens hundert Metern. Ein riesiger Kasten – kalt und emotionslos.

Ein Schauer durchfuhr Rins Glieder. Er kam nie hierher, fühlte sich unwohl in der Nähe des Regierungsgebäudes. An was es genau lag, konnte er nicht sagen. Es war nur so ein ... Gefühl.

Das klang dämlich, doch auch die anderen Stadtbewohner mieden stets die Zone vor dem Gebäude. Weil sie es ebenfalls spürten?

Fey kümmerte es jedenfalls nicht. Sie trat an die Wand und stemmte die Hände in die Hüften. »Wo ist die Schleuse jetzt?«

»Gleich hier!« Rin deutete keine fünf Meter neben Fey auf den unteren Teil der Wand, in der sich ein quadratischer Umriss abzeichnete. »Darf ich fragen, wie du jetzt genau da rein-kommen willst?«

»Ich werde einen Bot suchen und einen Fehler bei ihm aus-lösen, so dass er zurück zur Wartung muss. Dann werden wir mit ihm durch die Schleuse gehen.«

»Wir?«

»Glaubst du, ich lass dich hier? Das hättest du wohl gern! Und spar dir eine Rede, dass das Wahnsinn ist. Sag mir lieber, wo sich diese Bots rumtreiben.«

»Woher soll ich das wissen? Ich bin wie gesagt nur ein ...«

»Bibliothekar, schon klar«, seufzte Fey. »Aber du kennst diese Stadt besser als ich. Hoffe ich zumindest. Aber bevor wir durch die Schleuse gehen, will ich Iih zurück.«

»Diese Spinne? Dein Ernst?«

»Ich hab sie von meiner toten Schwester und damit ist sie viel mehr wert, als du es je sein wirst!«

Die Worte schmerzten. Doch nicht so, wie Fey es beabsichtigte. Rin tat es leid, dass Fey dieselbe Qual wie er durchleiden musste. Er wusste, wie es war, seine Schwester zu verlieren. Von Lia war ihm nur diese Spieluhr geblieben. Und ein paar bruchstückhafte Erinnerungen von damals.

Vom Waisenhaus.

Wie er und Lia miteinander spielten. Die Spieluhr mit dem tanzenden Mädchen aus Porzellan war ihr größter Schatz gewesen. Keiner durfte sie anfassen. Nicht einmal Rin. Dann wurde Lia plötzlich krank und starb. Sie ließ nur die Spieluhr zurück – und die altertümliche Melodie in Rins leerem, gebrochenem Herzen.

Die Jahre nach Lias Tod waren in einen schwarzen Schleier gehüllt. Verschwommen, als trieb Rin ziellos und blind in einem dunklen Meer aus Tränen. Dann kamen die Albträume. Und Fey. Die ihren Arm nach ihm ausstreckte, als wollte sie ihn befreien. Ihn vor dieser Dunkelheit retten.

Doch er hatte sich in ihr getäuscht. Sie rettete weder ihn noch sonst jemanden. Sie hatte nur ihre Mission im Sinn.

Und diese dämliche Spinne.

Wenn sie Lia gehören würde, würdest du sie auch wiederhaben wollen, mahnte seine innere Stimme. *Stell dir vor, es ginge um die Spieluhr.*

Rin wollte es sich nicht vorstellen. Und es ärgerte ihn, dass er so etwas wie Mitgefühl für Fey empfand. Sie brachte ihn in eine schier unmögliche Situation. Er müsste sie mit jeder Faser seines Körpers hassen. Und doch war da etwas, das sie verband.

Etwas, das tiefer ging.

»Willst du hier festwachsen? Beweg dich!«

Feys Aufforderung, gepaart mit einem groben Schubs, riss Rin aus seinen düsteren Gedanken. Er lief los, ohne zu wissen, wohin genau. Er war eine Marionette in einem perfiden Plan. Und solange er nicht wusste, wie er diesen Zustand beenden konnte, spielte er mit.

Wohl oder übel.

9
Fey:
»Du machst Witze!«

Iih!

Fey hatte nicht damit gerechnet, dass sie die Dampfspinne wiederfinden würden. Diese schien nur auf sie gewartet zu haben. Bei der Schleuse, neben der ein ganzes Dutzend Warnschilder angebracht waren. Wo Feys Abenteuer begonnen hatte. Wo sie aufgewacht war – ohne einen blassen Schimmer, wie sie das bewerkstelligt hatte.

Hab ich das etwa Iih zu verdanken?

Fey widersprach sich selbst. Die Spinne war kein Lebewesen. Sie hatte auf ihrem Metallrücken lediglich drei Zahnrädchen mit je zwei Einstellungen, zwischen denen man wählen konnte.

Fey mochte *random* und damit ein möglichst natürliches Verhalten ihres Lieblingstiers am liebsten.

Aber wie bin ich dann hier reingekommen? Die Frage blieb unbeantwortet.

Iih kletterte an Feys Hosenbein empor und blieb auf ihrer geschlossenen Bauchtasche sitzen. Fehlte nur noch, dass sie nach einem Leckerli verlangte.

»Wo hast du dich denn versteckt? Ich habe dich schon vermisst«, begrüßte Fey das mechanische Tier liebevoll.

»Wir sollten uns hier nicht allzu lange aufhalten«, mischte sich Rin ein. Sein hektischer Blick flog durch die angrenzenden Gänge.

»Wieso? Wir wollen doch die Bots anlocken, oder? Also umso besser.«

Rin antwortete nicht. Sein Gesicht wirkte angespannt, die Lippen waren zu einem Strich zusammengepresst. Fey spürte seinen Drang, einfach loszurennen und sich wie ein Feigling zu verkriechen.

»Du stehst wohl nicht so auf Abenteuer, wie?«, neckte sie ihn.

»Das hat nichts mit Abenteuer zu tun!«, widersprach er. »Das ist Selbstmord! Du schaffst es nie durch die Schleuse.«

»Wir«, korrigierte Fey. »Wir sind ein Team, schon vergessen?«

»Wie könnte ich ...«

»Schön, dann sind wir uns ja einig.«

»Protokoll zwölf aktiviert: verdächtige Aktivität an der Luke. Prüfung auf Fehlalarm eingeleitet.«

Den Spruch hatten Fey und Rin schon einmal gehört. Und es war klar, was er bedeutete. Die Bots kamen. Knapp fünf Minuten nach dem Eintreffen im Schleusenbereich.

Rin muss mich gleich bei meiner Ankunft hier gefunden haben. Sonst wäre ich da schon von ihnen entdeckt worden.

Die Reue, dass sie ihren unschuldigen und irgendwie auch niedlichen Retter in so eine miese Lage brachte, musste allerdings warten. Jetzt galt es: Konzentration und keine Fehler!

»Du nimmst den rechten, ich den linken!«

Die Aussage galt nicht Rin, sondern Iih. Fey schnappte die Spinne, drehte zwei der Rädchen auf ihrem Rücken und schleuderte sie dann zielsicher auf den besagten Bot. Iih landete auf der Schulter des Bots, krabbelte in seinen Nacken und machte sich ans Werk.

Der linke und letzte Roboter blieb Fey. Er überragte sie und Rin um fast zwei Köpfe und mutete wie ein mechanischer Gladiator an. Sein Gesicht hatte menschliche Züge, hinter seiner bronzenen Stirn ratterten dagegen nur Zahnräder.

Fey hatte trotz seiner bedrohlichen Erscheinung nur ein mildes Lächeln übrig. *Das ist gar nichts im Gegensatz zu unserem Exemplar. Und bald kann ich ihn endlich zum Leben erwecken.*

Was gab es für eine bessere Motivation? Fey hechtete auf ihre Eintrittskarte zur Elite zu, bewaffnet mit einem Schraubenzieher aus ihrer Bauchtasche. Den rammte sie dem Bot in den Nacken, beziehungsweise in den Schlitz zwischen Nacken- und Rückenplatte. Funken sprühten und die Gliedmaßen des Bots zuckten wie unkontrollierte Fangarme.

»Fehler dreiundzwanzig – Wartung notwendig. Fehler dreiundzwanzig – Wartung notwendig. Fehler dreiundzwanzig ...«, leierte die blecherne Stimme in Dauerschleife, in die sogleich der zweite Bot einstimmte, den Iih übernommen hatte.

Die Roboter drehten sich synchron um und stapften los. Zur Schleuse. Wie von Fey geplant.

»Na komm schon«, wies sie Rin an. »Worauf wartest du?«

Rin machte keine Anstalten, sich vom Fleck zu rühren. »Tut mir leid, aber ich komm nicht mit«, verkündete er mit verschränkten Armen. »Was auch immer du vorhast, zieh es durch, aber ich will damit nichts zu tun haben. Und du kannst mich auch nicht zwingen. Ich geh jetzt heim und entsorge deine Maske. Wir sind uns nie begegnet und mein Leben geht weiter wie bisher. Viel Glück, bei was auch immer.«

»Ich vertraue dir aber nicht. Du gehst sicher petzen!« Fey packte Rin am Oberarm, zerrte an ihm. »Du kommst mit!«

Rin schüttelte entschlossen den Kopf. »Vergiss es! Ich habe keine Lust mehr auf deine Spielchen.«

»Du hast nur eine Scheißangst, dass deine kleine, langweilige Welt zusammenbricht.« Fey drückte die Spitze ihres Schraubenziehers gegen Rins Kehle. »Weißt du, ich glaube dir sogar, dass du zu feige bist, mich zu verraten. Aber ich kann das Risiko leider nicht eingehen. Das *Herz* ist zu wichtig.«

»Du willst das Metallherz stehlen?« Rins Augen weiteten sich erschrocken. »Weißt du, was das für die Stadt und ihre Bewohner bedeutet? Das *Herz* betreibt alles hier, auch die Filteranlagen. Es ist unsere Energiequelle. Ohne sie werden alle Einwohner sterben! Willst du das wirklich?«

»Ich glaube kaum, dass die Regierung das zulässt«, widersprach Fey – zugegeben etwas naiv und über sich selbst verärgert. Sie hatte nicht vorgehabt, Rin ihren Plan zu verraten. »Die Elite wird sich schon was einfallen lassen«, fuhr sie unbeirrt fort. »Sie haben sicher noch ein Ersatzherz oder so.«

Rin schien da so seine Zweifel zu haben, zumindest wenn Fey seine Miene richtig deutete. »Wofür brauchst du dieses *Herz* überhaupt?«, wollte er wissen. »Für eine eigene Stadt?«

»Nein.« Fey haderte mit sich. Die Zeit drängte und es gab keinen Grund, sich ihrem Feind gegenüber zu erklären. Und doch tat sie es. Was spielte es jetzt noch für eine Rolle? »Für unsere Waffe, um die Ungerechtigkeit in dieser Welt geradezurücken.«

»Waffe?«, krächzte Rin, noch immer den Schraubenzieher an der Kehle.

»Ein Roboter, so hoch wie diese verdammte Stadt. Um ihn zu betreiben, brauchen wir dieses *Herz*. Das ist meine Mission.«

»Das ist krank! Und größenwahnsinnig! Ich glaube nicht, dass deine Schwester diese Aktion hier gutgeheißen hätte.«

»Lia ist tot, lass sie aus dem Spiel!«

»Lia?«

»Wieso bist du auf einmal so bleich?«, wunderte sich Fey. »Kennst du sie etwa?« Die Frage war nicht ernst gemeint. Natürlich kannte er Feys Schwester nicht. *Konnte* sie gar nicht kennen! Sie lebten schließlich in zwei verschiedenen Welten.

»Das ist der Name meiner kleinen Schwester«, stammelte Rin. »Ich kann mich kaum noch erinnern. Alles aus meiner Kindheit ist verschwommen, als läge ein Schleier darüber.«

»Du machst Witze«, entfuhr es Fey. Ihre Finger, mit denen sie den Schraubenzieher umklammert hielt, kribbelten und ihr Herz schlug schneller. »Wo ... ist sie jetzt?«

»Tot. So wie deine Lia.«

»Das ist völlig ... du musst dich irren! Schließlich hast du ein fotografisches Gedächtnis.« Fey drückte die Spitze des Schraubenziehers fester gegen Rins Kehle. Blut trat aus und rann in einer schmalen Spur seinen Hals hinunter. »Du müsstest alles noch genau wissen! Also rede endlich!«

»Tu ich aber nicht«, beteuerte er gepresst. »Ich weiß nichts, ehrlich! Aber ich weiß, dass Lia real war. So real wie deine Schwester.«

»Wie sah sie aus?«

»Blond, zwei geflochtene Zöpfe, Sommersprossen, blaue Augen. Sie war fünf, als sie gestorben ist.«

»Du redest da von *meiner* Schwester. Aber wie ...?«

»Ich weiß es nicht.« Rin umfasste Feys Finger, die den Schraubenzieher hielten. Sie waren ganz taub geworden, und der Druck an seiner Kehle verschwunden. Rins Blick tauchte in ihren. »Aber ich weiß, dass ich herausfinden will, was es damit auf sich hat. Es kann unmöglich ein Zufall sein. Mein Traum von dir hat also doch etwas zu bedeuten. Wir gehören zusammen. Auf welche perfide Art auch immer.«

Fey blinzelte ungläubig, ließ den Schraubenzieher kraftlos sinken. »Heißt das, du begleitest mich doch?«

Rin nickte. »Wenn es Antworten gibt, dann hat sie die Elite. Was nicht heißt, dass ich deinen Plan unterstütze oder in sonst einer Weise auf deiner Seite bin.«

Das genügte Fey als Antwort. »Dann los jetzt. Die Bots sind zwar langsam, haben dank unseres Gequatsches aber schon einen Vorsprung. Es ist Zeit, die Elite mal ein bisschen aufzumischen!«

10
Rin:
»Und jetzt?«

Rin folgte Fey, doch er nahm sie und seine Umgebung kaum wahr. Ihm schwirrte der Kopf. Seine Gedanken rasten, überschlugen sich.

Wie kann das sein? Wie kann sie dieselbe Schwester haben wie ich? Wieso träume ich von ihr? WER IST SIE?

Der letzte Satz hallte wie ein endloses Echo hinter seiner Stirn. Nichts wollte Sinn ergeben. Fey konnte nicht seine Schwester sein. Genauso wenig konnte sie eine Schwester haben, die so aussah wie Lia. Es sei denn ...

Diese Träume von der Folter. Was, wenn sie doch keine Träume waren? Wenn man an seinen Erinnerungen herumgepfuscht hatte? Fragte sich nur wozu? Nichts geschah ohne einen triftigen Grund.

Ich bin doch nur ein stinknormaler Bürger von SOLARIS. Oder? ODER?

»Pass doch auf!«

Rin hatte nicht bemerkt, dass Fey stehengeblieben war, und rempelte mit voller Wucht in sie hinein.

»Konzentrier dich, wir sind da!«, zische Fey weiter und nickte nach vorn. Sie standen vor der Wand mit der Wartungsschleuse. Die sich soeben öffnete. »Na los!«

Fey sprang den rechten Bot von hinten an und klammerte sich wie ein lebendiger Rucksack an ihn. Iih wartete auf dessen Schulter. Der andere Bot war für Rin.

Nicht ganz so galant krallte er sich an seine Eintrittskarte und hoffte drauf, dass man ihn auf der anderen Seite nicht sofort eliminierte. Er bewunderte Feys Mut.

Oder eher Wahnsinn.

Augen zu und durch!

Rin schloss sie buchstäblich, kniff sie so fest zusammen, dass Punkte vor ihnen tanzten.

Er vernahm seinen eigenen hektischen Atem, gepaart mit dem metallischen Klacken der Bot-Füße auf dem Boden. Spürte die Erschütterung seiner Schritte.

Wir sind in der Elitezone. Wir haben es tatsächlich geschafft. Das war irgendwie zu einfach. Ist das vielleicht eine Falle? Was passiert jetzt? Was soll ich machen?

»Lass los!«

Rin gehorchte Feys Stimme, stieß sich ab und kam auf die eigenen Beine. Er stolperte ein paar Schritte zurück, ehe er sich fing und die Augen aufschlug.

Er wusste nicht, was er erwartet hatte zu sehen. Ein prunkvolles Gebäude vielleicht? Ein Begrüßungskomitee? Stattdessen stand er in einer leeren Halle. Einer riesigen Halle. Das andere Ende ließ sich nur erahnen und die Decke spannte sich in schwindelerregender Höhe über das unspektakuläre Szenario.

Die Bots, von denen er und Fey abgesprungen waren, steuerten auf eine Tür an der Seite der Halle zu. Sie bestand wie alles hier aus Metall und wies einen aufwändigen Schließmechanismus aus hunderten Zahnrädern auf, welche die gesamte Tür überzog.

»Warum sind wir abgesprungen?«

Fey sparte sich eine Antwort, deutete auf ein Schild neben der Tür.

Betreten verboten. Lebensgefahr!

Filteranlagen außer Betrieb!

Kaum dass die Bots die Tür erreichten, setzten sich die Zahnrädchen in Gang, die einen schweren Riegel beiseiteschoben. Das Schaben von Metall auf Metall bescherte Rin eine Gänsehaut. Er widerstand nur schwer dem Drang, die Hände auf die Ohren zu pressen und die Flucht zu ergreifen.

»Und jetzt?«, flüsterte er. Dabei war niemand hier, der ihn hören könnte. Niemand außer Fey. Und Iih, die soeben ihren Mecha-Arm erklomm und auf ihrer Schulter sitzen blieb.

»Wir sehen uns um. Hier gibt es ja noch mehrere Türen. Schauen wir, ob welche offen sind. Zumindest bei denen, wo wir eine Möglichkeit zum Überleben haben.«

»Meinst du, man hat uns bemerkt? Und wieso kommt dann keiner, um uns zu verhaften?«

»Ich weiß nicht«, antwortete Fey auf beide Fragen. Sie wirkte angespannt, auch wenn sie es zu verbergen versuchte.

Etwas stimmt nicht. Wir brechen hier ein und niemand schert es. Es gibt nicht einmal einen Alarm.

Rin fixierte die restlichen Türen, die sich aneinanderreihten wie bei den Apartments in der Stadt. Manche wiesen denselben Schließmechanismus mit den Zahnrädchen auf. Manche schienen dagegen gar kein Schloss zu besitzen. Ohne zu wissen, wonach er suchte, lief er die Reihe ab. Und blieb abrupt vor einer Tür stehen.

Rins Herz zuckte schmerzhaft. Keuchend griff er sich an die Brust, krallte die Finger in seine Haut unter der Robe. Eine Welle aus grässlichen Bildern strömte auf ihn ein.

Wie er nackt und gefesselt auf einer Liege lag, an unzählige Elektroden angeschlossen. Männer in weißen Kitteln mit OP-Masken und verspiegelten Spezialbrillen beugten sich über ihn. Schauten ihm dabei zu, wie er grässliche Schmerzen erlitt. Schrie, bis die Ohnmacht ihn erlöste.

Nein, das kann nicht sein ...

Rin taumelte keuchend zurück, am ganzen Leib zitternd. Er starrte auf die verschlossene Tür vor ihm. Sie trug die Aufschrift LABOR.

Es war real, es war alles real! Es waren keine Träume, sondern Erinnerungen. Erinnerungen an diesen Ort. Was ihm dort widerfahren war.

Die Erkenntnis traf Rin wie ein Faustschlag ins Gesicht, erschütterte ihn bis tief ins Mark. Bis hinab in seine Seele.

Fey sagte etwas hinter ihm, doch er nahm sie nicht wahr. Seine zitternden Finger griffen nach dem Riegel, der keinerlei Mechanismus aufwies und sich widerstandslos zur Seite schieben ließ.

Rin schmeckte Galle in seiner Kehle. Ihm war elend und sein Sichtfeld begann zu verschwimmen. Doch er musste es wissen. Musste es mit eigenen Augen sehen.

Er zog die Tür auf, was ihn einiges an Kraft kostete. Doch er musste wissen, was dahinter lag. Sofort!

Fey kam ihm zur Hilfe. Sie redete dabei auf ihn ein, doch da war nur noch ein monotones Rauschen in seinem Kopf. Und eine namenlose, grässliche Angst.

Ein erstickter Schrei schwappte aus Rins Mund. Haltsuchend klammerte er sich an den Türrahmen. Starrte fassungslos auf das, was vor ihm lag.

Ein Raum voller Liegen. Mindestens hundert. Allesamt mit Schnallen am Kopfende, sowie seitlich und am unteren Ende.

»Hier wurde ich gefoltert«, krächzte er. »Und scheinbar nicht nur ich ...«

»Gefoltert?«

Rin reagierte nicht auf Fey. Benommen taumelte er auf die äußerste Liege zu, krallte sich an der Stange am Fußende fest. Etwas war darin eingraviert.

Ein Name.

Nein ...

11
Fey:
»Wer zuletzt lacht ...«

»Was ist das hier? Ich verstehe das nicht. Du aber scheinbar schon.«

Fey trat neben Rin, der apathisch auf seine Hände starrte. »Was ist denn? Wieso ...?«

Der Rest des Satzes blieb ihr im Hals stecken. Ungläubig blinzelte sie die Buchstaben an, die in das Metall geritzt waren.

Drei Buchstaben.

LIA

Fey keuchte. »Rin, was ist hier los?« Ihre Stimme – ihr ganzer Körper – bebte.

»Ich ... weiß nicht. Nicht ganz zumindest.«

»Sprich nicht so in Rätseln, verdammt! Da steht der Name meiner Schwester, die auch deine Schwester zu sein scheint, obwohl das überhaupt nicht sein kann! Und dann soll sie hier gefoltert worden sein? Zusammen mit dir?«

»Und dir.«

Ohne dass Fey es bemerkt hatte, war Rin ein paar Reihen weitergegangen und stand nun vor einem anderen Bett, strich mit dem Daumen über den dort vermerkten Namen.

FEY

»Alphabetisch«, murmele er. »Die Betten wurden nach diesem System angeordnet. So viele ... Und ich dachte immer, ich wäre allein.«

»Wann dachtest du das? Wann wurdest du gefoltert? Wie? Und wieso? Und warum steht da auch Lias und mein Name? Wieso kannst du dich erinnern und ich nicht?« Die Fragen sprudelten nur so aus Feys Mund. Ihre Finger kribbelten. Sie wollte Rin packen und schütteln, damit er endlich den Mund aufmachte. Er schien als Einziger ansatzweise zu begreifen, was hier vor sich ging.

»Ich dachte, es seien Albträume. So wie ich auch von dir geträumt habe«, murmelte Rin wie in Trance. Stand er unter Schock? »Doch es war real«, brabbelte er weiter. »Es war alles real. Wir wurden alle missbraucht.«

»Zu welchem Zweck?«

»Ich weiß nicht.«

»Und warum kann ich mich nicht daran erinnern, du dich aber schon?«, wiederholte Fey.

»Vermutlich hast du es verdrängt.«

»Es lag an der Programmierung.«

Fey und Rin fuhren herum. Am anderen Ende des Raums hatte sich eine Tür geöffnet. Ein Mann trat hindurch. Er trug einen weißen Kittel, eine OP-Maske und eine verspiegelte Brille.

Rin versteifte. Vermutlich durchlitt er gerade seine schrecklichen Erinnerungen ein weiteres Mal. Spürte die Schmerzen, die Demütigung ... und Schlimmeres.

Fey griff reflexartig nach seiner Hand, drückte sie. Dem Mann dagegen schleuderte sie ihre geballte Wut entgegen. »Wer sind Sie? Was ist hier los? Es ist Zeit für Antworten, Arschloch!«

Der Mann hob seine Arme, die in weißen Gummihandschuhen steckten. Fünf Meter vor Fey und Rin kam er zum Stehen. »Nicht so hitzig, meine liebe Fey.« Seine Stimme war dunkel und rau.

»Woher kennen Sie meinen Namen?«, fauchte Fey. »Und reden Sie nicht mit mir, als wären wir Freunde!«

»Ich mochte dein Temperament schon immer.«

»Sie können mich mal. Jetzt reden Sie endlich! Was ist das hier?«

»Ein Labor. Und ihr wart – entschuldige, *seid* – missglückte Experimente. Ein Versuch, Mensch und Maschine zu kreuzen. Und dabei die Luft wieder atembar zu machen. Alle Outlaws sind das. Nur du bist eine Ausnahme, Rin.«

Fey weigerte sich, seine Worte zu begreifen. »Das ist Unsinn«, behauptete sie. »Damals beim Bau der Städte hat man billige Arbeitskräfte gebraucht. In der fertigen Stadt leben durfte aber nur, wer sich ein Ticket leisten konnte. Der *Müll* wurde von der künftigen Regierung also gleich vorab aussortiert, sollte im Ödland vor sich hin vegetieren und langsam verrecken. Oder sich zu einem qualvollen Leben, geprägt von Gewalt und Entbehrungen, unter unwürdigen Bedingungen entscheiden.«

Der Mann schüttelte den Kopf. »Diese Version hat man euch nur so einprogrammiert.«

»Wir sind doch keine Roboter!«

Ein kehliges Lachen drang unter der Maske hervor. »Doch. Zumindest zum Teil. Eure gesamte Vergangenheit – sie ist nicht real. Sie wurde von einem Team aus Wissenschaftlern erschaffen.«

»Aber Lia ...« Es war das Erste, das Rin seit dem Auftauchen des Mannes sagte. Leise, beinahe flüsternd. Seine Finger, die Fey umklammert hielt, zuckten.

»Lia hat existiert. Zumindest eine Weile. Doch es gab Probleme und wir mussten sie aus der Versuchsreihe nehmen.«

»Also töten?«, hakte Fey steif nach. »Aber wieso haben wir beide dann unterschiedliche Erinnerungen an sie als unsere Schwester? War das auch ein Experiment?«

»Wenn du es so nennen willst. Einige von uns waren sentimental und haben verschiedene Erinnerungen an geliebte Menschen erschaffen. Die Spieluhr bei dir – Rin – einzusetzen war übrigens meine Idee. Ein Relikt aus der Alten Welt. Ich bin ein begeisterter Sammler und mochte die Vorstellung, dass du daran hängst. Es fiel mir allerdings ein wenig schwer, mich selbst davon zu trennen.«

Rins Lippen bebten. Stumme Tränen rannen über seine Wangen. »Sie haben mir also mit Absicht eine derart schmerzhafte Erinnerung eingepflanzt? Wieso?«

Fey ließ den Mann nicht antworten. »Ich habe Lia nie bei einem Kampf mit meinesgleichen verloren, richtig? Und mein Arm, was ist mit dem passiert? Habt ihr den aus Versehen kaputt gemacht und mir die Erinnerung mit dem Angriff eingepflanzt, bevor ihr mich ausgesetzt habt?« Tränen der Wut stiegen ihr in die Augen. Energisch blinzelte Fey sie fort. »Das ... das ist einfach nur krank! Ihr spielt mit Menschenleben, als würden sie euch gehören!«

»Wir sind die Elite«, sagte der Mann, als wäre das eine Rechtfertigung für alle Gräueltaten.

»Und wieso ist dieses Labor jetzt leer? Habt ihr eingesehen, dass es unmöglich ist, Menschen zu konstruieren, die der giftigen Luft da draußen trotzen?«

»Genau so ist es.«

Mit der Antwort hatte Fey nicht gerechnet. Dabei schien es so offensichtlich. »Und dass wir bis hierhergekommen sind, habt ihr bestimmt auch zugelassen, oder? Aber aus welchem Grund?«

»Wir waren neugierig.«

»Dann wurden wir beobachtet? Schon von Anfang an?«

»Natürlich. Als du dich in Lebensgefahr befandest, hat übrigens das *Protokoll* eingegriffen. Das übernimmt dann deinen Verstand und übergibt ihn wieder, wenn die Gefahr gebannt ist. Deshalb konntest du dich nicht erinnern, wie du in die Stadt gelangt bist. Und ich muss natürlich nicht erwähnen, dass es unmöglich ist, das Metallherz zu stehlen. Der Plan der Outlaws ist gescheitert. Eure Revolution ist gescheitert.«

»Warum bin ich eine Ausnahme?«, fragte Rin plötzlich, ohne auf die unglaublichen Erkenntnisse einzugehen. »Sie sagten, die Outlaws waren ein Experiment. Aber wieso durfte ich in der Stadt bleiben? Wieso hatte ich als Einziger Erinnerungen an die Experimente? Wieso wurden sie nicht gelöscht wie bei den anderen?«

Der Mann wirkte mit einem Mal etwas zerknirscht. »Wir wussten nicht, dass die Erinnerungen bei dir zurückgeblieben sind«, eröffnete er. »Und du warst offenbar klug genug, niemand davon zu erzählen, so dass es uns nicht aufgefallen ist.«

»Das erklärt nicht, wieso ich in der Stadt bleiben durfte.«

»Es war ein Versuch der Integration.«

»Aus welchem Grund?«

Der Mann hob die Schultern. »Wenn das Experiment geglückt wäre, hätte man früher oder später die Stadt neu besiedelt. Mit verbesserten Menschen.«

»Zu schade, dass es nach hinten losgegangen ist«, lästerte Fey. »Wieso haben Sie nicht einfach alle umgebracht? Wäre doch viel einfacher als der ganze Aufwand.«

»Wir haben es nicht übers Herz gebracht.«

»Ach, ihr habt ein Herz?« Fey schnaubte. »Und wieso sind wir jetzt hier? Damit Sie uns die ganzen widerwärtigen Vergehen an den Kopf werfen und sich über uns lustig machen können? Oder wollen Sie und Ihre Kollegen wieder ein bisschen Gott spielen?«

Fey hätte sich nicht gewundert, wenn der Mann ihre These bestätigt hätte. Ihr ganzes Leben war eine Lüge gewesen.

Programmierte Erinnerungen.

Fake. Alles!

Die Tränen rannen ihr heiß die Wangen hinunter. Ihr gesamter Körper bebte. Stand unter Strom. Wut grollte in ihrem Magen, zusammen mit einer Hoffnungslosigkeit, die sie von innen aushöhlte. Zerstörte.

»Ich bin der Einzige, der noch übrig ist«, eröffnete der Mann und zog sich dabei die Maske vom Mund. Ein gepflegter Bart rahmte ihn ein. »*Ich* bin die Elite«, fuhr er fort. »Die anderen sind mir zuwider geworden. Ich hatte keine Lust mehr, die Macht mit ihnen zu teilen, also habe ich sie alle getötet. Es ist noch keine Stunde her.«

»Kein Mensch kann eine so große Stadt allein regieren!« Auf den Mord an seinen Kollegen ging Fey nicht ein. Es erschütterte sie nicht einmal, dass er zu so etwas fähig gewesen war.

»Wer sagt, dass ich allein bin?«, konterte der Mann, streckte die Arme aus. »Ich bin gerade dabei, mir eine neue Familie zu erschaffen. Fey und Rin. Willkommen bei der Elite!«

Fey wechselte einen irritierten Blick mit Rin. »Ich verstehe nicht ganz ...«

»Ein paar Umprogrammierungen und ich bin nicht mehr allein – ohne Angst haben zu müssen, dass mich jemand hintergeht oder infrage stellt.«

»Und wenn wir Sie töten?«

Der Mann brach in schallendes Gelächter aus. Das ihm sogleich im Hals stecken blieb.

Buchstäblich.

Er hustete und griff sich an die Kehle. Rang verzweifelt nach Luft, die er nicht mehr bekam.

Feys Lippen verzogen sich zu einem diabolischen Grinsen. »Wer zuletzt lacht ...«

»Stirbt?«, ergänzte Rin. Er begriff nicht, was geschah. Fey dagegen umso mehr.

Seelenruhig stand sie da und sah zu, wie der Mann blau anlief. Röchelte, hustete, nach Hilfe schreiend zu Boden sackte. Dabei hielt sie weiterhin Rins Hand, drückte sie. Verhinderte gleichzeitig, dass er aus Reflex etwas Dummes tat.

Gleich ist es vorbei. Gleich …

Fey prägte sich die hervorquellenden Augen des Mannes genau ein. Fixierte sie, bis sie ausdruckslos und starr wurden. Bis der Mann sein letztes Keuchen ausstieß und endlich still dalag. Mit weit aufgerissenem Mund – aus dem etwas gekrabbelt kam.

Iih.

Die Spinne hielt auf Fey zu, erklomm ihren Fuß und arbeitete sich nach oben, bis sie auf ihrer Schulter zum Sitzen kam.

»Gehen wir«, sagte Fey zufrieden an Rin gewandt.

»Wohin?«

»Wohin wir wollen. Es ist Zeit, unser eigenes Buch zu schreiben.«

»Hat es ein Happy End?«

»Das werden wir noch sehen.«

Rin lächelte scheu und drückte Feys Hand. Sie nickte lächelnd zurück. Dann traten sie zusammen durch die Tür am Ende des Labors.

In eine ungewisse Zukunft.

In eine bessere Zukunft?

Christiane Cwikla

Die Künstlerin und Grafikdesignerin Christiane Cwikla hatte bis vor einigen Jahren ihre Fantasy-Geschichten ausschließlich gezeichnet erzählt. Digital oder mit Stift und Papier brachte sie ihre Werke in visuelle Form. Mit »Die dunkelste Stunde« feiert sie ihr erstes kleines Debüt in der Kunst des Schreibens. Jetzt will sie mit Worten, Bilder in die Köpfe ihrer Mitmenschen zeichnen.

KONTAKT
E-Mail: christiane.cwikla@gmail.com
Instagram: @cc_autorin

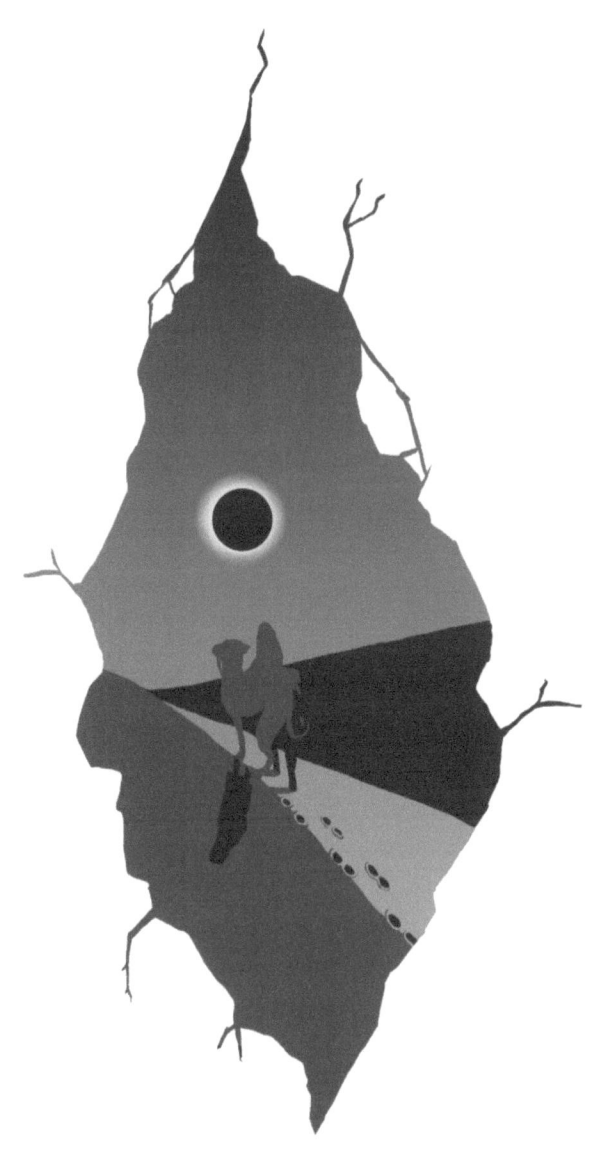

Die dunkelste Stunde

Christiane Cwikla

Inhalt:

Roxys Leben hat seinen Tiefpunkt erreicht. Die Diebin hat in ihrem letzten Job kläglich versagt und jetzt will ein Haufen bösartiger Menschen sie am liebsten tot sehen. Beraubt von Job und Wohnung stellt sie fest, dass sie mehr als nur einen Freund verloren hat.

In einer Welt, die gezeichnet ist von den Fehlentscheidungen vorheriger Generationen, muss sie ihre eigene wieder in Ordnung bringen. Sie versucht einen Neuanfang mit einem fragwürdigen Auftrag, der zu einer Prüfung ihres Willens wird. Ohne es zu wissen, kämpft sie um mehr als nur ihr eigenes Leben.

Die Sonne brach durch das Geländer und warf ein Muster aus kleinen Halbmonden an die Sandsteinwand der Gasse, in der ihre aufgebrachte Stimme widerhallte.

»Das würde er niemals machen! Fox würde mir das niemals antun.« Einen Augenblick stand sie nur da und blitzte mich an. Was das Aussehen anging, waren wir uns ähnlich. Die braunen Augen verschmolzen fast mit der sonnengebräunten Haut, die im starken Kontrast zu unseren weißen Haaren stand. Wie ich nur zu häufig zugab, war sie die Schönere.

»Was ist daran so ungewöhnlich, dass er auf mich steht?«

»Weil wir seit zwei Wochen zusammen sind. Also erzähl nicht so einen Schwachsinn!«

Ich seufzte schwer. Meine beste Freundin hatte sich in einen Herzensbrecher verliebt. Das Schlimmste war, dass wir das gemeinsam hatten.

Nichts lief in letzter Zeit mehr so reibungslos, wie früher einmal. Die Raubzüge waren ergebnislos und man hatte mich aus meiner Wohnung geworfen, nur weil eine dieser Diebestouren so schrecklich schiefgelaufen war. Aus Angst vor den Leuten, dessen Geld ich dabei verloren hatte, blieb mir als Behausung nur die ehemalige Kanalisation. Der Gestank war miserabel, genauso wie die Aussicht. Der einzige Vorteil bestand darin, dass es hier unten kühl war.

Seit die Erde aufgehört hatte, sich zu neigen, gab es keine Jahreszeiten mehr. Die Reichen und Mächtigen waren an die übriggebliebenen Küsten am Polarkreis gezogen. Hier, nur wenige hundert Kilometer vom Äquator entfernt, war mein Zuhause. Die unmenschliche Hitze kroch in jede Ritze und wurde von gierigen Menschen in Energie umgewandelt, mit der sie ihren Lebensunterhalt verdienten. So wie ich. Diese brennende Kugel war immer meine größte Verbündete gewesen. Aber in letzter Zeit schien sie mich nur zu sabotieren. Sie blendete mich beim Schießen, ließ ein empfindliches Gerät in der Mittagshitze förmlich explodieren und hatte den Verschluss meiner Bauchtasche zerstört. Letzteres vermutlich nur durch das Alter des Kunststoffs, aber ich war mir sicher, die Sonne hatte ihren Teil dazu beigetragen.

Daxy war in eine schwallartige Predigt verfallen, doch ihre Stimme war nur ein Rauschen in meinem Kopf. Mit den Gedanken noch immer bei der Sonne griff ich in die Bauchtasche und holte ein kleines goldfarbenes Teleskop heraus, drehte es in der Hand. Es war mit Holz und Messingbeschlägen verziert. Ich verwendete es gern, um in den Nachthimmel zu schauen oder zum Ausspähen von Opfern. Ich wollte Daxy etwas geben, das mir lieb und teuer war, um ihr gebrochenes Herz ein wenig zu besänftigen. Mein Leben sollte sich von Grund auf ändern. Denn tiefer als jetzt konnte ich nicht sinken und damit würde ich die Schritte in eine neue Richtung lenken.

»Ich hatte ja keine Ahnung«, unterbrach ich sie. »Tut mir leid ... Hier als kleine Entschuldigung.« Das Teleskop lag schwer in meiner ausgestreckten flachen Hand.

Ihr Blick heftete sich auf das Kleinod, dann schlug sie es mir mit einer abfälligen Bewegung aus der Hand. Die Linse zersprang scheppernd auf dem Boden. Meine weit aufgerissenen Augen schnellten von ihr zu dem Scherbenhaufen zu unseren Füßen und Tränen begannen in meinen Augen zu brennen.

Sie beugte sich zu mir herunter und unsere weißen Haare vermischten sich. »Ich brauche deine Entschuldigung nicht. Er hat es nicht getan!«

Dieser Satz war das Letzte, was ich von ihr hörte. Dann rauschte sie aus der Gasse, in der wir uns getroffen hatten. Traurig sah ich ihrer kleiner werdenden Silhouette nach und beugte mich zu dem Scherbenhaufen hinunter.

Vorsichtig hob ich das Teleskop auf. Das Glas war in drei fast gleichgroße Teile zerbrochen. Viele Erinnerungen hingen an diesem Einzelstück.

Ohne eine Richtung wanderte ich durch die Gassen. Was hatte ich nur getan?

Ich fuhr mir über das Gesicht und bemerkte im Augenwinkel, wie jemand seinen Geldbeutel fallen ließ. Eine Dame mit einem unverschämt großen Klunker am Hals lief an mir vorbei und mir juckte es in den Fingern. Kopfschüttelnd wandte ich mich ab.

Such dir lieber einen neuen Job. Mehr versagen kannst du gar nicht.

Ich richtete mich auf.

Es kann nur noch besser werden!

Kurzerhand beschloss ich, ihn zur Rede zu stellen. Mein Blick wanderte zu einer der alten U-Bahn-Uhren, die mit winzigen Solar-Paneelen betrieben wurden. Es war kurz vor sieben. Für gewöhnlich trieb er sich um diese Zeit auf dem Marktplatz herum, um sich Arbeit für den nächsten Tag oder die Woche zu suchen.

Das trifft sich gut. Dann kann ich gleich etwas legales Geld verdienen.

Der Marktplatz war eine große Fläche im Zentrum der Siedlung. Die Leute in dieser Stadt erfanden alles Mögliche, um die Hitze abzuhalten und aus der Sonne Energie zu gewinnen. In einigen Straßen waren alte Regenschirme in Reihen aufgehängt worden, um den Bewohnern zumindest ein wenig Schutz vor der sengenden Hitze zu geben. Anderswo bauten sie die Gassen so eng und die Häuser so hoch, dass zu keiner Zeit des Tages Sonnenlicht den Boden berührte. Auf diesem Platz gab es einen riesengroßen Baldachin, der alles überspannte und unter dem die Verkäufer und Marktbesucher Schutz suchten. Am Rand führte eine Treppe hinauf zu einem alten Gebäude aus Stein, welches zu Ehren des Sonnengottes gebaut worden war. Vor diesen Stufen stand eine Menschenmenge, die blau-schwarz gekleidet war und scheinbar auf jemanden wartete.

Mein Blick huschte über die Gesichter in der Hoffnung, Fox wäre schon hier. Da erhaschte ich seine Züge in der Menge. Er war schwer zu übersehen, denn er überragte die Menschen um fast einen ganzen Kopf. Seine aschblonden Haare waren kurz und sträubten sich verwegen in alle Richtungen. Verfluchte grüne Augen – damit wickelte er jeden um den Finger, egal ob Mann oder Frau.

Ich schlenderte zu ihm hinüber, fest entschlossen, ihn zur Rede zu stellen.

»Hey Fox!«

Er drehte sich beschwingt zu mir um. Etwas Undeutbares blitzte kurz in seinen Augen auf, dann strahlte er mich an.

»Roxy!« Der flüchtige Kuss auf die Wange und die Umarmung von ihm verpassten mir ein wohliges Gefühl in meinem Bauch. Fast vergaß ich den Grund, warum ich hier war.

Er begann über Belangloses mit mir zu reden und ich lachte etwas verhalten und nickte über seinen Erzählungen. Ein kurzer Blick auf das, was ein *Wir* hätte sein können. Gespräche in den Gassen dieser Stadt, beim Einkaufen, beim Kochen, vielleicht sogar bei einem gemeinsamen Job – alles würde wunderbar perfekt sein.

Perfekt ...

»Warum hast du mir nicht erzählt, dass du eine Freundin hast?«, brach es aus mir heraus, als ich es nicht mehr ertragen konnte.

Er sah mich entgeistert an, was schnell einem selbstgefälligen Grinsen wich. »Nur *eine* Freundin?«

Er kam nicht dazu, meine Entrüstung zu bemerken, denn im gleichen Moment drängten sich die Gestalten auf dem Platz enger zusammen und ich wurde ungewollt mit der Masse mitgetragen. Ein Mann in einer roten Kutte kam die Treppenstufen hochgeschlurft und setzte sich auf die oberste Stufe.

Es wurden lauthals Namen von Aufträgen in die Menge geschrien. Vereinzelt meldeten sich die Leute mit Handzeichen, woraufhin sie sich um seinen Schreiberling sammelten, um sich kurze Zeit später aus dem Staub zu machen. So wurden in dieser Stadt Zeitaufträge vergeben. Wer keinen eigenen Laden hatte oder bei den Solar-Konzernen arbeitete, hielt sich so über Wasser. Solche Aufträge zu verteilen, war legal. Worum es dabei ging, erfuhr man nur, wenn man den Job annahm.

»Es geht hier weniger um mich, als um Daxy, du bist ihr fremdgegangen mit MIR! Das ist echt mies von dir.« Der vorwurfsvolle Tonfall gelang mir nur bedingt, da ich versuchte, etwas Raum zwischen den Leuten zu schaffen.

Jetzt sah er mich zum ersten Mal richtig an. Aus dem Augenwinkel und von oben herab. Aber er sah mich an.

Wie mochte ich im Moment auf ihn wirken? Nach dem Streit war ich aufgewühlt und das alles ließ mich kein bisschen kalt. Also log ich.

Er lachte verächtlich.

»Ach, ist das so?« Nach einer theatralischen Pause legte er den Arm um meine Schultern und senkte den Kopf. Ich schluckte schwer in der Vorahnung, was jetzt kommen könnte.

»Weißt du, ich habe gehört, dass deine Raubzüge in letzter Zeit immer weniger erfolgreich waren und der letzte sogar total in die Hose ging. Da dachte ich, ich baue dich ein bisschen auf«, raunte er in mein Ohr. Seine Nähe ließ einen Teil in mir jubeln, doch die Worte kratzten an meinem Stolz. Am liebsten hätte ich ihm einen Schlag in seine Weichteile verpasst. Ich stieß ihn von mir weg und wand mich aus seiner Umarmung.

»Spar dir dein Mitleid. Zufällig fange ich heute in einem neuen Gewerbe an und da brauche ich weder deine Unterstützung noch die von irgendjemand anderem.«

Die Stimme des Ausrufers erklang wieder und mein Arm schwang voller Tatendrang nach oben. Schwerer als meine bisherige Arbeit konnten diese Aufträge nicht sein. Ein paar Botengänge, Dinge besorgen, Leibwache spielen – nichts, mit dem ich nicht fertig werden würde. Vor allem standen genug Leute auf dem Platz, die sich ebenfalls dafür melden würden. Ich war auf keinen Fall allein bei meinem ersten legalen Job.

Einen Moment lang hatte ich geglaubt, ich wüsste, was ich tat. Bis ich den Blick über die Menge schweifen ließ. Niemand sonst hatte den Arm erhoben. Nur ich.

Und nicht nur das: Alle Augen waren auf mich gerichtet. Ich war mit einem Schlag verunsichert. Dann teilte sich die Menschenmenge und öffnete einen Weg zur Treppe. Zögernd lief ich zu dem Mann auf den Stufen. Ich warf einen Blick zurück zu Fox und er schüttelte mit starrem Blick kaum merklich den Kopf. Beim Vorbeigehen klopften mir die Leute aufmunternd auf die Schulter, doch keiner sagte etwas.

Auf dem untersten Treppenabsatz saß ein kleiner rundlicher Mann. Links und rechts von ihm waren Berge von Papier aufgehäuft. Der Manager schaute mich nur kurz feixend an, ihm war meine Verunsicherung wohl aufgefallen.

»Mutiges Mädchen. Ich hoffe, du weißt, was auf dich zukommt.«

»Nicht so richtig. Vielleicht können Sie mich darüber aufklären?«

Er lachte kurz auf, drückte mir ein Bündel Dokumente in die Hand und sagte, ohne einmal zu mir aufzuschauen: »Hier unterschreiben. In drei Tagen am südlichen Ende der Stadt. Für Verpflegung und Transport ist gesorgt.« Dann wandte er sich dem nächsten Papierbündel zu.

Ich stapfte mit den Unterlagen in der Hand davon. Mein Blick glitt über den Titel, der auf dem Auftragsblatt in großen Buchstaben prangte: *Die dunkelste Stunde.*

Fox kam zu mir herüber. »Bist du denn völlig verrückt geworden, dich für diesen Auftrag zu melden?!« Er flüsterte und doch hörte man die Aufregung in seiner Stimme deutlich. »Niemand, der sich jemals dafür gemeldet hatte, kam wieder zurück.«

Schwang da etwas Angst in seinen Worten mit? Ich schüttelte den Gedanken ab und überflog den Auftrag mit all seinen Bedingungen.

Es klang gar nicht so übel. Ein Botengang, keine allzu schwere Last und das Ganze sollte nur vier Tage dauern. Zwei hin – zwei wieder zurück. Doch der Haken lag nicht in der Länge oder der Größe des Pakets, sondern daran, dass mich die Route direkt über den Äquator führte. Eine Todeszone, die tagsüber nicht zu passieren war, weil die Sonne mit so einer ungezügelten Macht auf den Sand traf, dass sich schon ein dunkler Streifen schwarzen Glases gebildet hatte. Mir stockte der Atem – was hatte ich mir da nur angetan?

»Du weißt, dass diese Verträge bindend sind. Das kriegst du nicht hin, ganz allein. Sie werden dich kaltmachen, wenn du nicht zu diesem Auftrag antrittst.«

Das Blut schoss mir in den Kopf und rauschte in meinen Ohren. Mein Leben war gerade schwer genug und da brauchte ich keinen besserwisserischen Schürzenjäger, der mir bis eben vorgeheuchelt hatte, dass er mich aufmuntern wolle.

In einem Anfall ungezügelter Wut presste ich ihm das Papierbündel auf die Brust und unterschrieb direkt unter seiner Nase auf dem Vertrag. Ich riss den Durchschlag ab und schaute ihm entschlossen tief in die Augen. Dann klatschte ich dem rundlichen Mann das Papier hin und verschwand, ohne mich noch einmal umzudrehen.

Später am Abend kauerte ich in einem der Abflussrohre meiner Behausung. Die Bilder des Tages schwirrten in meinem Kopf herum.

Ich hatte meine beste und einzige Freundin wegen eines Typen verloren, den ich für meinen einzigen und besten Freund gehalten hatte und noch mehr. Er hatte mir gleich zweimal das Herz gebrochen. Mein Teleskop war kaputt und ach ja, der Tod bei meinem ersten legalen Job war mir so gut wie sicher.

Ein lauer Luftzug kam durch den aufgeschobenen Schachtdeckel. In dem runden Ausschnitt des Nachthimmels war ein heller Punkt sichtbar, der einsam auf dem dunkelblauen Firmament flimmerte. Fast reflexartig fischte ich mein Fernglas heraus und betrachtete den Stern durch die gesprungene Scheibe. Der orangene Kreis glich einem Laib Brot, das jemand in drei Teile geschnitten und leicht versetzt auf einem Brett liegen gelassen hatte. Ich drehte das Fernglas etwas in der Hand, die Scherben rutschten in ihre ursprüngliche Position und er war wieder rund. Der Anblick beruhigte mich. Alles konnte nur noch besser werden. Zwei Tage, bis mein neues Leben beginnen würde. Oder mein altes für immer endete.

Die Zeit verging und ich fühlte mich absolut nicht bereit. Obwohl alles vom Auftraggeber gestellt wurde, hatte ich das Gefühl, etwas vergessen zu haben. Es war früher Abend und ich wartete am vereinbarten Ort, meine wenigen weltlichen Habseligkeiten in einen Rucksack gestopft. Direkt an meinem Körper trug ich einen Dolch zu meiner Verteidigung. Man konnte nie wissen, was sich auf der anderen Seite des Äquators so abspielte. Ein Schmunzeln huschte über mein Gesicht. Ich kannte niemanden, der sich dorthin gewagt hatte. Es war etwas Besonderes – oder total Hirnrissiges. Kopfschüttelnd vertrieb ich die Gedanken. Da fiel mein Blick auf ein paar Schuhe, die auf mich zuhielten. Sie waren insofern ungewöhnlich, weil sie aus schwarzem glänzenden Material bestanden, das ich bisher nie gesehen hatte. Das Licht brach sich in ihnen und warf kleine Regenbögen auf die Erde.

»Sie müssen diejenige welche sein, die sich der Herausforderung gestellt hat, meine Lieferung zu überbringen.«

Ich riss mich vom Anblick der glänzenden Schuhe los und betrachtete den Rest des Mannes. Er war alt. Seine Haut dunkelbraun und von vielen Falten überzogen.

»Die bin ich«, gab ich ein wenig kleinlaut von mir und reichte ihm die rechte Hand zum Gruß. »Roxy ist mein Name.«

»Freut mich, Roxy. Ich bin Xavier, ich werde Sie zumindest ein Stück weit auf ihrer beschwerlichen Reise begleiten.« Er grinste mich an und die Falten um seine Augen schienen sein Lächeln zu verstärken. Er musterte mich kurz.

»Ich sehe eine starke junge Frau, die voller Tatendrang und Mut ist«, bemerkte er. »In Ihren Augen zeigt sich der Drang, nach etwas Neuem zu streben und sich zu beweisen.«

Das hatte er gut erkannt. Dass es so offensichtlich war, ließ mich ein wenig mehr daran glauben, dass ich das alles wollte, was mir passierte und es nicht nur purer Zufall war. Ein warmes Gefühl durchströmte mich und seine positive Ausdrucksweise ließ einen Funken Hoffnung in mir aufflackern.

»Und Sie sind eine Anhängerin der Sonne.« Er zeigte auf die Tätowierung einer Sonne auf meinem Arm.

Ich nickte knapp und fuhr mit der Hand darüber.

»Nun Roxy, ich glaube wir werden gut miteinander auskommen. Bitte folgen Sie mir, unsere Karawane ist hier drüben.«

Ich folgte ihm zu einer Tränke, an der vier gesattelte und bepackte Kamele standen.

»Verstauen Sie doch Ihre Habseligkeiten und dann können wir auch schon los. Alles Weitere erkläre ich Ihnen unterwegs.«

Er tätschelte eines der Kamele am Rücken, das daraufhin seinen Kopf von der Tränke hob und sich kauend nach ihm umschaute. Er gab ein Kommando und die Kamele knieten sich hin, um uns auf ihre Rücken zu lassen. Ich verstaute meinen kleinen Rucksack auf einem der voll bepackten Kamele und lief mit klopfendem Herzen zu dem gesattelten. Ein letztes Mal schweifte mein Blick über die mit Leuten gefüllten Gassen hinter mir. Niemand war gekommen, um mich zu verabschieden. Hatte Fox Daxy gar nicht erzählt, dass ich auf eine schwere Mission ging?

Ich zögerte. Vor meinem inneren Auge hetzten sie durch die Straßen, um rechtzeitig am Rand der Stadt zu sein. Leute liefen geschäftig über den Platz und erledigten ihre täglichen Pflichten, völlig ahnungslos, dass hier jemand stand, der vermutlich nie wieder zurückkehren würde. Ein Seufzer entwich mir und ich wollte mich gerade zu meinem Kamel umdrehen, um aufzusitzen, da sah ich sie.

Fox und Daxy kamen Arm in Arm aus einer Gasse und unterhielten sich ausgelassen. Sie lachten. Er zog sie näher an sich und drückte ihr einen Kuss auf die Stirn.

Es war ihnen egal. Ich war ihnen egal. Zumindest waren sie glücklich. Ohne sich einmal umgedreht zu haben, verschwanden die beiden wieder in der Menge.

Xaviers Kamel gab ein Blöken von sich und riss mich aus der Starre.

»Gibt es ein Problem?«

Meine Augen brannten und ich kniff sie einmal fest zusammen, um die Tränen zurückzudrängen.

»Ähm ... nein, alles in Ordnung.« Dann schwang ich mich auf das Kamel, nahm die Zügel in die Hand und trieb es voran. Das leichte Wogen der Tiere brachte uns aus der Stadt und ich widerstand dem Drang, noch einmal zurückzusehen.

Wir ritten nebeneinander durch die Steppe. Soweit das Auge reichte nur Sand und vertrocknete Büsche. Xavier beschrieb mir seinen Plan, wie wir es über die Grenze in die südliche Hemisphäre schaffen sollten. Da es so gut wie unmöglich war, den Streifen bei Tag zu überqueren, plante er, heute die Nacht durchzureiten und morgen Mittag eine Rast einzulegen, um dann abends an den Äquator zu kommen.

»Mittags, wenn die Sonne im neunzig Grad Winkel auf die Erde trifft, ist die Flur nicht zu überqueren. Man würde gnadenlos gegrillt«, beschrieb Xavier meiner Meinung nach etwas zu bildlich.

Mein Blick huschte auf seine schwarz glänzenden Schuhe. »Haben Sie dort auch diese Klunker her?«

Er lachte kehlig. »Das sind schwarze Glaspantoffeln. Bei uns das Zeichen für Mut und Entschlossenheit, die Aufgaben zu Ende zu bringen. Bekommt man nur verliehen, wenn man die schwarze Flur überwunden hat.« Er hob verschwörerisch die Augenbrauen.

Ich lächelte.

»Warum begleiten Sie mich dann nicht bis über die Flur? Wenn Sie schon so geübt darin sind?«

»Wofür würde ich denn jemanden anheuern, wenn ich selbst gehen könnte? Nein, ich muss auf dieser Seite der Erde bleiben. Aber keine Angst, Ihr Kamel wird Sie leiten und Sie schnell über die Zone tragen.« Er tätschelte das Kamel, auf dem er saß.

»Das sind Malina, Madulis, Artemis und Annit«, stellte er mir die Tiere vor und zeigte mit dem Finger auf die angesprochenen Kamele.

»Namen von Sonnen- und Mond-Göttern?«

Xavier warf mir einen erstaunten Blick zu. Scheinbar hatte er nicht erwartet, dass ich mich damit auskannte. »Jeder sollte in seinem Leben einmal Sonne und Mond als Diener haben, finden Sie nicht auch? Diese mächtigen Himmelskörper haben diese Welt umgeformt und wir unterliegen ihrem Wohlwollen.« Er breitete die Arme aus, lehnte sich im Sattel zurück und streckte das Gesicht der Sonne entgegen.

Ich blinzelte argwöhnisch gegen das grelle Licht.

»In letzter Zeit war sie mir nicht sehr wohlgesonnen und der Mond ist doch sowieso komplett nutzlos.«

Er schien meinen bitteren Unterton bemerkt zu haben und lachte.

»Ich glaube nur, Sie haben ihn nicht kennengelernt. Sie wissen über die Legende der Jahreszeiten, oder? Früher hat uns die Sonne gesagt, wann Sommer war, wann wir ernten oder Feste feiern. Jetzt sind alle Tage gleich lang. Es ist uns nur der Mondzyklus geblieben, um Kalender zu erstellen und der Gesellschaft ein wenig Orientierung zu geben.« Er musterte mich abschätzend, ob ich verstand, was er sagte.

»Der Mond, den wir jetzt sehen, ist nicht der, der früher diese Jahreszeiten geformt hat. Die Wenigsten wissen das. Diesen nutzlosen Mond haben vor zwei Jahrhunderten andere mit letzter Kraft wieder im Orbit errichtet. Damals war es noch schlimmer als heute.«

»Ein halbes Jahr lang Tag?! Ich kenne die Geschichten. Aber dann wären wir alle gar nicht mehr hier.«

Er hob die Augenbrauen.

»Ja, wenn es den neuen Mond nicht gäbe, dann wären wir gegrillt worden wie Brathähnchen.« Er lachte ausgelassen und ich kam nicht umhin mit einzustimmen.

Die Sonne verschwand hinter dem Horizont und während wir ritten, unterhielten wir uns angeregt. Die mondlose Nacht verging schnell und um die Mittagszeit rasteten wir, um unsere Tiere an einer Oase trinken zu lassen. Die Wasserstelle war eine Höhle aus einem künstlich hergestellten Stein, der die Hitze abhielt und das Wasser vor dem Verdunsten schützte.

»Ich glaube, es wird Zeit, Ihnen das Paket zu übergeben.«

Xavier kramte in einer Satteltasche und holte eine steinerne Schatulle hervor, die mit Metall beschlagen war. Darauf prangte ein Umschlag, der mit einer Bastkordel an der Truhe befestigt worden war. Er gab mir das sperrige Bündel. Es war schwer und dafür, dass es hier so heiß war, ungewöhnlich kalt.

»Bringen Sie das hier zu dem jungen Mann, der an der Zitronen-Plantage lebt, er muss es unbedingt in den nächsten Tagen erhalten. Die schwarze Zone ist sechzig Kilometer breit. Auf dem Kamel können Sie das locker in einer Nacht schaffen. Wenn irgendetwas schieflaufen sollte, suchen Sie einen schwarzen Hügel wie diesen hier. In der Höhle, die sich darin befindet, sollten Sie es bis zum Abend aushalten können, ohne zu sterben.«

»Wozu, wenn ich den Streifen bei Nacht überquere?«

»Ich sagte *wenn*.«

»Wird schon schiefgehen.« Ich grinste und verstaute meine Lieferung sicher im Rucksack.

Er zog seine Augenbrauen zusammen und sah mich besorgt an. Wir kannten uns erst seit wenigen Stunden und er schaffte es, mir mehr Zuneigung entgegenzubringen, als meine Freunde.

Waren sie überhaupt jemals Freunde gewesen?

War es möglich, jemanden dazu zu bringen, mehr Wertschätzung zu zeigen? Wahre Gefühle zu gestehen?

»Passen Sie auf sich auf!«

Ich sagte nichts.

Die Flur war immer noch einen ganzen Tagesritt entfernt. Wir schliefen in der Nachmittagshitze im Schutz des Felsens, um in der Kälte der folgenden Nacht die längste Strecke zurückzulegen. Die Sterne waren schon verschwunden, aber die Sonne noch nicht aufgegangen, als sie kamen. Ein Donnern von Hufen riss mich aus dem Halbschlaf, sodass ich fast aus dem Sattel fiel.

»Roxyyy.«

Eine säuselnde Stimme drang aus nicht allzu weiter Ferne zu uns. Ich spähte über die Schulter und erblickte drei Reiter auf braunen Pferden, die Pistolen im Anschlag. Angeführt wurden sie von einem untersetzten Mann. Der hatte mir gerade noch gefehlt.

»Verdammt.« Ich schlug mit der geballten Faust in den Sattelknauf. Sie hatten mich gefunden.

»Freunde von Ihnen?«, fragte Xavier neben mir.

»Los weg hier!« Ich trieb Madulis an, schneller zu laufen. Sein schwerfälliger Körper galoppierte über den losen Sand hinweg. Doch die Bande blieb dicht auf unseren Fersen.

»Das ist mein ehemaliger Arbeitgeber«, rief ich Xavier zerknirscht zu.

Pistolenschüsse bohrten sich neben uns in den sandigen Boden. Xavier hob die Hand und zeigte auf den Horizont rechts von uns. Eine dunkelrote Wolke. Ein Sandsturm! Weitere Schüsse fielen. Ich wurde aus dem Sattel geschleudert und landete unsanft auf der Seite. Jemand drückte mich auf den Bauch, setze sich auf mich und fixierte meine Arme.

»Oh Mann, was für ein verfluchtes Pech du doch hast«, säuselte eine bekannte Stimme in mein Ohr und ließ mein Blut gefrieren.

Fox.

»Leider habe ich den Auftrag bekommen, dich zur Strecke zu bringen, bevor du diesen toten Streifen überquerst. Nichts für ungut.«

Ich konnte mir ein verächtliches Schnauben nicht verkneifen.

»Du willst sichergehen, dass ich sterbe und es nicht nur der Sonne überlassen.«

»Ich bin eben gründlich. Genauso gründlich habe ich mit deiner Freundin Schluss gemacht. Sie wollte mich hiervon abhalten.«

Über meine Schulter hinweg blitzte ich ihn entsetzt an.

»Das hast du nicht getan!« Tränen schossen in meine Augen.

»Du weißt doch, wie das hier ist, Roxy. Töten oder getötet werden.«

Gestern waren sie so glücklich über den Marktplatz gelaufen. Jetzt wurde mir schlagartig bewusst, dass es das letzte Mal gewesen war, dass ich sie gesehen hatte. Trotz meiner Reise ohne Wiederkehr. Wut kochte in mir hoch.

»Tut mir ehrlich leid, Roxy.«

Ich sah nicht, was er tat, aber er würde nicht lange zögern.

Mit den Beinen stemmte ich meine Hüfte in die Höhe, so dass mein Angreifer die Balance verlor, nach vorn kippte und sich auf der abschüssigen Düne überschlug. Das ließ mir genug Zeit, um meinen Dolch am Gürtel zu ziehen. Bevor er seine Waffe auf mich richten konnte, warf ich die Klinge mit aller Kraft in seine Richtung. Der erschrockene Fox starrte auf den Griff, der aus seiner Brust ragte. Dennoch zielte er weiterhin auf mich. Xavier verpasste ihm einen Tritt, der ihn ohne Kontrolle die restliche Düne hinunterrollen ließ. Sein Körper blieb regungslos an ihrem Fuß liegen. Xavier zog mich mit einem Ruck auf die Beine und ich sah mich um.

Meine Kamele und zwei Männer lagen erschossen auf dem Boden. Artemis und Annit waren getürmt.

»Sie müssen los.« Xaviers Augen waren starr auf die fünf Reiter gerichtet. Verstärkung, die schnell auf uns zukam. Er hielt mir meinen Rucksack hin.

»Nutzen Sie den Sandsturm als Deckung und finden Sie die Höhle. Wenn Sie schnell sind, können Sie es schaffen.«

Ich zögerte. Dann nahm ich ihm den Rucksack ab.

»Na los schon, ich halte sie auf!« Die feste Umarmung, die er mir gab, drückte die Luft aus meiner Lunge.

»Bleiben Sie am Leben!« Dann rannte er los und ließ mich verdutzt zurück.

Meine Augen brannten. Nicht nur von den Tränen, die es aufgrund der Hitze nicht schafften, auf den Wangen herunterzulaufen, sondern wegen des Sandes, den der Sandsturm in mein Gesicht peitschte. Ich war mir sicher, Xavier würde das nicht überleben. Also musste ich zumindest schaffen, wofür er sein Leben gelassen hatte.

Diese Mission.

Der Sturm wurde immer stärker und ich kauerte hinter einem Felsen, um nicht davon geweht zu werden. Meine Habseligkeiten bestanden aus zwei Flaschen Wasser, dem Paket, ein paar Keksen und dem zerbrochenen Fernglas. Ich wartete, bis der Sturm nachließ und wagte mich dann vorsichtig voran.

Es war noch Zeit, ich konnte es schaffen. Der Weg war nicht mehr zu sehen, nur die onyxfarbenen Stäbe, die ihn markierten, ragten aus dem Boden. Ich lief und lief, aber die Flur schien kilometerweit entfernt zu sein. Die Sonne stieg immer höher und langsam wurde ich nervös.

Der Sturm hatte sich gelegt, als sich vor mir eine schwarze Fläche aus geschmolzenem Sand ausbreitete. Die Oberfläche war nicht mehr rau, sondern glatt und brach bei jedem Schritt ein. Ich versank förmlich in dem losen Sand darunter. Das Vorankommen war mühsam. Die Zeit schien zu schnell zu vergehen. Allmählich wurde es immer heißer. Ich musste diesen Unterschlupf finden, doch wie? Hier war nichts. Ich sah mich in allen Richtungen um. Nur Hügel aus Glas. Kein Berg, keine Höhle. An manchen Stellen brach das Glas das Sonnenlicht so, dass es selbst durch meine Schutzbrille blendete. Die zunehmende Hektik ließ mich stolpern und ich fiel bäuchlings auf den harten Boden. Der Inhalt des Rucksacks verteilte sich um mich herum.

Mein Blick fiel auf den Brief – auf meinen Namen, der in einer geschwungenen Schreibschrift darauf stand. Mein Name? Mich ergriff das Verlangen zu wissen, warum ich überhaupt hier war, warum Xavier für das alles gestorben war und man mich töten wollte. Antworten. Ich öffnete den Umschlag und entfaltete den Papierbogen.

Es stand nichts darauf. Der Bogen war unbeschrieben.

Ich ließ die Arme sinken und das Stück Papier glitt mir aus der Hand. Kauernd saß ich auf dem Boden, das Atmen fiel mir schwer, die Luft versengte meine Lunge. Die Haut brannte, als sie der Sonne ausgesetzt wurde. Mein Blick wanderte zu der Kiste und dem Blatt, das daneben lag. Die schwarze Kiste war unversehrt und glänzte im grellen Sonnenlicht in Regenbogenfarben.

In dem Moment geschah es: Blasse Worte erschienen auf dem Stück Papier.

Jene, die Dunkelheit nicht fühlen, werden sich nie nach dem Licht umsehen.

Wow, dachte ich in meinem benebelten Verstand, *was für ein nutzloser Hinweis in einer gleißend hellen Wüste.*

Erschöpft fiel ich vornüber auf die Kiste. Sie war kühl. Wie konnte sie nur so kühl sein? Ich schloss meine Augen. Die Kälte breitete sich über meinen schmerzenden und aufgeheizten Körper aus. Verbrannte ich gerade? Fühlte es sich so an zu verbrennen?

Als ich meine Augen wieder öffnete, war es Nacht und mein Atem puffte kleine Wölkchen in die Luft vor mir. Ich sah zum Himmel. Die Sonne war zu einem schwarzen Kreis geworden, umrahmt von hellen weißen Strahlen. Die Erinnerung an den Spruch kam mir in den Sinn. Die Dunkelheit – Licht! Ein paar hundert Meter von mir entfernt sah ich ein glimmendes blaues Leuchten unter einem unscheinbaren Sandhügel. Ohne zu zögern, schaufelte ich alles zurück in den Rucksack und rannte darauf zu. Irgendetwas sagte mir, dass die Nacht nicht lange bleiben würde. Der Eingang der Höhle war mit gläsernen Stäben versperrt, wie Stalaktiten in einer Tropfsteinhöhle hatten sie sich im Laufe der Zeit aufgebaut. Mit der ganzen Wucht meines Körpers warf ich mich dagegen – vergebens.

Langsam begann es wieder heller zu werden. Ich sah hinauf zur Sonne, die sich in die Sichel eines Mondes verwandelt hatte und gleißend hell strahlte. Unbewusst wanderte meine Hand zum Tattoo auf meinem Oberarm und ich dankte dem Mond für die Rettung.

Mein Körper schmerzte und die Sicht verschwamm immer wieder vor meinen Augen. Mit aller Kraft, die ich aufbringen konnte, warf ich die Kiste in den Eingang. Die Stäbe zersplitterten in alle Richtungen und ich konnte gerade so in das Innere der Höhle kriechen.

Es war stickig und heiß in der Höhle. Wasser existierte hier schon lange nicht mehr. Dort, wo die Sonne an meine Haut gekommen war, bildeten sich Brandblasen. Unter Schmerzen grub ich ein Loch in den Sand, legte mich und die kühlende Kiste hinein und schaufelte alles hektisch zu. Die Höhle schien sich zu drehen und mir wurde übel. Ich hatte entweder das Bewusstsein verloren oder war nur eingeschlafen. Gefühlte Stunden später erwachte ich völlig ausgetrocknet und hungrig. Die Vorräte halfen den größten Durst zu stillen. Mein Weg war aber lange nicht beendet.

Als die Sonne endlich tiefer stand, traute ich mich aus der Höhle. Ein Vorhang aus dünnen Glasfäden hatte sich vor dem Eingang gebildet. Mit einer Armbewegung zersplitterten sie klirrend und fielen wie Eiszapfen zu Boden. Ich raffte meine letzten Kraftreserven zusammen und folgte den schwarzen Pfählen, die den Pfad markierten.

Doch nachdem ich eine gefühlte Ewigkeit gelaufen war, konnte ich nicht mehr. Mein Mund war staubtrocken und das Hämmern im Kopf schwoll zu einem Dröhnen an. Ich fiel auf die Knie und erbrach mich in den dunklen Wüstenstaub.

Nur Glas und Sand. Stimmen redeten. Jemand gab mir zu trinken. Mein Geist war nicht in dieser Welt, als sie mich fanden und in einen Wagen hoben. Der kalte Lappen war eine

Wohltat auf der Haut. Die Dämmerung brach an und ich setzte mich auf der Pritsche eines Geländewagens auf.

Zu meiner Verwunderung standen am Straßenrand hunderte Menschen mit Fackeln und entzündeten Feuern, sie riefen begeistert und klopften auf die Seiten des Wagens, als wir sie passierten. Sie begrüßten mich wie eine alte Freundin, griffen nach meinen Händen und umarmten mich bei einem Stopp. Früchte, Saft und Wasser, ganze Gerichte und sogar Schokolade brachten sie herbei. Ein Festmahl auf einer Wagenpritsche. Dankbar stürzte ich es in meine ausgetrocknete Kehle und die Kraft kehrte in meine Glieder zurück. Trotz der Kälte, die in der Wüste bei Nacht herrschte, wurde es mir warm und ich fühlte mich so willkommen wie schon lange nicht mehr. Ein Mann eilte heran und verarztete meine Wunden, die ich mir bei der Reise zugezogen hatte.

Manche begleiteten den Wagen sogar bis in die Stadt und zu einem großen Anwesen. Die Straße dorthin war mit Zitronenbäumen gesäumt. Ein junger Mann stand erwartungsvoll auf der Eingangstreppe und strahlte mich an. Meine Hand nahm er zum Gruß in beide Hände und sagte feierlich in einer Lautstärke, dass alle auf dem Platz es hören konnten:

»Willkommen auf der südlichen Seite des Äquators. Ich bin mir sicher, deine Reise war hart, aber dein Mut und deine Entschlossenheit wurden vom Mond und der Sonne bewundert. Mit der Lieferung dieser jungen Frau werden wir die Jahreszeiten wieder zurückbringen!«

Die Menge johlte. Ich stand perplex da, mit dem Rucksack in den Händen.

»Hast du etwas, das mir gehört?«

Ich stutzte kurz und legte fragend den Kopf schief. »Woher wissen Sie, dass ich zu Ihnen will? Hat es noch jemand anderes durch die Flur geschafft?« Ein wenig Hoffnung breitete sich in mir aus. Seine Augen ruhten einen Moment auf mir und er schien zu wissen, wen ich meinte. Er schüttelte bedauernd den Kopf. Seine freundlichen Augen und die Art, wie sein Mund sich bog, wenn er lächelte, kamen mir vertraut vor.

»Die Sonne hat es mir gesagt«, orakelte er und deutete mit einem Finger auf meine Füße.

Die Morgendämmerung schickte einen ersten Sonnenstrahl durch die Zitronenbäume. Das Licht brach sich in der gläsernen Hülle meiner Schuhe und warf einen Regenbogen auf den sandigen Boden vor mir.

G.T. Avem

G.T. Avem ist 37 Jahre alt und kein Neuling mehr, wenn es um das Schreiben geht. Sie wollte schon immer Kinderbücher illustrieren. Doch da sie selbst ein großer Fan von Belletristik ist, konnte es nur in diese Richtung gehen. Ihr erstes Werk »DAMNUM IMPERIUM« könnte man in die Kategorien Dark Romance, Young Adult und Fantasy stecken und stellt damit einen starken Kontrast zu einem Kinderbuch dar. Aber sie liebt es, Protagonisten einen dunklen Charakter zu verpassen, und hat dabei ihren eigenen Stil gefunden.

Mit der »Bastards«-Reihe und »Curse of the Magician« landete sie ihre ersten großen Durchbrüche, denn man spürt schon auf den ersten Seiten, dass ihr Schreibstil um einiges erwachsener geworden ist.

Bisher erschienene Bücher im Selfpublishing:

→ Damnum Imperium – Meine Gedanken gehören mir

→ Z – Wer wir sind

→ Naked-Reihe (4 Bücher)

→ Deathly Bastards-Reihe (4 Bücher)

→ Curse of the Magician

→ The Hand of Vengeance

Bisher erschienene Geschichten in Anthologien:

Drabbles* in Tales of the Dark

(Spendenanthologie im Selfpublishing)

* Mikrogeschichten aus exakt 100 Wörtern

KONTAKT

E-Mail: geraldine.wetzel@gmail.com

Website: www.gtavem.de

Instagram & TikTok: @g.t._avem

Terra Ultimo

G.T. Avem

Inhalt:

Wenn Zeit alles ist, was noch einen Wert besitzt, wie schnell würdest du Entscheidungen treffen?

Seit knapp siebzig Jahren beherrscht Stillstand die Menschheit. Kein Fortschritt, keine Wissenschaft. Dennoch dreht sich die Erde weiter, Tiere und Pflanzen gedeihen. Regeneriert und angepasst, an eine Welt, in der Menschen tagtäglich um ihr Überleben kämpfen müssen. Wo ein Leben nichts wert und die Zeit der Todfeind ist, Nahrungsmittelknappheit und schlechte Wasserqualität an die Grenzen führen. Willkommen in der Neuen Welt
– Terra Ultimo.

Kapitel 1

»Es gibt Diebe, die nicht bestraft werden und einem doch das Kostbarste stehlen: die Zeit.« *Napoleon*

Auf den staubigen Straßen lief eine Patrouille, während May auf ihren HRC starrte. Das schmale Armband schien auf den ersten Blick unscheinbar. Schwarzes Titan, matt und federleicht. Kaum spürbar am Handgelenk, aber dennoch voller Tücken.

Sie schloss die haselnussbraunen Augen, zwang sich ruhig zu atmen und ihre Chancen abzuwägen. Sie konnte noch zwei, vielleicht drei Stunden hier in einem schäbigen und nach Mottenkugeln stinkenden Wandschrank hocken und ihre kostbare Zeit verlieren oder aber ihre Arschbacken zusammenkneifen, die Treppe nach oben nehmen und über die einsturzgefährdeten Dächer klettern. Beides war sowohl lebensgefährlich als auch ziemlich bescheuert.

Wie konnte ich mich nur in diese äußerst dumme Lage bringen?

May war auf der Suche nach brauchbaren Metallen von ihrer eigentlichen Route abgekommen, hatte die Zeit nicht im Blick behalten und war schließlich in diesem verlassenen Hochhaus gelandet. Nachdem sie direkt in die Arme der Time Hasher gerannt war, hatte sie die Beine in die Hand genommen und erst gemerkt, dass schon drei Stunden verloren waren, als sie sich hinter die schützenden Wände des Schranks verkrochen hatte.

Time Hasher waren ziemlich lästige Pisser, die sich an denjenigen zu schaffen machten, die sich weit außerhalb von Terra Ultimo aufhielten. Und *weit außerhalb* bedeutete ein klitzekleiner Radius von drei Kilometern. Weiter durften sich die Einwohner nicht wegbewegen. Wenn sie dich erwischten, schossen sie dir entweder sofort zwischen die Augen oder nahmen dich gefangen, um dich schließlich mit ihren Zeitscheiben auszusaugen wie ein verdammter Vampir. Danach war man tot. So oder so. Denn mit diesen Scheiben, die aussahen wie eine leuchtende Uhr ohne Zeiger oder Ziffern und mit einer Aussparung in der Mitte, entzogen sie dir deine Lebenszeit. Und das bedeutete wiederum den sicheren Tod. Oder ganz banal ausgedrückt: Herzstillstand.

May checkte die Zeit erneut. Sie drehte ihr Handgelenk und in der Dunkelheit des Schranks tauchten die vier leuchtenden Ziffern auf ihrem HRC auf, die ihr den Atem raubten. Drei Stunden und fünf Minuten. Sie sog die Luft scharf ein, in ihrem Kopf überschlugen sich die Gedanken und sie krallte sich an dem blauen Overall fest, der einmal ihrem Dad gehört hatte.

Sie war zwei Stunden von Terra entfernt gewesen. Würde sie schnell genug über die Dächer aus dem Häuserfriedhof herauskommen, könnte sie es eventuell noch rechtzeitig zur Vergabe schaffen. Schon so oft hatte sie sich das Ende ihrer Zeit vorgestellt. Hatte sich überlegt, wie es wohl sein würde, wenn die letzten Sekunden verstrichen und schließlich eine Null auf ihrem Handgelenk erscheinen würde.

Wird es wehtun? Werde ich Schmerzen haben, wenn der Heart Rate Counter seine letzten Stromstöße an mein Herz sendet, und es schließlich aufhört zu schlagen?

Doch in dieser Sekunde fasste sie einen Entschluss. Ein letztes Mal hielt sie den Atem an und lauschte. Stille. Sie schnallte sich ihren schwarzen 90er Jahre Eastpak mit den roten Flicken fester um die Schultern, atmete noch einmal tief durch und schob mit ihrem rechten Fuß die Tür des Schrankes auf. Die Scharniere gaben ein quietschendes Geräusch von sich, was durch die leeren Flure hallte wie das laute Rülpsen von Zoot, dem dickbäuchigen Security, der an der Essensausgabe nur darauf wartete, dass jemand ein falsches Wort sagte. Nur damit er sich seine Ration unter den Nagel krallen konnte.

Widerlicher Fettsack.

Noch immer liefen die Time Hasher auf den verwaisten Straßen ihre Runden. May konnte das Summen der Zeitscheiben durch die zerbrochenen Fenster noch im dritten Stockwerk wahrnehmen und eine Gänsehaut breitete sich auf ihren nackten Unterarmen aus. Bei dem Gedanken daran, was diese Dinger anrichten konnten, lief es ihr eiskalt den Rücken hinunter.

Es war Spätsommer und die Sonne schien durch die offenen Fenster herein, ließ ihre Strahlen über die zentimeterdicke Staubschicht tanzen und wärmte May die kühle Haut. Winzige Partikel schwebten in der Luft, machten ihr das Atmen schwer.

112

Hier draußen in den seelenlosen Straßen und den baumleeren Feldern gab es nur den abgestandenen Sauerstoff, gefüllt mit Unmengen Kohlenstoffdioxid, der durch die Filteranlagen von Terra Ultimo nach außen weitergeleitet wurde.

Vor siebzig Jahren, im Jahr 2035, fielen Bomben auf die Erde nieder und zerstörten die Lebensräume von Millionen Menschen und Tieren. Mays Dad hatte ihr einmal erzählt, dass es keine gewöhnlichen Bomben gewesen waren. Es hatte sich angeblich um thermonukleare Waffen gehandelt, genauer gesagt Wasserstoffbomben, die alles in Sekundenbruchteilen verstrahlten. Terra Ultimo befand sich auf dem einst asiatischen Kontinent, der überwiegend verschont geblieben war, und dennoch spürte man die Klimaauswirkungen der ganzen Welt auch hier. Milliarden Menschen waren durch den Druck und die Hitzewellen, die diese Bomben auslösen, gestorben. Danach war alles zu Asche zerfallen und hier in Asien waren die, die sich mit der zerstörten Welt abgefunden hatten, geblieben. Menschen und Tiere mit einem starken Überlebenswillen und dem Glück, so weit weg gewesen zu sein, als der saure Regen auf die Erde gefallen war.

Doch auch wenn der Großteil der Tier- und Pflanzenwelt zerstört war, irgendwie gelang es der Natur, sich zu regenerieren. So erzählte man es sich zumindest hinter hervorgehaltener Hand. Bewohner von Terra Ultimo, die sich gegen die harten Gesetze der Stadt verschworen hatten und die im Untergrund regierten. Sie streuten Gerüchte über grüne Lagunen, Papageien in den schillerndsten Farben und so klarer

Luft, wie es sie nicht einmal vor hundert Jahren gegeben haben sollte.

May glaubte daran, auch wenn ihr Vater sie immer vor diesen kriminellen Organisationen gewarnt hatte. Und genau deshalb war sie hier draußen. Sie wollte wissen, was hinter den staubbedeckten Häuserfriedhöfen lag, hinter den großen stählernen Skeletten, die sich in den Himmel streckten und ewig lange Schatten auf den von Leichen gesäumten Boden warfen. Sie wollte wissen, wie es sich anfühlte, wenn ihre nackten Füße über einen anderen Untergrund liefen, als über den ewigen Sand, der sich um ganz Terra Ultimo zu hohen Dünen ausgebreitet hatte. Sie wollte weg von den irrsinnigen Gesetzen und der Zeit, die einem hier immer im Nacken lag. Sie wollte frei sein.

Sie schob sich ihre Maske über Nase und Mund, rollte sich so leise wie möglich aus dem uralten Schrank heraus und kam auf die Füße. Von hier oben war es den Hashern unmöglich, sie zu sehen, aber einige von ihnen besaßen Wärmebildkameras und May saß der kurze Schock, als sie vier von ihnen direkt gegenübergestanden hatte, noch in den Gliedern. Sie hatte sich nur retten können, indem sie eines ihrer kostbaren HRCs hatte fallen lassen. Die Hasher hatten sich darauf gestürzt wie Ratten auf einen Kadaver und May hatte sich schließlich in das einsturzgefährdete Hochhaus retten können.

Immer wieder stieß sie in letzter Zeit bei ihren Auskundschaftungstouren auf tote Menschen, die ihre Armbänder noch trugen. Das war ziemlich merkwürdig, denn nicht nur die HRCs waren noch an Ort und Stelle gewesen. Sie zählte bereits fünf Stück in ihrem Besitz. Doch bisher hatten sie ihr noch nichts genützt, sie hatte sie lediglich in ihrer Neugierde eingesteckt und trug sie seitdem mit sich herum. Bei näherer Betrachtung war ihr aufgefallen, dass sich auf den Herzfrequenzmessern noch Restzeit befand. Als hätte mit dem Tod der armen Seelen auch die Zeit aufgehört zu schlagen und wäre einfach stehengeblieben. Doch May wusste, dass das unmöglich war. Immerhin musste sie, seitdem sie vor neunzehn Jahren auf diese Welt gekommen war, um jeden einzelnen Tag kämpfen.

Jeden Tag mussten die Bewohner von Terra Ultimo bestimmte Aufgaben erledigen, dafür blieben ihnen genau vierundzwanzig Stunden Zeit, die ihnen auf den HRCs gutgeschrieben wurden. Schafften sie es, ihre Arbeiten fristgemäß zu beenden, konnten sie sich neue Stunden, Minuten und Sekunden bei der Ausgabe abholen. Dort wurden mithilfe von Mays verhassten Zeitscheiben die Armbänder aufgeladen und das Bangen um Leben und Tod fing von vorn an. Jeden einzelnen Tag.

24 Stunden, 1.440 Minuten und 86.400 Sekunden.

Kinder, schwache und alte Menschen teilten sich ihre Zeiten mit Familienmitgliedern, zudem erhielten sie zusätzlich zu den vierundzwanzig noch einmal weitere zehn Stunden. Kleinkinder erhielten erst mit dem Eintritt in das zweite Lebensjahr ihre Operation, bei der das HRC-Armband mit dem Herzen verbunden wurde. Man erzählte sich die schaurigsten Storys über diesen Eingriff, doch nur die Oberhäupter von Terra Ultimo wussten darüber wirklich Bescheid und sie

115

machten ein Geheimnis aus all jenen Dingen. Hatten Bewohner wie May keine lebenden Verwandten mehr, waren sie auf sich allein gestellt. May kämpfte sich seit dem Verlust ihres Vaters vor zwei Jahren auf der Straße durch. Sie hatte sich gleich nach dem schrecklichen Tod für das Erkundungsteam gemeldet und liebte diese Aufgabe, auch wenn sie jetzt mächtig in der Patsche saß. Sich freiwillig zu melden, um die letzten Schätze der Menschheit zu plündern, kam ihr jetzt wie eine ziemlich bescheuerte Idee vor.

In gebückter Haltung schlich sich May aus dem Zimmer heraus. Der Staub dämpfte ihre Schritte, doch sie hörte die Stimmen der Hasher, als stünden sie direkt neben ihr. Ein feiner Schweißfilm bedeckte ihren Rücken, lief über ihre Schläfen und sie wünschte sich einmal mehr heute Morgen einfach in den westlichen Teil des Umkreises von Terra gegangen zu sein. Dort war die Luft etwas reiner, da an diesem Grenzwall zur Stadt die oberen Herrscher lebten. Als würde ihnen andere Luft zum Atmen zugeteilt, als dem niederen Volk. May wollte sich an den Gedanken klammern, dass das nur dummes Gerede war, aber die Beweise lagen offensichtlich vor ihr. Hinzu kam noch, dass dort in der Wüste die meisten Wracks unter dem Sand vergraben lagen. Es war eine mühsame und schwere Arbeit an die Teile heranzukommen, aber es lohnte sich.

Doch jetzt blieb keine Zeit für Verschwörungen oder Was-wäre-wenn Theorien, denn May musste aus diesem Hochhaus entkommen, ohne erwischt zu werden. Sie war im zweiten Stockwerk angekommen, bedachte die vielen Scherben unter ihren Füßen und hielt die Luft an. Gedanklich zählte sie bis drei und hangelte sich an der Wand entlang, um so wenig wie möglich über die Glassplitter steigen zu müssen. Jedes noch so kleinste Geräusch könnte sie verraten. Doch sie hörte das Knirschen, noch ehe einer ihrer Sohlen überhaupt Glas berührt hatte.

»Stehen bleiben!«

Die Stimme klang unmenschlich, beinahe mechanisch und ohne jegliche Gefühlsregung darin. Schluckend schloss May die Lider, malte sich vor ihrem geistigen Auge die nächsten Minuten aus. Ihr lebloser Körper auf dem mit Splittern übersäten Boden, die Augen schreckgeweitet und starr, dunkelrotes Blut mit Staub vermischt, das Gehirn nur noch eine zähe Masse, durchlöchert und tot.

Langsam wandte sich May ihrem Schicksal zu, bedachte mit flattrigem Atem den Hasher am anderen Ende des langen Flures. Von hier aus sah er gar nicht so gefährlich aus, doch seine Montur bereitete ihr auch aus zehn Meter Entfernung eine verdammte Gänsehaut. Alle Hasher trugen dasselbe – einen schwarzen Kampfanzug. An den Knien, den Ellenbogen sowie der Brust und dem Rücken bot ihnen eine feste Carbon-Ummantelung Schutz vor Angriffen. Auf dem Kopf trugen sie schwarze Masken, die das gesamte Gesicht verdeckten und keinen Einblick auf den Menschen in diesem Anzug zuließen. Ein kleiner Rucksack auf ihrem Rücken warf in Mays Kopf schon immer Fragen auf. Mehrere Schläuche verliefen von diesem in die Anzüge und Masken der Hasher. Sie wirkten damit wie verfluchte Außerirdische und May war sich sicher, dass auch an diesem Gedanken etwas Wahres dran sein musste.

In seiner rechten Hand hielt der Kampfhund von Terra die Zeitscheibe. Grelles blaues Licht ging in wellenartigen Bewegungen von ihr aus. May hätte sich beinahe in dem Anblick verloren, als plötzlich ein Ruck durch den Hasher ging und er mit langsamen, aber großen Schritten auf sie zukam.

Für einen Augenblick stockte ihr der Atem, ehe sie auf dem Absatz kehrtmachte und sich nach ihrem Leben sehnte. Sie wollte auf keinen Fall hier in dieser Müllhalde in einer roten Pfütze aus geronnenem Blut verrotten.

»Eine Flucht ist zwecklos!«, brüllte ihr der Hasher nach, doch May hetzte schon wie ein angestochenes Reh über die Glasscherben, bis sie schließlich zur Treppe gelangte und die Stufen hinunterstürzte.

Mehrere Male verlor sie den Halt an dem maroden Geländer und rutschte über altes, ausgedörrtes Papier, das den Boden zu einem gefährlichen Hindernisparcours werden ließ. Umgestürzte Möbel im ersten Stockwerk machten es ihr zusätzlich schwerer, den Verfolger abzuhängen, auch wenn er immer noch langsamer war als sie. May aber wusste, dass sich die Hasher untereinander verständigen konnten, und das könnte ihr zum Verhängnis werden.

May sprang hinter eine alte Couch, deren Federn aus dem durchlöcherten Stoff ragten, und atmete tief durch. In ihrem Kopf ging sie die Möglichkeiten durch, die sie zur Wahl hatte. Sie könnte kämpfen und dabei einen tödlichen Schuss im Kopf kassieren, den Weg gehen, den sie gekommen war und riskieren, dass die anderen Hasher noch immer vor dem Eingang standen oder durch das Loch des Hochhauses nach unten klettern, das wie eine klaffende Wunde vor ihr lag. Heißer Wind fegte hindurch, pfiff ihr um die Ohren, wirbelte Sand auf und peitschte gegen ihren Overall.

Das Loch vor ihr war zwei Mal so breit wie sie, Stahlträger ragten aus den Wänden und sahen aus wie gebrochene Knochen eines toten Tieres, bildeten abstrakte Formen aus Tod und Verzweiflung. May schluckte, als sie den Entschluss fasste. Dann krabbelte sie auf allen vieren vorwärts, bis sie an der Kante des Loches angekommen war und vorsichtig nach unten lugte. Hinter ihr die abgehackten Schritte des Hashers.

»Keinen Schritt weiter oder ich werde schießen!«

Kurz blickte May über ihre Schulter. Der Hasher war gerade am Fuß der Treppe angelangt, zwischen ihnen unzählige kaputte Möbel und Luft, die in Flammen zu stehen schien. May schob ihr rechtes Bein nach vorn, setzte ihren Fuß auf einen der Stahlträger ab, fünf Meter unter ihr der staubige Sandboden. Mit zittriger Atmung stieß sie sich ab, umgriff einen weiteren dünneren Balken, der aus der zerstörten Decke ragte und zuckte zusammen. Ein Aufschrei, ein Schuss und jemand fiel mit einem dumpfen Aufprall auf den Boden.

Beinahe wäre sie nach unten gestürzt, als sie sich den Geräuschen hinter sich zuwandte. Sie traute ihren Augen kaum, als sie den am Boden liegenden Hasher erblickte – seine Gliedmaßen in einer unnatürlichen Haltung von sich gestreckt. Dann klappte ihr die Kinnlade auf. Eine vermummte Person rannte auf sie zu, in der Hand eine Waffe aus der Alten Zeit.

Panisch drückte sich May ab, rutschte einen halben Meter nach unten und konnte sich gerade noch rechtzeitig an einem dicken Kabel festhalten. Sand rieselte von ihren Stiefeln, sie sah ihm in die Tiefe nach. May wollte nicht nach unten fallen und sich das Genick brechen, doch ihre feuchten Finger konnten sich nicht länger an dem spröden Kabel festklammern.

»Hiergeblieben«, ertönte eine tiefe Stimme hinter ihr und im selben Moment wurde sie nach oben gezogen.

Sie wehrte sich mit Händen und Füßen gegen ihren Angreifer, bis er ihren durchgeschwitzten und von Panik gepackten Körper nach unten drückte und sich auf sie setzte. Problemlos fixierte er ihre Hände auf ihrem Bauch und schüttelte den Kopf. May verstand nicht, wollte am liebsten laut schreien, denn sie hatte sowieso schon verloren. Ob sie den Hashern zum Opfer fiel oder einem kranken Psycho in den Lauf blickte, was machte das schon für einen Unterschied? Doch der Angreifer zog mit seiner freien Hand den Schal nach unten, den er sich schützend um das Gesicht gelegt hatte, und legte sich den Finger auf die Lippen.

Seine hellen Augen funkelten sie an, während er interessiert den Kopf schief legte. Ein feiner Dreitagebart umspielte sein kantiges Gesicht und die Nase schien schon mehrere Male gebrochen zu sein, denn sie war an einigen Stellen schief. Schließlich nahm er seinen Finger von den Lippen, schob den Ärmel über Mays Unterarm und bedachte den HRC an ihrem Handgelenk. Erschrocken blickte er ihr wieder in die Augen.

»Du musst zurück.«

May blinzelte verdattert, ehe sie sich wieder sammeln konnte. »Wenn du von mir runtergehen würdest, wäre ich schon längst über alle Berge.«

Ein leichtes Lächeln umspielte seine Lippen. »Ich habe dich soeben vor diesen Hashern gerettet. Ein kleines Dankeschön wäre schon drin, oder?«

Die aufgestaute Luft glitt lautstark aus ihren Lungen, während sie versuchte, sich ein Dankeschön aus den Rippen zu schälen. »Nett von dir«, murmelte sie schließlich. »Kannst du jetzt runtergehen?«

»Gern«, nickte der Fremde, sprang leicht wie eine Feder von Mays geschundenem Körper und zog sie auf die Beine.

Er war mindestens einen Kopf größer als May und sie musste widerwillig aufblicken, als sie dem Druck ihrer Brust nicht länger standhalten konnte. Noch nie hatte sie außerhalb der Mauer von Terra Ultimo andere Menschen gesehen.

»Wer bist du?«

Der Fremde legte erneut seinen Finger an die Lippen und nickte in den Gang hinein. »Da erscheinen gleich zwei weitere Hasher.« Er trat einen Schritt nach vorn, schirmte May mit seinem Körper ab und drückte sie schließlich gegen die Wand. »Geh durch diese Tür. Hinter dem alten Schreibtisch findest du eine Falltür mit einer Strickleiter. Ich werde sie aufhalten. Nimm die Straße, die parallel zu dieser hier führt und renn.« Eine kurze Pause entstand, in der May ihr eigenes Herz klopfen hörte. »Du hast nur noch einhundertsechsunddreißig Minuten übrig. Das schaffst du unmöglich.«

Er packte abermals ihr Handgelenk und zog ein seltsames Gerät aus seiner Hosentasche, dessen kleines Display er direkt über die Ziffernanzeige ihres HRCs hielt. Ein kleines Piepen ließ May zusammenzucken und schließlich ließ er ihren Arm fallen.

Schwer atmend blickte sie auf die vier Zahlen. »Vier Stunden.« Sie japste nach Luft. »Was hast du getan?«

Schnelle Stiefelschritte hallten vom Treppenhaus zu ihnen. »Ich habe dir mehr Zeit verschafft. Hier.« Er drückte May ein anderes Ding in die Hände. »Ein Aufnahmegerät. Hör dir das Tonband an, sobald du in Terra und in Sicherheit bist.« Der Fremde trat zurück, zog seine Waffe und lud sie nach. »Ich vertraue dir, dass du es schaffst und diese Aufnahmen niemand anderes zu hören bekommt.«

Nickend bedachte May das Gerät. »Was ... was passiert hier gerade?«, stotterte sie und tastete hinter ihrem Rücken nach dem Türgriff.

»Ich rette dich und jetzt los.« Ohne ein weiteres Wort rannte er davon und May verschwand hinter der Tür.

Kapitel 2

»Es war die Art zu allen Zeiten, Irrtum statt Wahrheit zu verbreiten.« *Johann Wolfgang von Goethe*

May war völlig durchgeschwitzt, als sie die riesige Mauer von Terra Ultimo betrachtete. Die beiden spitzwinkeligen Türme, in denen jeweils zwei Wachen standen und über die karge Landschaft spähten. Die ewig lange Mauer, die kaum überwindbar schien. Eine Stadt mitten im Niemandsland, die mit einem sechs mal sechs Meter langen Stahltor vor der Außenwelt verschlossen werden konnte. Auf der Mauer liefen Terra-Soldaten Patrouille und May starrte auf ihren HRC.

Sie hatte das Gefühl, noch nie in ihrem Leben so schnell gerannt zu sein. Ihre Füße brannten über den dünnen Sohlen, die nicht einmal kleinste Steinchen davon abhalten konnten, schmerzvoll ins Fleisch zu stechen. Sie war förmlich durch die Falltür geflogen und an den wackeligen Stäben der Leiter nach unten geklettert. Bis sie wieder festen Boden unter den Füßen verspürt und über ihr höllischen Lärm vernommen hatte. Sie verdankte dem fremden Retter ihr Leben, doch nun weinte sie ihm keine Träne hinterher. Auch wenn er ihr wie durch Zauberei zwei Stunden mehr Zeit verschafft hatte, seine gesamte Erscheinung war ihr nicht geheuer.

Wie hat er das bloß geschafft?

May hatte noch beinahe zwei Stunden übrig und in diesem Moment wurden ihre Knie weich. Jetzt realisierte sie, dass sie ein gewaltiges Problem hatte. Die Typen von der Zeitvergabe würden wissen, dass viel zu viel Stunden auf ihrem HRC übrig waren.

Wie soll ich ihnen das erklären?

Mit wackeligen Beinen und einem Gefühl, als würde sie ihre letzte Mahlzeit sofort auf den sandigen Boden kotzen, verbarrikadierte sich May hinter der rostigen Karosserie eines alten Güterzuges. Seine zwölf Wagons lagen wie eine überdimensionale tote Schlange im Tal vor Terra verteilt.

Schwer atmend nahm sie ihren Rucksack ab und kramte darin nach diesem merkwürdigen Ding, das ihr der Fremde gegeben hatte. Sie drehte es in alle Richtungen, erkannte zwei kleine Gravuren: »made in Taiwan« und »voice operated recording«. Sanft strich sie mit dem Zeigefinger über drei dicke Knöpfe, die seitlich an dem Gerät angebracht waren. Der Fremde hatte es *Aufnahmegerät* genannt und sie sollte das *Tonband* abhören, doch sie hatte keinen blassen Schimmer, was ein Tonband überhaupt war. Das kleine graue Gerät besaß ein schmales durchsichtiges Fenster, hinter dem May zwei runde Aussparungen erkennen konnte und eine Art Mikrofon am oberen Rand. Mikrofone kannte sie durchaus, da es in Terra auch Vergnügungslokale gab, in denen Betrunkene nachts in jene hinein grölten und Lieder aus der Alten Zeit sangen. Sie nannten es Karaoke, doch May konnte mit alledem nichts anfangen.

Noch einmal drehte sie es in alle Richtungen, dann atmete sie tief durch und drückte den ersten Knopf nach unten. Mit einem Klicken glitt das Fach mit der durchsichtigen Scheibe auf und beinahe hätte May es im hohen Bogen davon geworfen. Vorsichtig lugte sie in die Öffnung und erkannte so etwas wie eine kleine Karte, ein Ding mit seltsamen dünnen Papierstreifen. Sie klappte das Fach wieder heran und drückte den zweiten Knopf herunter. Sofort ertönte ein leises Kratzen aus dem kleinen Gerät und May legte ihr Ohr daran. Sekunden später vernahm sie ein Rauschen, gefolgt von einem weiteren Kratzgeräusch. Danach wurde der Ton klarer und eine weibliche Stimme bat um Aufmerksamkeit.

»Miranda McCollin, Stützpunkt Ost, neue Zeitzone, ehemals Asien, Terra Ultimo, Labor 4. Ich wiederhole: Hier spricht Miranda McCollin, Stützpunkt Ost, neue Zeitzone, ehemals Asien, Terra Ultimo, Labor 4.« May klimperte mit den Wimpern und zwickte sich in den Nasenrücken. Dann sprach die freundlich klingende Stimme weiter. *»Seit sieben Jahren kämpfen wir für das Recht auf Leben ohne verlorene Zeit, ohne den Druck, den die Hasher auf uns ausüben und was die Großen von Terra Ultimo uns abverlangen. Während sie sich auf ihren Stühlen der Macht ausruhen, schuftet die Gosse für ihr Leben, für ihre Zeit. Tag für Tag.«* Eine kurze Pause entstand, in der May sich umsah, die Angst im Nacken, dass sie jemand belauschen könnte. *»Wir, der Aufstand der Zeit, kämpfen für unsere und eure Freiheit. Wir, der Aufstand der Zeit, kann euch helfen im Kampf gegen die Hasher, gegen die Großen von Terra Ultimo und vor allem gegen die brutalen*

Operationen. Operationen, die sie an euren Herzen vornehmen und die euch das kostbarste Gut nehmen, das ihr besitzt. Ein Recht auf ein Leben, ohne Angst, den nächsten Morgen nicht erleben zu können. Blickt gen Süden, seht den Turm der Hoffnung. Dort können wir euch helfen. Schließt euch uns an im Kampf gegen die Ungerechtigkeit – gegen die Zeit.«

Das Gerät knackte und schließlich trat wieder Stille ein. Alles, was May hören konnte, war der Wind, der über die Dünen pfiff und zwischen den Waggons hindurch fegte. Als sie gedankenverloren in die Ferne blickte, sah May einen dünnen Kojoten, der zwischen den alten Trümmern nach Nahrung suchte. Selbst von hier konnte May seine Rippen sehen, von Hunger gezeichnet und doch hatte er es besser als sie. Ihm hing nicht die Zeit im Nacken, nur der Hunger. Und alles war besser, als auf vier Ziffern zu blicken, die den sicheren Tod voraussagten.

May stopfte das Gerät zurück und rappelte sich auf. Sie blickte gen Süden, wusste, auf was sie achten musste. So oft war sie in diese Richtung gelaufen, so oft betrachtete sie den kühlen Stahl, der meterhoch in den Himmel ragte, so hoch, dass sie ihren Nacken überstrecken musste. Die Bewohner von Terra nannten ihn den *Turm der Hoffnung,* weil er all die vielen Jahre seit dem großen Krieg überlebt hatte. Er war ein standhaftes Beispiel für Überlebenswillen und Stärke.

Doch May war noch nie ganz zu ihm vorgedrungen. Ein Riss klaffte zwischen ihm und dem festen Erdboden. May hatte noch nie daran gedacht, diesen zu überqueren, auch wenn er nur knapp zwei Meter breit war.

Soll ich es wagen und der Frau auf diesem merkwürdigen Tonbandgerät glauben? Was habe ich schon zu verlieren? Ein Leben in Gefangenschaft für ein Leben in Freiheit?

Sollte sie der Stimme und dem Fremden, der ihr Leben gerettet hatte, vertrauen?

Nochmals blickte sie auf ihren HRC. Eine Stunde und fünfundvierzig Minuten. May wägte zwischen einem Leben, welches von Zeit bestimmt war und einem plötzlichen Herzstillstand ab.

Was besitze ich schon? Eine Bretterbude, in der eine durchlöcherte Matratze lag und ein paar Habseligkeiten, die sie über die Jahre hinweg angesammelt hatte.

Freunde? Freunde besaß keiner in Terra Ultimo, weil die Angst zu groß war, einen geliebten Menschen zu verlieren.

Familie? Ihr Vater war bei einem Brand in Terra gestorben. Als das Feuer einer Wasseraufbereitungsanlage auf sämtliche Chemikalien übergegangen und es zu Explosionen gekommen war. Sie war allein.

Dann ging sie in Gedanken den Weg ab, der bis zum Riss führte. Er war noch in dem erlaubten Umkreis von drei Kilometern. May würde also nicht noch einmal auf Hasher treffen und sie wäre in weniger als fünfzehn Minuten dort. Wenn sie rennen würde, dann vielleicht sogar in zehn Minuten. Ihr blieben dann also noch neunzig Minuten Zeit, um zu ihrem eigentlichen Ziel zu gelangen. Dem Turm der Hoffnung.

May fasste einen Entschluss. Den dritten am heutigen Tage, um genau zu sein, wenn man die andere dumme Entscheidung wegließ, als sie den Radius von drei Kilometern hinter sich gelassen und von der eigentlichen Rute abgekommen war. Sie schulterte ihren Rucksack und zog ihre Feldflasche aus der kleinen Tasche um ihren Gürtel, trank einen kräftigen Schluck und lief los.

Immer wieder sah sie zum Tor von Terra, erblickte die Soldaten, die sich wie winzige Ameisen davor tummelten und beschleunigte ihre Schritte. Sie konnte nicht zurück. Man würde ihr auf die Schliche kommen, würde merken, dass jemand ihr illegal Zeit zugespielt hatte. Schließlich war jeder Bewohner gründlich aufgelistet, seine Restzeit notiert und bei Verlassen der Stadt wurde das HRC kontrolliert. Es gab keine Möglichkeit, bei der Zeitvergabe zu tricksen.

May tat also das Richtige. Auch wenn die Stimme in ihrem Kopf sie für diese dämliche Aktion aufzog. Doch sie hatte keine andere Wahl, also rannte sie, bis sie vor dem breiten Riss zum Stehen kam. Mit schweren Atemzügen blickte sie über die Kante. Man konnte den Boden nicht erkennen. May warf einen kleinen Stein hinunter und zählte die Sekunden. Drei. Drei Sekunden bedeuteten ungefähr dreißig Meter. Sie gab ein schrilles Lachen von sich und schüttelte den Kopf. Nach unten konnte sie nicht, also würde ihr nichts anderes übrigbleiben, als zu springen.

Und da ihr wie immer die Zeit im Nacken saß, ging sie einige Schritte zurück, atmete noch einmal tief durch und nahm Anlauf. Sie versuchte, ihre Angst auszublenden und stattdessen ihren Überlebenswillen zu aktivieren. Ihre Schritte beschleunigten sich. Dann sprang sie ab und wusste in der Sekunde, als sie den Boden unter ihren Füßen verlassen hatte, dass sie es nicht schaffen würde. Ihre Brust prallte mit voller Wucht auf die Kante der anderen Seite. Panisch versuchte sie, mit ihren Schuhen irgendeinen Vorsprung am porösen Felsen zu finden, krallte ihre Finger in den heißen Sand, doch sie griff nur nach losen Steinchen. Ihr Becken rutschte immer weiter über die Kante, während ihre Füße verzweifelt nach Halt suchten. Salziger Schweiß lief von ihren Schläfen und brannte in ihren Augen. Sie kniff die Lider zusammen, dachte an den Unbekannten und die freundliche Stimme, daran, dass vielleicht bald alles besser werden könnte. Sie bündelte ihre letzten Kräfte, schrie sich die Angst aus den Lungen und robbte sich Millimeter für Millimeter weiter nach vorn.

Nach Minuten der schlimmsten Angst, die sie jemals verspürt hatte, ließ sie ihren Kopf auf den Sand fallen, zog die Beine auf festen Boden und atmete angestrengt ein und aus. Sie hatte es doch noch geschafft. Ihre Brust schmerzte und ihre Fingernägel waren eingerissen, so tief, dass Blut aus den kleinen Wunden lief. Sie war in Sicherheit. Vorerst.

Mit wackeligen Beinen hievte sich May nach oben, zog sich die Maske vom Mund und fuhr sich über das schweißnasse Gesicht. Doch jetzt durfte sie nicht zurückblicken, nur noch nach vorn. Also setzte sie die Maske wieder auf und lief weiter.

Der Turm der Hoffnung prangte vor ihr auf, glänzte in der heißen Sonne wie ein grauer Diamant und je weiter sie in seine Richtung lief, desto bewusster wurde ihr, dass sie so nah an der Grenze zum Tod schwebte wie noch nie. Tränen rannen über ihre Wangen, nur der dicke Stoff der Maske hielt sie auf.

Um sie herum veränderte sich die Natur, obwohl sie nur so wenige Kilometer von Terra entfernt war. Klobige Felsen prägten nun das Bild, während ab und an dürre Büsche mit scharfkantig aussehenden Blättern querbeet verteilt standen. May war vorher noch nie bewusst gewesen, dass sich jenseits von diesem Riss sogar die Vegetation änderte. Sie fand keinerlei verrostete Wracks von Wagen aus der Alten Zeit vor. Auch keine Häuserruinen oder Spuren einer Zivilisation, lediglich winzige Pfotenabdrücke im Sand und dicke Insekten, die an ihr vorbeiflogen.

Auf ihrem HRC schwanden die Minuten. Eine Stunde hatte sie noch Zeit, um jemanden zu finden, der etwas mit dem Tonbandgerät zu tun haben könnte. Die breiten Füße des Stahlturms waren so enorm, dass sie um jeden der vier zwei Mal herumlaufen musste, um sich alles anzusehen. Schwer atmend stellte sie sich direkt unter die Mitte und spähte den gigantischen Stahl hinauf. Ihr wurde schwindelig von den vielen Verstrebungen und die Luft schien seltsam aufgeladen. Mit winzigen Partikeln von elektrischem Strom, den sie von den Großen aus Terra kannte. Sie wirbelten um May herum.

Während sich die Sonne allmählich vom Tag verabschiedete, ließ sich May geschwächt auf den staubigen Boden fallen. Der Turm spendete ihr genügend Schatten, denn auch jetzt waren ihre Strahlen viel zu warm. May trank den letzten winzigen Schluck aus ihrer Feldflasche und starrte beinahe apathisch in der Gegend herum. Dann vermischte sich unbändige Wut mit einem Ohnmachtsgefühl und der Tatsache, dass die Stimme auf dem Tonbandgerät sie angelogen hatte. Stinksauer bündelte sie ihre letzten Kräfte und warf die Flasche mit einem Schrei gegen den dicken Stahl. Sie erschrak, als das Echo wie ein unmenschlich tosendes Geräusch im gesamten Turm von den Streben hallte und sie sich die Ohren zuhalten musste. Ihr Brustkorb vibrierte und sie war sich sicher, dass man den Widerhall bis nach Terra Ultimo hören konnte.

Ihr Kopf schmerzte höllisch von diesem Lärm und der Tatsache, dass ihr Körper viel zu entkräftet war.

Wann habe ich das letzte Mal etwas gegessen? Wann einen größeren Schluck Wasser genommen, als dieses Rinnsal aus meiner Feldflasche?

Ihre Sicht war schon verschwommen. Nichts. Sie sah niemanden. Ihr Magen verkrampfte. Sie würde sich mit ihrem Tod auseinandersetzen müssen, und zwar jetzt und hier. May spürte nur noch, wie ihr Schädel hart auf den Boden aufkam, das leise Summen der letzten Schalltöne, dann war ihre Sicht endgültig von Schwärze durchzogen.

Kapitel 3

»Jeder Tag ist ein Wagnis und wird dadurch erst lebenswert.« *Aristoteles*

»Bin ich tot?«, krächzte sie. Ihre Stimme war rau und brüchig.

Mit dichtem Nebel in ihrem Kopf versuchte May, die Augen zu öffnen, zu blinzeln und dem hellen Licht zu entkommen, das ihr die Lider versenkte.

»Du bist nicht tot.«

Moment mal. Sie krallte ihre von einem merkwürdigen Taubheitsgefühl durchzogenen Finger in den Stoff. *Stoff?*

»Beruhige dich«, sprach eine weibliche Stimme zu ihr. »Du bist in Sicherheit. Ich werde dir ein Glas Wasser kommen lassen. Bleib liegen und mach keine Dummheiten. Ich bin gleich wieder da.«

May verharrte in Schockstarre. Sie spürte, wie sich ihr Magen im Kreis drehte und ein Kribbeln durch ihren gesamten Körper zog. Sie hatte womöglich gerade einen Albtraum oder war soeben in der Hölle angekommen. Doch dann nahm sie all ihren Mut zusammen und öffnete die Augen einen spaltbreit.

Weiß. Sie befand sich in einem weißen Raum. Über ihr hing eine helle Lampe, es gab hier also Strom.

Aber wo verdammt ist hier?

Ganz klar. Sie halluzinierte.

Doch kann man in einer Halluzination seinen Körper spüren und sich bewegen?

Vorsichtig drehte sie ihren Kopf. Noch immer hatte sie höllisches Kopfweh, doch dieses vergaß sie abrupt. Eine hübsche Blondine betrat den Raum durch einen Durchgang, indem sie eine durchsichtige Folie beiseiteschob und May ein Lächeln schenkte. Ihre langen Haare wippten bei jedem Schritt und umspielten den dunkelgrauen Overall. Er sah modern aus, beinahe wie aus einer anderen Welt. Zudem empfand May den Raum als eher steril. Kein Vergleich zu ihrer Bretterbude in Terra.

»Hier«, sagte sie und stellte ein Glas mit klarer Flüssigkeit auf einen kleinen Beistelltisch. »Trink das. Warte, ich helfe dir beim Sitzen.«

Die Frau lehnte sich über May, umgriff ihre Schultern und hievte sie nach oben. May wurde etwas schwindelig, doch die Frau musste es gespürt haben und hatte sie sicher in ihrem Griff. Langsam nahm sie das Glas und hielt es ihr an die Lippen. May roch daran.

»Keine Sorge. Das ist Wasser aus unseren Aufbereitungsanlagen. Es ist nicht vergiftet.« Die Frau lachte, es klang weder böswillig noch gefährlich.

Nickend beugte sich May etwas nach hinten und genoss das kühle Nass auf ihrer Zunge. Es schmeckte anders als das Wasser aus Terra und sofort versteifte sich May wieder.

»Terra«, japste sie und drückte die Frau von sich. »Wo bin ich?«

Die Frau stellte das Glas zurück und schob sich einen Stuhl mit Rollen an Mays Bett. »Ich bin Ava und du bist?«

May glotzte die Frau an. »May. Ich bin May.«

»Hallo, May. Du befindest dich im Stützpunkt Ost, unweit der Old Lady. Weißt du, wie du uns gefunden hast?«

»Old Lady?«, stammelte May und fuhr sich über das linke Handgelenk. Dass das HRC immer noch an ihrem Arm war, beruhigte sie irgendwie, doch ein Blick darauf verriet ihr, dass sie nun vierundzwanzig Stunden zur Verfügung hatte. »Wie ist das möglich?«, fragte sie fassungslos.

Ava lächelte. »Nun, wir nutzen dieselbe Technik wie die Hasher. Ein paar Leute unserer Truppen sind, sagen wir rein zufällig, auf ein Team von Hashern gestoßen. Wir haben uns ihre Geräte, nennen wir es, ausgeliehen.« Grinsend bedachte sie May. »Du wirst deinen Zeitmesser bald nicht mehr benötigen. Nun verrate mir doch bitte, wie du uns gefunden hast?«

»Wie habt *ihr* mich gefunden?«, platzte es aus May heraus. »Und wie meinst du das, ich werde den HRC bald nicht mehr benötigen?«

»Eine Frage nach der anderen, Liebes. Also? Wie hast du uns gefunden?«

Seufzend rutschte May nach hinten und lehnte sich an die kalte Wand. »Ich habe diese Stimme auf diesem Tonband gehört und bin ihr zum Turm der Hoffnung gefolgt. Danach bin ich ... danach weiß ich nichts mehr«, gab sie achselzuckend zu.

»Ein Tonband?«

May nickte und fuhr sich durch das mit Staub bedeckte Gesicht. »Ich gehöre zum Erkundungsteam von Terra und bin von meiner Route abgekommen. Ich war südlich von der Stadt unterwegs, als ich drei Hashern direkt in die Arme gelaufen bin. Ich konnte nur entkommen mit der Hilfe eines geheimnisvollen jungen Mannes. Er hat mir auch dieses Aufnahmegerät in die Hände gedrückt und gesagt, ich solle es anhören, sobald ich in Terra sei. Dann hat er mir mit einem seltsamen Gerät Zeit geschenkt. Allerdings«, fuhr May fort und angelte das Glas, um daraus zu trinken, »konnte ich mit mehr Zeit, als ich eigentlich besitzen dürfte, nicht an der Zeitvergabe vorbei. Sie hätten mitbekommen, dass ich betrogen habe, und mich sofort erschossen. Mir blieb gar keine andere Wahl, als der Stimme von diesem Tonband zu folgen.« May leerte das Glas in einem Zug.

»Verstehe.« Nachdenklich stand Ava auf und schob den Stuhl zurück. »Nur einer von uns sammelt Gegenstände der Alten Zeit. Entschuldige mich kurz.« Mit diesen Worten verließ die blonde Frau beinahe aufgeregt den Raum und May war wieder allein.

Wenig später hörte May Stimmen hinter der Folie, doch sie konnte nicht verstehen, um was es in diesem scheinbar hitzigen Gespräch ging. Sie setzte sich aufrecht und wollte gerade von der Pritsche rollen, als der Vorhang beiseitegeschoben wurde und Ava zurückkam.

»Bleib sitzen«, befahl sie May und zog die Folie noch ein Stück zur Seite, sodass eine zweite Person den Raum betreten konnte.

»Du«, entfuhr es May und sie spürte eine ungewollte Hitzewelle über sich rollen.

»Ich«, knurrte der Unbekannte, würdigte May keines Blickes. Stattdessen lehnte er sich mit verschränkten Armen an die Wand und blickte Ava wütend an.

»Schön«, begann diese. »Da ihr euch ja schon kennengelernt habt, kann uns Neo mit Sicherheit berichten, warum er einer Fremden einfach unseren Aufenthaltsort preisgegeben hat? Unsere oberste Regel lautet Vertrauen. Das sollte dir bewusst sein.«

Dieser Neo räusperte sich. Anders als in den Ruinen trug er keinen Schal und May konnte die dunklen Haare betrachten, die ihm wild in die Stirn fielen, und das markante Seitenprofil. »Sie hätte es niemals zurück nach Terra geschafft.«

»Und da dachtest du dir, du überreichst ihr einfach eins von deinen alten Aufzeichnungsgeräten? Was wäre passiert, wenn ihr jemand gefolgt wäre oder sie es ohne Umschweife an einen der Großen überreicht hätte?«

May räusperte sich ebenfalls. »Ich sitze hier!«

»Du bist nicht dran, junges Fräulein«, zischte Ava. »Zurück zu dir, Sohn. Was hast du zu deiner Verteidigung zu sagen?«

May verschlug es die Sprache. *Dieser Neo ist Avas Sohn?* So alt hatte sie die blonde Frau gar nicht eingeschätzt, denn der Junge war sicherlich im selben Alter wie May.

Neo stieß sich von der Wand ab und blieb vor seiner Mutter stehen. Er ließ die Schultern sinken. »Es tut mir leid, aber sieh sie dir doch an. Abgemagert, fettige Haare, die Kleidung durchlöchert. Ich wusste, dass sie aus diesem System gerettet werden musste. Ich habe eine gute Tat vollbracht.«

Ava ließ einen langen Seufzer aus ihren Lungen. »Schön. Es ist sowieso zu spät. Du hast die nächsten zwei Wochen Kantinendienst und jetzt zeig May ihr Zimmer.« Sie wandte sich an May. »Morgen zeigen wir dir die Anlage und dann wirst du für die Operation bereit gemacht. Santiago wird dir das Essen später auf dein Zimmer bringen. Die Duschen sind auf dem Gang. Ich muss zum Aussichtsturm, vielleicht ist dir doch jemand gefolgt.«

Ava verließ den Raum. Das Rascheln der Folie, als Neo sie ohne ein Wort zur Seite zog, löste May aus ihrer Starre. Unbeholfen glitt sie auf die Füße und tapste schwerfällig zu ihrem Gegenüber. So viele Fragen schwirrten in ihrem Kopf, dass das Dröhnen ihres Schädels immer schlimmer wurde.

»Ich hätte dich deinem Schicksal überlassen sollen«, flüsterte Neo, als May an ihm vorbeiging.

Ihr gefror das Blut in den Adern. Sie konnte ihm keinen Fluch auf den Hals hetzen, stattdessen folgte sie ihm einen langen schmalen Korridor entlang. Neonröhren hingen von der Decke und May fragte sich, wo zum Teufel diese Leute hier Strom herbekamen. Der Gang wurde schließlich breiter und endete in einem großen runden Raum, von dem mehrere Abzweigungen abgingen. Neo nahm den Gang rechts von ihnen und May konnte kaum Schritt halten, bis er schließlich vor einer Aussparung in der Wand stehenblieb. Ein roter Vorhang diente als behelfsmäßige Tür. In dem Gang gab es mehrere von diesen Aussparungen. May wollte wissen, was sich hinter ihnen verbarg, aber Neo hob den Stoff an und schob sie in einen kleinen Raum. Die Wände in grauem Beton, das Bett klein aber sauber, ein Tisch und ein schlichter Schrank. Ihr Rucksack stand vor dem Bett und eine Kerze flackerte an der Wand.

»Also dann«, raunte Neo. »Du solltest dich ausruhen. Die Duschen sind direkt rechts von deinem Zimmer. Auf dem Bett liegen saubere Klamotten.« Noch einen Moment lang musterte er May, dann wandte er sich abrupt um und verließ den Raum.

»Hey«, rief sie ihm hinterher. »Von was für einer Operation sprach deine Mutter?« Doch Neo antwortete ihr nicht.

May konnte gar nichts dagegen tun, dass ihr ein weiterer Schwall Tränen über die Wangen lief. Schwerfällig ließ sie sich auf das Bett fallen und vergrub ihr Gesicht in einem weichen Kissen. Es roch etwas modrig, aber das war May egal. Eine einzige Frage quälte sie.

Wo bin ich hier gelandet und was passiert nun mit mir?

Kapitel 4

»Lebe so, als müsstest du sofort Abschied vom Leben nehmen, als sei die Zeit, die dir geblieben ist, ein unerwartetes Geschenk.« *Mark Aurel*

May wachte in einem dunklen Raum auf, doch diesmal fragte sie sich nicht, wo sie war. Das Essen hatte ihr den Bauch gefüllt, frisches Wasser die Kopfschmerzen verdrängt, die Dusche ihr das Leid vom Körper gewaschen und ein langer Schlaf ließ ihre Seele zufriedener werden. Und doch plagte sie die Frage, ob sie nicht in Terra Ultimo besser aufgehoben war.

Mit immer noch müden Beinen tapste sie zu dem roten Vorhang und schob ihn beiseite. Das einfallende Licht der Deckenstrahler erhellte ihr Zimmer. Sie zog sich um, schulterte ihren Rucksack und wollte sich gerade auf die Suche nach Ava machen, als diese schon vor ihr erschien.

»Guten Morgen«, sagte sie lächelnd und blickte an May auf und ab. »Du siehst schon viel besser aus. Deinen Rucksack kannst du in deinem Zimmer lassen. Die Bewohner sind ehrliche Leute und niemand wird sich an deinen Sachen vergreifen.«

May nickte und legte den Rucksack zurück auf ihr Bett, auch wenn sie das mit einem etwas mulmigen Gefühl tat. Niemand war ehrlich. »Zeigst du mir nun, was all das hier ist?«

»Das ist der Plan. Komm mit.«

Mit klopfendem Herzen folgte sie der Frau, die heute einen engen schwarzen Overall und klobige Stiefel trug. Sie wirkte damit wie eine Amazone. Den Begriff kannte May aus den Geschichtsbüchern der Großen von Terra. Sie besaßen eine riesige Bibliothek mit geretteten Schätzen aus der Alten Welt. Ihr Vater hatte May öfter zu seiner Arbeit als Hausmeister mitgenommen. Er hatte ihr lesen und schreiben beigebracht, ein seltenes Privileg in der heutigen Zeit und für die Unterschicht von Terra Ultimo.

Sie kamen an den runden Raum, von denen die unzähligen Gänge abgingen. »Das ist der zentralste Punkt unserer Einrichtung. Früher diente dieser Bau der Armee als Bunker. Das ist auch der Grund, warum diese Anlage auch nach dem Dritten Weltkrieg noch so gut erhalten geblieben ist.«

Zügig winkte Ava May weiter. Sie nahmen den ersten Gang rechts von ihnen und je weiter sie gingen, umso wärmer wurde May. Hier drückte die Luft und Schweiß sammelte sich auf ihrer Stirn. Schließlich öffnete Ava eine schwer aussehende Stahltür. Die Helligkeit dahinter ließ May die Augen zukneifen.

»Herzlich willkommen in unserem Tepidarium. Komm rein.«

May trat durch die Tür und traute ihren Augen kaum. Eine große Glasfront tauchte vor ihnen auf, davor unzählige Gerätschaften mit seltsam blinkenden Knöpfen und merkwürdigen Armaturen. »Was zur Hölle ist das?«

»Guten Morgen«, brummelte ein Mann, der vornübergebeugt auf einen Monitor starrte. Auf der knolligen

Nase saß eine fette Brille und als er May ansah, wirkten seine Augen riesig.

Ava ließ sich auf einen Stuhl fallen. »Das ist Volmer. Er ist unser Techniker hier. Von hier aus wird das Wetter gesteuert. Vielmehr Regen und Sonne.« Sie lachte. »Unsere Pflanzen sind sehr anspruchsvoll, musst du wissen.«

»Pflanzen?«, stammelte May, trat vor eine der Scheiben und lugte hindurch.

Ihr stockte der Atem. Vor ihr lag eine enorm große Halle, von dessen Decken seltsame Schläuche hingen, die feinen Sprühnebel auf die grün schillerndsten Pflanzen sprühte, die May jemals gesehen hatte. Bäume mit dichtem Blattgrün, Menschen, die in brauner Erde wühlten. Büsche, Sträucher, Blumen. All das hatte May noch nie in ihrem Leben zu Gesicht bekommen. Noch nicht einmal davon geträumt. Sie hatte das Gefühl, jeden Moment in Ohnmacht zu fallen.

»Ich träume«, hauchte sie gegen die Scheibe. Sie hätte stundenlang diese wunderschönen Farben betrachten können.

»Diese Halle besitzt die Größe von einem halben Quadrathektar. Es ist nicht viel, aber es reicht zum Überleben. Die Pflanzen spenden uns Sauerstoff und dienen uns als Nahrung. Wir sind bald so weit und können die ersten Setzlinge ins Freie geben. Unsere Wissenschaftler sind der Meinung, dass man damit den Sand vertreiben könnte. Neue Vegetation schafft neues Leben und so weiter. Nicht gerade mein Spezialgebiet, aber ich gebe mir Mühe, ein Teil davon zu sein.«

»Aber ... aber woher kommt das Wasser? Woher der Strom?« May wandte sich von dem Schauspiel ab und blickte Ava fest in die Augen. Sie wollte Antworten auf all ihre Fragen.

»Der Strom wird von drei großen Generatoren gespeist. Diese Anlage war schon damit ausgerüstet und unsere Techniker haben sie noch etwas verfeinert. Das Wasser kommt aus einer Brunnenanlage weit unter uns. Es wird gefiltert und aufbereitet. Nun komm. Wir müssen weiter.«

May schwirrte der Kopf, doch sie folgte Ava weiter. Die schwere Tür fiel hinter ihnen zu. »Wie ist es möglich, dass Terra Ultimo von all dem nichts weiß?«

»Oh, ich denke sie wissen von uns. Aber uns zu zerstören würde auch bedeuten, dass die Menschen in Terra Ultimo erfahren müssten, dass es ein Leben außerhalb der grauen Mauern gibt. Die Großen von Terra wollen dies natürlich verhindern, um ihre Lügen aufrechtzuerhalten und um weiterhin die Macht über all die armen Seelen zu besitzen. Ein Trauerspiel.«

Eine weitere Frage zu stellen, kam May überflüssig vor. Ihre Augen hatten sich immer noch nicht richtig an das grelle Grün gewöhnen können und jetzt folgte sie Ava eine steile Treppe nach unten. Zwei Männer in weißen Kitteln kamen ihnen entgegen. Dunkelrotes Blut in abstrakt verteilten Spritzern stand in einem krassen Kontrast zu der hellen Kleidung. Als sich die beiden an ihnen vorbei drängten, nahm May den Geruch von Tod und Eisen wahr. Sie rümpfte die Nase, auch wenn sie mit diesem Geruch schon längst vertraut war. In der

Gosse von Terra lagen beinahe täglich verwesende Leichen, die im Laufe des Tages von ihren verbliebenen Familien weggetragen wurden. Der Geruch von Fäulnis und anderen Körperflüssigkeiten lag ständig in der Luft.

»Unser Ärzteteam«, beantwortete Ava die in der Stille liegende Frage. »Dazu kommen wir später, aber folge mir doch bitte wieder nach oben.«

Die Treppe teilte sich vor ihnen. Ein Weg führte weiter nach unten, während Ava und May etwas breitere Stufen wieder hinaufliefen.

»Wir gehen in die Kantine. Du musst dich stärken.«

May nahm die letzte Stufe und fand sich in einem weitläufigen Raum wieder. Mehrere Tische standen hier verteilt, an denen einige Menschen hitzige Gespräche führten oder in Schüsseln rührten. Hinter einer Theke stand Neo und schaufelte gerade einer rothaarigen Frau Essen auf einen Teller.

»Du hast Glück. Heute gibt es frisches Gemüse. Die Ernte der letzten Tage. Du kannst etwas Leichtes zu dir nehmen. Später nach der Narkose lasse ich dir etwas Fleisch zukommen.«

Fragend blickte May ihr einen Augenblick hinterher, bevor sie ihr folgte. *Wovon spricht diese Frau?*

Ava führte sie zur Theke. Dahinter konnte May eine Art Küche erblicken, in der zwei Männer und eine Frau Teller schrubbten. Sie konnte gar nicht glauben, dass es hier frische Nahrungsmittel gab, während sich die Menschen in Terra mit abgehangenem Rattenfleisch oder Haferschleim begnügen mussten. Der Hafer wuchs im westlichen Teil der Stadt und war das einzige Gewächs, was bei den heißen Temperaturen nicht sofort vor die Hunde ging.

»Wie viele Menschen leben denn hier?«, fragte May, nahm sich einen der Teller und trat vor Neo, ohne ihm in die Augen zu sehen. In seiner Näher war ihr mulmig zumute.

Ava lachte leise. »Nicht annähernd genug, um all die Arbeiten zu verrichten, die tagtäglich anfallen.«

May blinzelte aufgeregt auf ihren Teller, als Neo das Wort an sie richtete. »Wirst du bei uns bleiben?«

Verdattert hob sie den Kopf und blickte direkt in helle Augen. »Ich«, begann sie, sah schnell zu Ava und wieder zu Neo, »ich weiß es nicht. Ist hier denn genug Platz?«

Neo und May lachten gleichzeitig. »Platz genug. Langeweile? Niemals. Iss jetzt. Danach führe ich dich in die Operationssäle.«

»Was für eine Operation?«, fragte sie. »Was für eine Narkose?«

Ava nahm sich eine Art gebackenen Teig aus der Auslage und biss hinein. »Wir wollen doch nicht, dass du ständig an die Zeit und über den Tod nachdenken musst, oder?« Mit ihrem Finger tippte sie auf Mays HRC.

»Nein, das will ich nicht. Aber dieses Ding ist der Grund dafür, weshalb mein Herz schlägt. Was habt ihr damit vor?«

Die geheimnisvolle blonde Frau schüttelte den Kopf. »Das ist das, was euch all die Jahre eingetrichtert wurde. Er lässt sich gut entfernen. Aber jetzt los.«

Da May das Wasser im Mund zusammenlief, beließ sie es bei dieser Antwort. Allerdings würde sie sich gegen eine Operation wehren. Sie wollte nicht sterben.

Denn das wäre doch der Fall, wenn sie mir das HRC abnehmen. Oder?

»Danke«, flüsterte sie Neo etwas unsicher zu, der sich aber schon abgewandt hatte. Dann setzte sie sich an einen leeren Tisch und aß ihr Gemüse.

Sie wusste nicht, was sie da aß. Das meiste von diesem Gemüse schmeckte einfach unglaublich. Die helle Sauce leckte May mit der Zunge von dem Teller. Als sie fertig war, hätte sie weinen können. Noch nie in ihrem Leben hatte etwas besser geschmeckt, noch nie hatte ihre Zunge all diese Geschmäcker wahrgenommen. Es war die reinste Folter gewesen, den letzten Bissen hinunterzuschlucken und immer noch Hunger zu verspüren.

Wenn ich hierbleibe, wenn ich dieser mysteriösen Operation zustimme, wäre ich dann hier zuhause? Könnte ich hier glücklich sein? Könnte ich diesen Leuten jemals vertrauen?

Nachdem sie sich auf Avas Anweisung ein wenig ausgeruht hatte, lief May gemeinsam mit ihr die schmalen Stufen wieder hinunter. Neo hatte sie nicht mehr zu Gesicht bekommen.

»Willkommen«, sagte Ava freundlich und schob eine weitere Stahltür auf.

May trat hindurch und blickte sich in einem kleinen Raum mit weißen Fliesen um, von dem eine weitere Tür abging. Es roch nach etwas Chemischen, aber May konnte den Geruch nicht zuordnen. Ava reichte ihr eine blaue Flasche mit Flüssigkeit.

»Wir müssen unsere Hände desinfizieren«, erklärte sie und May folgte ihren Anweisungen.

»Das Zeug brennt«, gab May zu und zog zischend die Luft ein.

»Anscheinend hast du kleine Wunden in deiner Haut. Es kann nichts passieren.«

Ava schob sie weiter, öffnete die zweite Tür zu einer Art rundem Raum. Eine Liege stand unter einer großen Lampe. Daneben metallene Tische mit seltsamen Gerätschaften und Maschinen, die befremdliche Töne von sich gaben.

»Ist das der Operationssaal?«

»Ja. Setz dich dort drüben hin. Über dem Stuhl hängt ein Kittel, diesen wirst du später gegen deine Kleidung tauschen. Danach wird dir Dr. Hunter eine Kanüle setzen, damit er dir das Narkosemittel spritzen kann. Du brauchst dir keine Sorgen machen. Das ist ein Routineeingriff. Bisher haben unsere Ärzte dreiundsechzig HRCs erfolgreich entfernt.«

May ließ sich auf dem Stuhl fallen. »Ich möchte keine Operation an mir durchführen lassen.«

Ava lächelte. »Ich weiß, dass es schauerlich klingt. Aber vertrau uns. Danach musst du dir keine Gedanken mehr darüber machen, wie viel Zeit dir noch bleibt. Danach liegt dein Leben in deiner Hand. Du bestimmst über deinen Tag, deine freie Zeit. Merke dir eins«, raunte Ava jetzt beinahe düster. »Wir haben nicht zu wenig Zeit auf der Erde. Wir nutzen einfach diese Zeit, die wir im Leben haben, nicht richtig. Es ist okay, Angst zu haben. Aber nun bist du hier. Du kannst jetzt ein Teil von etwas Besserem werden. Frei sein.«

»Was hat es mit der Tonbandaufnahme auf sich? Bitte beantworte mir diese Frage.«

Nickend lehnte sich Ava gegen die Liege. »Sagen wir so, wir sind so etwas wie ein Parasit im System von Terra Ultimo. Wir zerstören es von innen heraus. Neo hat auf diesem Tonband eine alte Aufnahme unserer ehemaligen Anführerin gespeichert. Und nun? Willigst du ein? Sei froh. Nun bist du in Sicherheit.«

May überlegte noch einen Moment, versuchte ihr Bauchgefühl zu deuten. Sie dachte an den Augenblick zurück, als Neo sie gerettet hatte, an den Beinahe-Tod, als ihr die Zeit ausging und die Schwärze die Macht übernahm. Sie dachte an ihren Vater, an all die armen Seelen, die in Terra leiden mussten. »Ich will.« Diese beiden Wörter kamen schneller über ihre Lippen, als sie es für möglich gehalten hatte.

»Gut. Zieh dich um. Ich hole Dr. Hunter.«

Wenig später lag May auf der Liege. Sie fror unter dem dünnen Hemdchen, dass sie sich angelegt hatte. Dr. Hunter trug eine Kappe auf seinem Kopf und eine Maske vor Mund und Nase. Er hatte nicht viel gesprochen, lediglich all seine Sachen zusammengesammelt und nun machte er sich daran, May etwas in die Haut zu spritzen.

»Das HRC wurde dir als Kind in die Haut injiziert. Dabei handelt es sich um einen dünnen Schlauch, der mit einer giftigen Flüssigkeit gefüllt ist. Über einen Mikrochip und eine Art von Schallwellen ist es den Hashern möglich, dir neue Zeit auf das Gerät zu transferieren. Bist du nicht rechtzeitig bei der Vergabe, dann nullt sich die Zeit und der Mikrochip zerstört sich selbst. Mit der letzten Energie wird das Gift freigesetzt, welches dich innerhalb weniger Sekunden dahinrafft. Mehr ist es nicht, May«, beendete Ava ihren Vortrag.

»Und Dr. Hunt kann das Teil aus mir herausholen, ohne das Gift freizusetzen?« May konnte nicht glauben, dass der HRC nicht mit ihrem Herzen verbunden war. Allerdings könnte das auch die Lösung des Rätsels sein. Sie besaß immer noch vier HRCs, die sie den Leichen abgenommen hatte. Gut. Sie hatte die Handgelenke gebrochen und mit einem Messer Knochen und Muskeln abgetrennt, bis die Armbänder darüber gerutscht waren. Und bei allen Opfern war immer noch Restzeit auf ihren Heart Rate Countern verfügbar. Es könnte also sein, dass die Geräte einfach kaputt gegangen waren und die Menschen so dahingerafft hatten.

Oder hatte jemand absichtlich das Gift freigesetzt?

Dr. Hunter sah May an und nickte nur. Die blauen Augen wirkten wissend und doch nicht gerade sehr vertrauenswürdig. May atmete tief durch, blickte zu ihrer Hand und Ava legte ihre Finger auf ihre.

»Du schaffst das. Dr. Hunter ist bereit. Bist du es auch?«

Ihr Herz raste und sie hatte das Gefühl, das Gemüse wieder auskotzen zu müssen. »Ich bin es. Glaube ich.«

»Gut.« Ava nickte dem Arzt zu.

In derselben Sekunde spürte Ava kalte Flüssigkeit durch ihre Venen pumpen. Dr. Hunter blickte zu Ava, zog seine Maske herunter und May blieb die Luft weg. Ihre Sicht verschwamm und irgendwie wurde ihr seltsam duselig im Kopf. Sie kannte diesen Mann. Die Bilder in ihrem Kopf verschwammen, ihr Körper wurde merkwürdig leicht. May fühlte sich, als würde sie schweben. Sie wollte dem Mann etwas zurufen, wollte schreien, ihm sagen, dass sie ihn kannte, doch dann fielen ihre Augen zu. Das Letzte, an was sie dachte, war, dass Dr. Hunter zu den Großen von Terra Ultimo gehörte und sie ihm nun ausgeliefert war.

Ilka Mella

Ilka Mella ist in München geboren und aufgewachsen. Nach ihrer Schulzeit reiste sie für einige Zeit um die Welt und arbeitete an verschiedenen Projekten. Bücher unterschiedlicher Genres waren in dieser Zeit ihre steten Begleiter. Nach einem Medizinstudium in Jena, Mannheim, Lyon und Madagaskar arbeitete sie als Kinder- und Jugendärztin und begleitete zwanzig Jahre lang die Schicksale von großen und kleinen Menschen.

Seit 2019 sind die Familie und das Schreiben ihr Lebensmittelpunkt. Ilka wohnt mit Mann, drei Kindern und ihrer Labradorhündin in der Nähe von Stuttgart.

Bisher erschienene Bücher im Selfpublishing:

→ Der Atem des Ozeans

→ Blumenherz

Bisher erschienene Geschichten in Anthologien:

»Die Pirouette« in

Urban Fantasy: going intersectional (AchJe-Verlag)

.

»In Flammen gefangen« in

Fantastische Elemente: Feuer (Verlag Geschichtenzisterne)

.

»Der Hund« und »Die Oger dieser Welt« in

Chinesische Märchen Update 1.1 (Machandelverlag)

.

»Der Mondscheinzirkus« in

Hereinspaziert (Verlag ohneohren)

.

»Das Reich hinter den Wolken« in

Aufwind für die Seele (Spendenanthologie im Selfpublishing)

KONTAKT

Instagram: @autorin_ilka_mella

Der Sommer 2036

Ilka Mella

Inhalt:

Als Sinans Elternhaus im Dauerregen versinkt, holt er seinen alleinstehenden Vater zu sich nach München. Doch die einst so blühende Großstadt ist schon lange kein sicherer Ort mehr für Klimaflüchtlinge. Das totalitäre Regime der Familie Unger macht das Atmen dort schwer. Trotzdem gibt es etwas, das Sinan an die Stadt bindet: Sein Herz gehört der flatterhaften, aber bezaubernden Bri, die jedoch mehr und mehr in das Netz der Ungerers gerät.

Im Sommer 2036 stoßen ein Verrat und eine Epidemie Sinan in einen Strudel der Ereignisse, die ihn dazu zwingen, zwischen Liebe und Freiheit zu entscheiden.

Die Geschichte ist ein Prequel zu dem dystopischen Roman »Blumenherz«.

3. September 2036

Liebe Bri,

morgen nehme ich meinen Vater mit nach München. Er kommt am See allein nicht mehr zurecht. Würde, glaube ich, keiner. Ich liege in meinem alten Kinderzimmer auf dem Bett. Durch das Rauschen des Regens höre ich meinen Vater draußen mit den letzten Nachbarn die Lage diskutieren. Bleiben oder gehen, das fragt sich in diesen Tagen jeder in Seebruck. Das Wasser ist jedoch so laut, dass ich durch die geschlossenen Fenster nicht verstehe, wofür sich die Nachbarn entscheiden.

Die Zeiten, in denen offiziell evakuiert wird, sind längst vorbei. Die Regierung ist froh, wenn die Menschen es so lange wie möglich in ihren Häusern aushalten. Denn München, der einzige Platz an dem man wenigstens ein bisschen vor dem Wetter geschützt ist und Zugang zu medizinischer Versorgung hat, platzt längst aus allen Nähten. Deswegen habe ich Papa auch gesagt, er soll den Ball flachhalten und niemandem sagen, dass wir gehen werden. Denn mit meinen Beziehungen kriege ich vielleicht ihn in die Stadt rein – auf keinen Fall aber seine Freunde vom Stammtisch.

Solange Mama noch gelebt hat, hätte ich ihn hier nie wegbekommen. In den letzten Jahren haben meine Eltern regelmäßig ihren Keller ausgepumpt und leergeräumt, als das Wasser kam. Aber der Pegel fiel auch wieder, und für Mama war das alles, was gezählt hat. Sie winkte dem sinkenden Wasserspiegel hinterher und machte sich an die Arbeit, ihr Haus zu trocknen und damit vor Schimmel zu bewahren und den unbrauchbar gewordenen Hausrat zu entsorgen. Dabei summte sie ein Lied. Sie war so glücklich hier am See und wenn sie glücklich war, war es mein Vater auch. Allein ist er verloren.

4. September 2036

Liebe Bri,

heute Morgen stand das Wasser kniehoch in unserem Wohnzimmer. Das Bild meines Vaters, wie er die Lieblingswolldecke meiner Mutter an seine Brust gepresst hält und sich hilflos umsieht, während die Besitztümer seiner Ehe langsam im stinkenden Wasser versinken, hat sich auf ewig in meinem Gedächtnis eingebrannt.

Wasser – wie viele Gesichter hat dieses Element. In meiner Kindheit waren der See und die Berge mit Schnee das Größte für mich. Heute Morgen jedoch starrte ich hasserfüllt auf dasselbe Wasser, das unschuldig an den Besitztümern meiner Eltern leckt, aber das Holz zerstört, die Wände zum Bröckeln und die Elektrizität zum Durchbrennen bringt, bevor es sich zurückzieht. Falls es sich nochmal zurückzieht. Beim letzten Mal hat es sechs Monate gedauert und Papa und Mama mussten mir schwören, zu gehen, wenn der See wieder über die Ufer treten würde.

Dass Papa jetzt allein geht, fühlt sich ein bisschen so an, als würden wir Mama zurücklassen. Jedes Ding, das im schmutzigen Wasser um unsere Beine treibt, ist eine Erinnerung, ein Leben, eine Einmaligkeit.

Während ich dir diese Zeilen schreibe, türmen sich am Himmel schon wieder Wolken auf – die dunkle und bedrohliche Art, die den Alpen entgegenrennen, nur um sich an ihnen zu brechen und weitere Niederschläge auf das Land darunter zu schleudern.

Wir müssen uns beeilen, um es noch in die Stadt zu schaffen. Vielleicht ist das gut so. Ich traue Papa auch zu, sich im letzten Moment umzuentscheiden, sich an das Klavier zu ketten und sich zu weigern, mitzukommen.

Habe ich als Sohn versagt? Wäre alles anders gekommen, wenn ich nicht in die große Stadt gegangen wäre, um an der LMU zu studieren? Ich will Ingenieur werden, denn die einzige Chance für diese Erde ist eine neue Technologie, die Klimaneutralität bei vollem Konsumverhalten möglich macht. Anders funktioniert diese Welt nicht.

Was hätte ich bei meinen Eltern ausrichten können? Was hätte die tröstende Hand auf der Schulter gegen die Wassermassen geholfen?

Auch wenn ich monatelang Sandsäcke geschleppt hätte: Ich hätte nicht verhindern können, dass das Lebenswerk meiner Eltern am Ende im Wasser versinkt. Trotzdem fühlt es sich wie eine Niederlage an.

Jetzt müssen wir wirklich los, drück mir die Daumen, dass alles gut geht. Ich freu mich darauf, dich heute Abend zu sehen.

Liebe Bri,

wir stehen im Stau, schon seit Stunden. Baba ist eingeschlafen.

Es hat bis jetzt alles gut geklappt. Mein Vater ist wirklich mit mir ins Auto gestiegen, hat sich dann jedoch von mir abgewandt. Aber er war noch nie ein Mann, der seine Tränen gezeigt hat. Er sah auch nicht auf, als wir am Dach des Seekiosks vorbeifuhren, den die Fische schon seit letzten Sommer bewohnen und auch nicht beim Friedhof, dem auf der kleinen Anhöhe. Ich habe hingesehen, bis ich den Baum erkannt habe, unter dem Mama begraben liegt, halal, wie es sein soll. In Gedanken habe ich mich von ihr verabschiedet. Ich werde nicht nach Seebruck zurückkehren.

Als mein Vater aus seiner Starre erwacht ist und sich über die Augen gewischt hat, habe ich versucht, uns beide aufzuheitern mit den alten Geschichten, die meine Mutter so gern erzählt hat. Über die Seejungfrau vom Chiemsee.

Dass meine Mutter den See geliebt hat, wissen wir beide und auch, dass sie nirgends anders begraben sein wollte. Auch wenn es der See war, der sie umgebracht hat. Gerade sie, seinen größten Fan, hat das Sturmfieber geholt, eine dieser vielen neuen Infektionskrankheiten, denen wir nichts mehr entgegenzusetzen haben. Es war ein elender Kampf, bis ihre gelbunterlaufenen Augen darum bettelten, aufgeben zu dürfen.

Wenn ich an meine Mutter denke, werde ich sie immer in eine Decke gewickelt auf der Veranda sehen, wie sie die Stürme, die sich von der Südseite des Sees genähert haben, erwartet und dem wilden Tanz des Windes, der Wellen und der Wolken applaudiert hat.

Der Regen setzte ein, als wir auf die A8 auffuhren. Die Schlaglöcher dort werden immer schlimmer. Da ich keine Lust hatte, bei diesem Regen einen Reifen zu wechseln, fuhr ich sehr vorsichtig.

Doch der undurchsichtige Vorhang aus Regenwasser war auch ein Segen, da er meinem Vater die immer kleiner werdenden Alpen im Rückspiegel ersparte.

Ist er vorbereitet auf das, was ihn in München erwartet?

Da sind die Vororte, die früher der Speckgürtel waren und jetzt immer mehr Geisterstädten gleichen, mit ihren riesigen verlassenen und dunklen Malls. Es sind lange nicht mehr genug Waren dafür vorhanden, mit dem Strom gibt es Probleme und die weiterführenden Schulen und Krankenhäuser wurden längst in die Kernstadt verlegt.

Und davor gibt es die Sicherheitskontrollen mit den kilometerlangen Staus. Alle wollen nach München. Immer mehr Menschen versuchen, zu entkommen: einer zusammengebrochenen Infrastruktur einerseits und den Stürmen, vor allem den Blitzen, die wie Stromschläge eines zornigen Gottes Existenzen vernichten, andererseits.

Für immer mehr Menschen scheint die große Stadt Sicherheit zu versprechen, doch immer weniger Menschen erhalten Zutritt. Die A99 kann man nur noch mit Sondergenehmigung überqueren.

Ich weiß, Bri, wir sind hier nicht komplett einer Meinung, aber mir kommt es vor, als würden wir uns in Lichtgeschwindigkeit zurück ins Mittelalter katapultieren. Rückzug in die Burg. Das war auch für einige Zeit das, was Maximilian Unger, Münchens Oberbürgermeister, propagiert hat. Doch seit die Isarauen dauerhaft zum Sperrgebiet erklärt worden sind, wird es eng in München. Maximilian Ungers Antwort darauf ist es, eine Mauer rund um die Stadt zu bauen.

Sag mir, wann in der Geschichte der Menschheit haben Mauern Probleme gelöst? Wie kann es eine endgültige Lösung sein, München in eine Festung zu verwandeln? Wo sollen all die Menschen in dem dichtbesiedelten Deutschland hin? Und ist es nicht unsere Pflicht, auch für Klimaflüchtlinge aus anderen Ländern mitzudenken?

Ich kann etwa zehn Autos vor mir schon die Gebäude des Kontrollpunktes Ost sehen. Deswegen sollte ich mich dringend

beruhigen. Du weißt, wie schlecht ich mit Menschen umgehen
kann, die mich herumschubsen wollen.

Drück mir die Daumen, dass ich nicht ausraste und wir ohne
Komplikationen in München ankommen. Ich freue mich auf
dich und den Duft deines Haares,

dein Sinan

Ich atme durch. Locker bleiben. Damit es keine
Schwierigkeiten gibt. Die Stadtwache hat jede Befugnis,
Menschen den Zutritt zum Stadtgebiet zu verweigern, selbst
dort Gemeldeten wie mir.

Als der Beamte mit schusssicherer Weste und einem Gewehr
im Anschlag auf mein Auto zutritt, während ich die Scheibe
herunterkurbele, kann ich trotzdem nicht anders, als meine
Kiefer fest aufeinanderzupressen. Einschüchterungstaktiken
fand ich schon immer extrem verabscheuungswürdig.

»Papiere!«, schnauzt mich der Mann an.

Meine Nerven sind durch die emotionalen Stunden mit
meinem Vater aufgeraut, deswegen entscheide ich mich, das
möglichst schnell abzuwickeln. Wortlos reiche ich ihm
Führerschein und Ausweis.

»Der Mann neben dir, hat der auch Papiere? Nur Bayern
dürfen ohne ausdrückliche Einladung vom Stadtrat nach
München. Der da«, ein fleischiges Kinn vibriert in Richtung
meines Vaters, »sieht mir nicht so aus.«

»Papa, gibst du mir deinen Ausweis?«, frage ich mit möglichst ruhiger Stimme.

An den Beamten gewendet sage ich: »Mein Vater ist seit dreißig Jahren hier gemeldet und hat die deutsche Staatsbürgerschaft. Falls das auch irgendetwas zählt.«

Mein Vater nestelt an seiner verbeulten Cordjacke, bis er mir einen weinroten Pass gibt, der auch schon bessere Tage gesehen hat. Seit wann zittern Babas Hände?

Der Regen prasselt gegen meine Windschutzscheibe, während der Beamte den Pass studiert, als sei es ein zehn Seiten langes philosophisches Essay.

Schließlich gibt er mir das Dokument zurück. Ich schaue in seine Augen und balle die Fäuste. Ich weiß, was jetzt kommt. Dieser Mann hat beschlossen, es uns schwer zu machen.

»Der Alte muss in ein Auffanglager. Von dort können Sie einen Antrag stellen, dass er in die Stadt darf.«

Ich lasse die Luft langsam aus meinen Lungen entweichen, um den Beamten nicht anzuschreien, oder noch besser, ihn an seiner Uniform zu packen und gegen die Kante meines Autos zu schleudern.

»*Der Alte* hat einen Namen und wenn Ihre Mutter Ihnen Benehmen beigebracht hätte, würden Sie ihn mit Herr Kaya ansprechen.«

Toll Sinan, gut gemacht.

Der Beamte reagiert leider, wie ich es erwartet habe. Er richtet seine Waffe ins Wageninnere.

»Ich glaube, du musst noch lernen, was Benehmen heißt. Aussteigen. *Der Alte* auch.«

163

Ich versuche noch für einen Moment, den Mann niederzustarren. Der Gewehrlauf nähert sich durch das Fenster und drückt wenig später schmerzhaft gegen meine Brust.

»Gäbe eine Riesensauerei, wenn ich jetzt abdrücke. Reiz mich lieber nicht zu sehr.«

Ich spüre die Kälte des Metalls durch mein Sweatshirt, dann warme, weiche, alte Finger auf der Haut meines Arms. »Lass es gut sein. Ich mache das schon so lange mit.« Seine Hand streicht beruhigend über meine angespannten Muskeln. »Die sitzen immer am längeren Hebel. So lange du nichts hast, was sie brauchen, bist du Dreck für sie.«

Ich kann nicht aufhören, dem Mann in die Augen zu starren. Der drückt nicht ab.

»Bitte Oğlum«, sagt die Stimme des einzigen Mannes, auf den ich höre, auch wenn ich weiß, dass es ein Fehler ist.

»Hör auf deinen Vater«, bellt der Beamte und schiebt natürlich noch ein »und zwar flott« hinterher, so dass ich mich leider extra langsam bewegen muss.

Doch kaum habe ich das Auto verlassen, donnert er mich gegen die Seite des Wagens und presst meine Wange gegen das Autodach.

»Wir checken erstmal das Auto. Wer weiß, ob ihr nicht noch mehr dreckige Flüchtlinge versteckt habt.« Er lässt mich los. »Hände auf das Autodach.« Er tritt grob gegen meinen Fuß, um mich breiter stehen zu lassen. »So bleibt ihr, bis ich wiederkomme. Wehe mit den Pässen stimmt etwas nicht.«

Mein Vater ist auf der anderen Seite des Autos ähnlich behandelt worden. Ich sehe das schüttere, graue Haar seines gebeugten Kopfes.

»Papa, es tut mir leid, dass du das ertragen musst. Ich verspreche dir, wenn du hier erstmal angekommen bist, wirst du hier ein schönes Leben haben.«

»Schon gut, Sinan. Mach dir keine Sorgen.« Er sieht mich an und in seinem Gesicht ist so wenig Hoffnung, dass ich schlucken muss.

»Es gibt hier ein Gasthaus, in dem schmeckt das Grillhendl genauso gut wie in dem Laden in Seebruck«, starte ich einen erneuten jämmerlichen Versuch, meinen Vater aufzuheitern. Er honoriert es mit einem weiteren Lächeln, das seine Augen nicht erreicht.

Wir warten Ewigkeiten. Ich lasse den Kopf hängen. Der Regen hat uns längst bis auf die Haut durchnässt und ich habe das Gefühl, von Sekunde zu Sekunde mehr auszukühlen. Das Tageslicht scheint durch die stetig fallenden Tropfen aus dem Tag gespült zu werden.

Riesige Scheinwerfer werden angeschaltet und irgendwo hinter den Grenzbaracken springt ein Kompressor an. Gibt es selbst hier kein funktionierendes Stromnetz mehr?

Im Schein der großen Lampen sieht man, wie stark es regnet. Zum ersten Mal seit gefühlten Stunden hebe ich den Kopf und sehe die Gesichtszüge meines Vaters. Ich erschrecke. Er ist blass, fast grau und tiefe Ringe liegen unter seinen Augen.

Gerade, als ich mich für zivilen Ungehorsam entscheiden will, um meinen Vater vor einer Lungenentzündung zu retten, tritt der Beamte mit einer dampfenden Tasse zu mir ans Auto.

»Wir haben die Papiere geprüft: Sein Wohnort ist Seebruck. Seebruck ist noch als bewohnbar eingestuft. Es bleibt dabei. Wenn der Alte nach München will, bleibt er zunächst in einem Auffanglager. Sie können bei den Bürgerdiensten eine Sondergenehmigung beantragen.«

»Sie haben vorhin doch selber gesagt, Bayern dürfen auch ohne Einladung nach München.« Ich wische mir mit der Hand über das regennasse Gesicht. *Ausrasten bringt dich nicht weiter, Sinan.* »Sie haben keine Berechtigung, Familienangehörige von Münchnern abzuweisen.« Ich hasse es, dass ich verzweifelt klinge. Und das, obwohl ich mich über die aktuellen Bestimmungen informiert habe. Weil ich weiß, wie wenig sie noch wert sind.

»Ich habe hier jede Berechtigung«, entgegnet mir der Beamte. »Aber Sie können natürlich auch hier übernachten. Soll bis 0 Grad abkühlen heute Nacht.« Er klingt jetzt höflich, da er denkt, er hat gewonnen.

Ich könnte Florian anrufen. Meinen Stolz vor mir auf den Boden spucken und ihn um Hilfe bitten. Die Ungers sind in den letzten Jahren zu den Königen von München geworden. »Einen Moment. Ich kenne Florian Unger. Er ist mein Freund. Ich bin sicher, er möchte nicht, dass mein Vater in einem zugigen Zelt übernachtet.«

Der Beamte lässt mich mit einer noblen Geste mein Handy aus dem Auto holen.

166

Mit zitternden Fingern rufe ich Florians Nummer auf. Bevor ich auf »Verbinden« drücken will, werfe ich einen Blick auf die Balken in der Ecke. Ich lasse das Handy langsam sinken und starre den Mann vor mir an, der mich zufrieden angrinst, bevor er sagt: »Lassen Sie mich raten: kein Empfang. Wie die ganze letzte Woche.«

Ich balle die Fäuste. Dieser Arsch. Ich spanne mich an, um auf ihn loszugehen.

»Sinan?« Ich schließe die Augen und lasse den bitteren Geschmack der Ungerechtigkeit auf meiner Zunge zergehen. Er wird damit davonkommen. Babas Stimme ist nicht mehr als ein Krächzen. »Lass mich in dieses Lager gehen. Ich will nur noch in ein trockenes Bett. Es wird schon gehen.«

Langsam lasse ich die Luft aus meinen Lungen weichen. Der Beamte, der schon einen Schritt zurückgegangen war, wirft sich wieder in die Brust.

»Hör auf deinen Vater. Morgen kannst du bei der Stadtverwaltung eine Aufenthaltsgenehmigung beantragen. Oder deine wichtigen Freunde fragen.« Ich sehe ihm an, dass er mir nicht glaubt, Florian Unger zu kennen. Ich wünschte, er hätte Recht.

Ich senke den Kopf und gebe mich geschlagen. Wie so oft in diesen Wochen.

Der Beamte geht um mich herum und wedelt vor meinem Vater mit der Hand herum. »Los alter Herr. Der letzte Transport für heute geht in zehn Minuten.«

Papa nickt, geht um das Auto herum und kramt sein kleines Köfferchen aus dem Kofferraum.

Ich stelle mich zwischen ihn und den Beamten.

»Ich will meinen Vater selbst hinbringen.«

Doch es ist mein Vater, der mich zur Seite schiebt.

»Das reicht jetzt, Sohn. Ich habe mein ganzes Leben auf mich allein aufgepasst, eine Nacht in diesem Lager wird mich nicht umbringen.«

Dann sieht er mich an und ich sehe ein kleines Leuchten in seinen Augen.

»Außerdem hast du doch diesen wichtigen Termin. Bist du dafür nicht sowieso schon reichlich spät? Ins All zu fliegen war immer dein sehnlichster Wunsch.«

Ich reiße meine Augen auf, denn – *Shit!* – diesen Termin habe ich wirklich völlig vergessen.

Mein Vater tätschelt meine Wange. »Lauf Junge, ich komm schon klar.« Und als ich zögere, macht er wedelnde Handbewegungen. »Zisch schon ab.«

Endlich drehe ich mich um, steige in meinen Wagen und gebe Gas. Wieder macht es der undurchdringliche Regen unmöglich, im Rückspiegel etwas zu erkennen, und wieder bin ich dankbar dafür.

Das Assessmentcenter ist draußen am alten Riemer Flughafen. Als ich dort ankomme, liegt die riesige Raumstation *Hope* auf einer der Landebahnen wie ein schlafender Dinosaurier. Um sie vor Vandalismus zu schützen, tauchen sie Scheinwerfer in grelles Licht und machen sie selbst durch den dichten Regen für mich sichtbar. Mein Magen krampft sich zusammen. In acht Wochen soll sie erstmals starten. Ziel ist es, zu erforschen, ob ein Leben im All möglich ist. Deswegen dürfen sich auch nicht in der Raumfahrt ausgebildete Menschen bewerben. So wie ich. Mit meinem Ingenieurstudium habe ich etwas zu bieten, außerdem bin ich sportlich, habe keine Allergien und kann kochen. Darauf wurde Wert gelegt, da auf dieser Mission zum ersten Mal simuliert werden soll, ob man in Kolonien bestehend aus Raumstationen rund um die Erde ein Leben wie »zuhause« führen könnte. Deswegen werden Nutztiere an Bord sein und deswegen soll, statt sich von Trockennahrung zu ernähren, richtig gekocht werden. Es könnte also auffallen, dass ich hier übertrieben habe. Ich hoffe einfach mal, das merkt keiner und wenn ich wirklich genommen werde, kann ich ja noch ein bisschen üben. So schwer sah das bei Mama gar nicht aus.

Ich will nicht darüber nachdenken, was, wenn ich wirklich angenommen werde, in dieser Zeit mit Papa ist. Ich weiß, er würde nicht wollen, dass ich die Chance meines Lebens nicht ergriffe, doch ich mache mir Sorgen. Der Alltag in München ist hart geworden.

Ich nehme mir vor, mit ihm regelmäßig zur Moschee zu gehen, bis zu meiner möglichen Abreise, um ihn in ein tragfähiges soziales Netz zu integrieren. Trotzdem bleibt ein schaler Geschmack in meinem Mund zurück und ich umklammere das Lenkrad. Um das richtige Mindset für ein Vorstellungsgespräch irgendwie noch hinzukriegen, verliere ich mich in Tagträumen, wie mein Leben auf der *Hope* sein könnte. Prompt ziehen sich meine Lippen zu einem breiten

Lächeln auseinander und ich habe das Gefühl, das erste Mal heute richtig Luft zu holen. Denn wenn ich es wirklich auf die *Hope* schaffte, würde sie bei mir sein. Bri, mein Sonnenschein und meine große Liebe.

Endlich werde ich sie nur für mich haben und dieser Schnösel Florian wird sich nicht mehr zwischen uns drängen können. Dieses unglückliche Dreieck wird endlich aufgelöst. Sollte ich es auf die *Hope* schaffen, hätte ich Bri ein halbes Jahr nur für mich. Denn als beste Lehramtsstudentin ihres Jahrganges hat sie sich schon einen Platz gesichert.

Ich glaube daran, dass unsere gemeinsame Zeit ausreichen wird, um sie aus dem Netz der Ungers zu befreien, dessen klebrige Fäden des Luxus und der Bequemlichkeiten sie immer wieder einwickeln.

Ich schalte den Motor aus. Auf einmal hört man nur noch das Rauschen des Regens. Das Gebäude, das zu der angegebenen Adresse gehört, ist nur schwach beleuchtet und ich bin allein auf dem Parkplatz. Mein Termin ist schon lange vorbei, doch ich rede mir ein, dass sie mich nicht einfach so streichen würden. Bestimmt geben sie mir auch heute Abend noch eine Chance.

Die Tür ist verschlossen. Ich finde eine Klingel. Das schrille Geräusch scheint sich in einer großen Halle zu verlieren. Nichts passiert. Fluchend klingle ich wieder. So lange, bis ich selbst schreien will, wegen des Geräuschs und weil es nicht sein kann, dass so schnell die Chance meines Lebens vorbeigezogen ist.

Ich habe keine Kraft mehr für Selbstbeherrschung, schreie, trete und schlage gegen die Tür. Glücklicherweise macht weiterhin keiner auf.

Irgendwann beruhige ich mich ein bisschen. Ich werde morgen wiederkommen und die Sache erklären. Keiner hätte seinen Vater einfach an der Stadtgrenze stehen gelassen, nicht mal wegen eines Vorstellungsgesprächs. Sie werden das verstehen, und mich trotzdem vorsprechen lassen.

Langsam drehe ich mich um und gehe zurück zu meinem Wagen. Auf einmal bin ich völlig erledigt, der ganze Tag war zermürbend und scheiße.

Ich muss nach Hause und Bri sehen. Hoffentlich hat sie Zeit für mich.

Das Zimmer, in dem ich seit Beginn meines Studiums wohne, liegt unter dem Dach der Staatsoper. Der neueste Coup der Stadtverwaltung: Sie lassen Studenten in Gebäuden, an denen ihnen etwas liegt, schlafen, damit sie bei einem Blitzschlag, Sturm oder Hochwasser Alarm schlagen können. Gebäude aus Stein, die für Jahrhunderte Schutz bedeutet haben, sind jetzt wie Greise, müssen behütet und gestützt werden.

Da ich mit einem Klettergurt umgehen kann und weiß, wie ich mich in großen Höhen sichere, darf ich außerdem noch bei den Vorstellungen die Beleuchtung machen.

Doch zurzeit hat die Oper von München genau wie das Nationaltheater kein Ensemble. Der Ton gegen Nichtbayern ist rau geworden und das Wetter ist vielleicht noch einmal im

Monat stabil genug, um ein Flugzeug starten zu lassen. Viele sind gegangen.

Maximilian Unger und seine Schergen haben die Kunst aus München getrieben und sie floh, solange es noch möglich war. Wer kann es ihr verdenken?

Bri, Bri wo bist du, ich brauche dein Lächeln, um nicht zu verzweifeln.

Ich checke mein Handy und beruhigt stelle ich fest, dass es hier, rund um den Marienplatz, noch Handyempfang gibt. Ich drücke auf *verbinden* und verliere mich für einen Moment in dem Anblick des Bildes, das ich für ihren Kontakt ausgewählt habe. Sie und ich liegen uns in den Armen und hinter uns die Raumstation *Hope*. Aufgenommen habe ich das Bild, als die Raumfahrtbehörde einen Tag der offenen Schleuse veranstaltet hat.

Die leitenden Teilnehmer der Expedition standen auf der Kommandobrücke und haben Rede und Antwort gestanden. Aus der Ferne sah ich die Halders, das Powerpärchen schlechthin. Eine Raumfahrerin und ein Kardiochirurg. Zwischen ihnen stand ihre Tochter, ein finster dreinschauendes Kind mit einem langen, braunen Zopf über der Schulter.

Bri und ich dachten dasselbe: So wie die Halders wollen wir in zehn Jahren sein. Das Kind hat auch Bris letzte Zweifel beseitigt. Wer nimmt schon sein Kind mit ins All, wenn er nicht von der Sicherheit der Raumstation überzeugt ist?

Endlich ertönt das Freizeichen und dann ist Bri auch gleich dran.

172

»Sinan, wo warst du den ganzen Tag?«

In meiner Brust hebt ein großer Schwarm Nachtfalter ab. Nein, es sind keine zarten Schmetterlinge, es sind die dicken Falter mit dem fellbesetzten Leib. Nur mit Mühe gelingt es mir, Luft zu holen vor Glück. Diese Stimme! Dieser eine Satz, einer Königin würdig und doch voller Fürsorge.

»Sorry Bri, ich hab meinen Vater aus Seebruck geholt, weißt du ja. Wir wurden ewig an der Stadtgrenze aufgehalten. Manchmal denke ich, sie suchen die Beamten dort extra danach aus, wer den größten Machtkomplex hat.«

Im Hintergrund höre ich ein Schnauben. Sie hat mich auf Lautsprecher gestellt, obwohl sie weiß, dass ich das hasse.

»Wo bist du, Bri?«

»Bei Florian. Kommst du auch? Allerdings halte ich das nur aus, wenn ihr versprecht, euch nicht über Klimapolitik zu streiten.«

Florian Unger ist der letzte Mensch, auf den ich heute Abend Lust habe. Bri wiederum konnte ich noch nie etwas abschlagen.

»Ja, ist gut. Gib mir eine halbe Stunde«, seufze ich. Bri jauchzt am anderen Ende und ich weiß, dass sie dabei gern in die Hände klatschen würde.

Der Bus kommt nicht. Ungeduldig sehe ich auf meine Uhr. Ich bin schon eine Stunde zu spät. Fluchend trete ich aus dem Unterstand hervor, ziehe meine Jacke über meinen Kopf und renne zum Auto, obwohl ich heute schon mehr Benzin verfahren habe, als mir für eine Woche zusteht. Auf der Fahrt überlege ich wie schon so oft, was Bri an Florian findet.

Die Sonne meines Daseins hat einen großen Fehler: Sie ist davon besessen, in die Geschichte einzugehen, eigentlich egal mit was. Ich glaube manchmal, dass sie deswegen mit mir ins All will. Und ich glaube, dass sie auch deswegen mit den Ungers verkehrt. Denn die Ungers sind wichtig. Und die Ungers werden definitiv in die Geschichte eingehen. Bri und ich sind uns nur nicht einig, als was. Für mich sind sie Despoten und Maximilian Unger nutzt die Not der Bevölkerung aus, um ein demokratisches Gesetz nach dem anderen auszuhebeln. Menschen, die ums Überleben kämpfen, widersprechen nicht.

Bri wiederum glaubt meistens das Geschwätz dieser Familie. Es ist, als schlügen zwei Seelen in ihrer Brust. Ich habe mit ihr schon so gute Gespräche geführt, über den Klimawandel und was die Erde noch retten kann. Und sie will Lehrerin werden, verdammt nochmal.

Aber bei den Ungers im Whirlpool zu treiben und Champagner zu schlürfen, gefällt ihr auch – zu gut, um konsequent zu sein. Und Florian macht ihr nach allen Regeln der Kunst den Hof. *Kleine* Geschenke, Blumen, Dates. Das volle Programm.

Wenn ich nicht wüsste, dass eine tolle und aufrichtige Frau in ihr steckt, hätte ich sie schon längst abgeschrieben. So kämpfe ich um sie.

Die Ungervilla ist hell beleuchtet. In der Einfahrt stehen alle teuren Automarken, die ich kenne, und auch ein paar, von denen ich noch nie gehört habe. Als ich klingle, wird in derselben Sekunde die Türe aufgerissen und eine blonde, schlanke Frau torkelt an mir vorbei.

»Was wird denn gefeiert?«, frage ich sie im Vorbeigehen.

»In München ist der Notstand ausgerufen. Damit muss sich Max nicht mehr mit dem Stadtrat rumstreiten.«

Fassungslos sehe ich ihr hinterher, bis sich jemand hinter mir räuspert. Der Butler, ich hatte ja schließlich geklingelt.

»Sie wünschen?« Ich war schon Dutzende Male bei Florian, aber ich scheine es nicht wert zu sein, dass man sich an mich erinnert.

»Bri...gitte Lausen und Florian Unger erwarten mich.«

Der Butler zieht eine Augenbraue nach oben und führt mich dann in das Kaminzimmer. Bri und Florian sitzen auf dem Boden vor dem Kaminfeuer. Florian lehnt an eine der großen Sofas und Bri hat sich mit dem Rücken an seine Brust sinken lassen. Beide haben einen großen Kelch dunklen Wein vor sich. Bris Wangen sind gerötet.

Als sie mich sehen, verziehen beide die Lippen zu einem Lächeln. Florian sieht aus wie Napoleon, siegessicher, schadenfroh. Bri sieht einfach nur glücklich aus und kämpft sich auf die Füße. Sie schwankt leicht. Auch das wird gut sein, im All – Alkohol ist dort verboten. Bri trinkt zu oft und zu viel.

»Sinan! Endlich. Ich hab mir schon solche Sorgen gemacht!«

»Ist das so?«, kann ich mir nicht verkneifen zu fragen. Florian kichert, als hätte ich einen Witz gemacht. Meine Augenbrauen wandern zu meinem Haaransatz.

Bri sieht von mir zu Florian und verdreht die Augen.

»Wenn ich es mir recht überlege, habe ich Kopfschmerzen. Fährst du mich nach Hause, Sinan?«

»Tamam, Sonnenschein.«

Florian verengt seine Augen zu Schlitzen. Ich mache ihm seine Beute streitig. Außerdem rede ich türkisch, was er ebenfalls nicht ausstehen kann.

Grinsend und mit meinem Mädchen im Arm verlasse ich die Ungervilla.

5. September 2036

Liebste Bri,

ob ich nach dieser Nacht jemals aufhören kann zu lächeln? Seit ich dich kennenlernen durfte, habe ich davon geträumt, dir nahe zu sein – so nahe, wie man sich sein kann, ohne zu verschmelzen.

Als ich dich gestern nach Hause gefahren habe, und wir noch einen Moment vor dem Studentenwohnheim im Auto saßen, habe ich dir von meinem Tag erzählt: der Zerstörung meiner Heimat durch den Regen, der Ungerechtigkeit an den Stadtgrenzen, der rasenden Geschwindigkeit, mit der dieses

Land in sich zusammenfällt. Irgendwann hast du dich zu mir herübergebeugt und mich geküsst, erst einmal und dann noch zweimal.

Der Weg zu deinem Zimmer war ein ungeduldiger Taumel, währenddessen wir es nicht erwarten konnten, unter den Klamotten des anderen nackte Haut zu spüren. Noch nie hast du mich so nahe an dich herankommen lassen und als du mich auf dein Bett geschubst hast, hatte ich das Gefühl, keinen einzigen Knochen im Leib zu haben. Ich konnte nur lächeln, dich ansehen und mein Glück nicht fassen. *Güzelim*, wärmende Sonne meines Daseins, mein Herz schlägt nur für dich.

Ich hatte das Gefühl, wenn ich mich bewege, zerspringt dieser Traum in tausend Teile und so warst du es, die zuerst mich und dann sich selbst ausgezogen hat.

Dann warst du bei mir und auf meine Frage, ob es wirklich dein Wunsch sei, mit mir die Nacht zu verbringen, antwortetest du: »Natürlich, *Aşkim*.« Wie bezaubernd, dass du dir von allen türkischen Wörtern, die ich dir beibringen will, nur dieses eine merkst.

Also wagte ich es: Ich nahm dich in die Arme, und niemals hielt ich etwas Wertvolleres. Ich küsste dich, überall dort, wo ich es schon unzählige Male geträumt hatte. Ich ließ mir Zeit, obwohl ich spürte, dass du ungeduldig warst.

Erst als du sagtest: »Sinan, du machst mich wahnsinnig!«, erlaubte ich meiner Leidenschaft, loszustürmen und dich zu erobern.

Ich dachte, schöner als diese Nacht könnte es nicht werden, bis ich deinen Kopf beim Aufwachen am Morgen auf meiner Brust spürte. Du bist jetzt endlich bei mir.

So lange hast du mich geprüft, mich auf Abstand gehalten und mich nicht mehr als ein paar Küsse stehlen lassen, doch ab jetzt wird alles anders sein.

Ich würde am liebsten gleich mit dir die Gangway zur Hope *hinaufgehen und ins All fliegen. Um uns Zeit für uns zu geben, um nichts und niemanden mehr zwischen uns kommen zu lassen.*

Sinan

Ich hebe den Kopf vom Briefpapier und betrachte Bri, die weiterhin fest schläft. Es tut fast körperlich weh, diese paar Meter von ihr entfernt zu sitzen, anstatt wieder unter die warme Decke zu schlüpfen, sie in den Arm zu nehmen und sanft zu streicheln. Doch um meinen großen Traum von der *Hope* wahrwerden zu lassen, muss ich mich dringend heute dort vorstellen. Die freien Plätze werden sich schnell füllen und wenn sie mich überhaupt noch einmal vorlassen, dann wenn ich heute dort möglichst früh auf der Matte stehe. Wenn ich mich beeile, kann ich ja vielleicht auf dem Rückweg Croissants mitbringen.

Ich ziehe mich an, dann schleiche ich noch einmal zu Bri, beuge mich hinab zu ihrem Hals, atme tief ein, um möglichst viel von ihrem Duft mitzunehmen, und hauche ihr einen Kuss auf die Stirn.

Ich wünsche mir so sehr, dass ich das von nun an jeden Morgen machen kann.

Drei Stunden später bin ich auf dem Rückweg. Da das Radio nur noch Propagandareden von Maximilian Unger sendet, und alle Streamingdienste längst nicht mehr genug Netz haben, um zu funktionieren, habe ich auf dem Flohmarkt einen antiken CD-Wechsler geholt. Ich schiebe eine der wenigen CDs, die ich aus meiner Kindheit hinübergerettet habe, in den Schlitz. Momente später gröle ich *The Summer of 69* von Bryan Adams mit. Na gut, der Song ist eher aus der Kindheit meines Vaters, aber ich liebe ihn einfach.

Mein Leben ist perfekt.

Ich habe den Platz auf der *Hope*. Wieder haben meine Kletterfähigkeiten den Unterschied gemacht. Für Reparaturen in Lüftungsschächten oder ähnlichen Strukturen der Raumstation sei dieses Knowledge wertvoll, meinten die Zuständigen. Ich klettere für die in die Hölle und zurück, Hauptsache Bri und ich sind zusammen.

Ein kleines Stechen in meiner Brust, das ich schon den ganzen Tag versuche zu ignorieren, wird stärker. Ich hab ein schlechtes Gewissen wegen meines Vaters. Ich sollte das mit seiner Registrierung längst klären. Es braucht viel, dass ich die Vorstellung von ihm allein auf einem dreckigen Bett in einer lauten Auffangstation verdrängen kann. Ich werde mich gleich als Nächstes darum kümmern. Erst noch Croissants mit Bri essen und die gute Nachricht feiern. Und wer weiß, vielleicht finden wir auch heute Morgen nochmal näher zueinander?

Ich klingle unten an der Tür und lehne mich erwartungsfroh gegen das schwere Holz. Den Regen, der anscheinend gar nicht mehr aufhören will, spüre ich gar nicht mehr, auch wenn mir das kalte Wasser am Hals entlang und den Rücken hinunterläuft. Niemand öffnet. Ist Bri in der Dusche? Ich liebe es, wenn ihre Haare ganz frisch nach ihrem Apfelshampoo riechen.

Eine Frau mit einem kleinen Kind am Arm öffnet die Türe des Mehrfamilienhauses von innen. Fast stolpere ich ihr in die Arme, doch ich kann mich noch abfangen und drücke mich mit einem möglichst höflichen »Danke fürs Aufmachen« an ihr vorbei. Ich nehme zwei Stufen auf einmal und bin wenig später vor ihrer Wohnung im vierten Stock. Wieder klingele ich, diesmal Sturm, damit sie mich hört, was immer sie auch da drinnen tut. Unter der Dusche singen, die Haare föhnen, was weiß ich ...

Bald werde ich jede ihre Tagesroutinen kennen und sie miterleben dürfen.

Endlich öffnet Bri mir die Tür. Ehrlich gestanden sieht sie nicht aus, als sei sie eben in der Dusche gewesen. Eher, als sei sie eben erst aufgestanden. Die Haare sind noch zerzaust und ihre Wangen gerötet. Aber so liebe ich sie sowieso am meisten. Ich drücke die Tür ganz auf und nehme Bri in die Arme.

»Ich hab's geschafft. Sie haben mich genommen auf der *Hope*. Wir können zusammen sein. Jeden Tag, ein halbes Jahr lang. Und danach haben wir so viel Geld verdient, dass wir uns eine Wohnung kaufen können.«

Bri sieht mich nicht an. Warum sieht sie mich nicht an? Ist sie überwältigt von der guten Neuigkeit? Ich senke den Kopf, um sie zu küssen, denn wenn sie schon nicht ihre Begeisterung verbal mit mir teilen will, dann will ich wenigstens ihre Leidenschaft spüren. Auch ein Kuss kann ein Versprechen sein.

Doch sie dreht den Kopf weg.

»Komm rein Sinan, wir müssen reden.«

Ich ziehe die Augenbrauen über der Nasenwurzel zusammen. Reden? Natürlich, es gibt so viel zu besprechen, aber wieso dieses Gesicht und dieser Tonfall dazu?

An der Hand führt sie mich in ihr Zimmer.

Florian sitzt auf dem Bett. Auch seine Wangen sind gerötet. Ich versuche, weiter ruhig zu atmen.

»Was macht *er* hier?«, frage ich gefährlich leise.

»Sinan«, begrüßt mich Florian, neigt den Kopf. Er wirkt entspannt. Seine Augen glitzern fast belustigt, so als würde er sich auf das freuen, was jetzt kommt.

»Ich hab ihn gebeten, vorbeizukommen. Ich brauche jemanden, der zu mir hält, wenn ich gleich sage, was ich zu sagen habe.«

Ich wirbele zu Bri herum.

»Jemanden, der zu dir hält? Wann habe ich je *nicht* zu dir gehalten? Bri, wenn dir die Nacht mit mir nicht gefallen hat, lass uns reden – allein. Ich ... habe keine große Übung mehr in diesen Dingen ...«

Doch sie schüttelt den Kopf, geht langsam hinüber zu Florian.

»Daran liegt es doch gar nicht.« Für einen kleinen Moment sehe ich noch in die Augen *meiner* Bri, dieses warmen, offenen und liebevollen Menschen, als sie sagt: »Die Nacht mit dir war wunderschön.«

Dann sieht sie für einen Atemzug zu Boden, und als sie wieder aufsieht, ist ihr Blick flach und verschlossen. Sie verschränkt die Arme vor der Brust.

»Du und ich, wir müssen endlich aufhören mit dieser Traumtänzerei.«

Ich reiße die Augen auf und sehe von ihr zu Florian, der ihr den Rücken streichelt wie einem artigen Pony. Traumtänzerei als ein Schimpfwort zu verwenden, stammt ganz klar aus dem Hause Unger.

»Was ist falsch daran?«, frage ich und versuche, nur Bri anzusehen.

»Ich bitte dich – ins All zu fliegen? Die Probleme sind hier. Hier ist unsere Stadt, unsere Heimat, für die wir kämpfen müssen.«

Glasklarer Spruch der Ungerpartei.

»Bri? Wir waren uns doch einig, dass wir Pionierarbeit leisten wollten? Was hat dich umgestimmt?«

Sie wringt ihre Hände und so weiß ich schon, dass ich nicht hören will, was sie als Nächstes sagen wird.

»Florians Vater hat mir einen Posten im Bildungsministerium der Stadt angeboten. Ich könnte den neuen Lehrplan mitausarbeiten, Entscheidungen treffen und müsste keine Kinder unterrichten.«

Für eine Ausatmung schließe ich die Augen. Bei einem unserer langen Spaziergänge an der Isar hatte sie mir gesagt, dass sie Kinder zwar möge, aber vor einer ganzen Klasse Angst hätte. Damals hatte ich sie in den Arm genommen und ihr versichert, dass sie da schon noch reinwachsen würde.

Ein Teil von mir empfindet also Mitgefühl mit Bri. Doch der weitaus größere Teil ist stinkwütend.

»Das kann nicht dein Ernst sein! Den neuen Lehrplan mitausarbeiten? Was ist falsch an dem alten? Ich sag dir, wie es laufen wird: Maximilian wird dir sagen, wie es gemacht wird. Dieser Mann ist ein Despot ...«

Betont langsam steht Florian auf. Er will gelangweilt wirken, aber ich sehe den flackernden Zorn in seinen Augen. Soll er doch kommen!

Doch wie so oft stellt sich Bri zwischen uns.

»Hör auf, Sinan.« Sie wirft die Hände vor mir in die Luft. »Du benimmst dich immer, als wärst du dieser Neo aus dem Film, den wir letztens bei dem Oldiefestival gesehen haben. München und die Matrix fangen zwar mit demselben Buchstaben an, aber es gibt keinen dunklen Plan und niemanden, der Menschen ausbeutet. Und erst recht keine dunkle Armee von Beamten, die keine Abweichungen dulden.«

Ich stemme meine Arme in meine Seiten und sehe zu Boden. Meine Atmung hört sich an wie die eines gequälten Stiers, so sehr muss ich mich anstrengen, Bri nicht anzuschreien.

»Ich nehme dich gern mal mit in mein Heimatdorf – oder an die Stadtgrenzen. Dann wirst du nicht lange bei der Meinung bleiben, die Florian dir so ausdauernd eintrichtert.«

Ich reibe mir übers Gesicht. »Schau Bri, wir müssen nicht ins All fliegen. Vielleicht hast du Recht und diese Idee hätte uns vor zwanzig Jahren kommen müssen. Ich selber fände es zwar beruhigend zu wissen, dass wir, wenn der Planet unbewohnbar wird, auch eine andere Option haben. Aber okay, das können auch andere erforschen. Lass uns hier in München bleiben und versuchen zu helfen, wo es geht«, ich falte flehend meine Hände, »aber bitte, glaub nicht diese Ungerlügen.«

Florian, der einem Bodyguard gleich mit verschränkten Armen hinter Bri stand, schiebt sich jetzt vor sie.

»Alter, jetzt hast du meine Familie oft genug beleidigt. Ich finde, es ist Zeit für dich zu gehen.«

Spinnt der? Ich spanne mich an. Meine Fäuste öffnen und schließen sich, als schlüge ein Herz darin.

»Das entscheidest nicht du.«

Florian macht einen Schritt auf mich zu. Ich hebe meine Arme, um mich zu verteidigen, wenn es dazu kommen sollte.

»Sinan?« Obwohl sie leise spricht, höre ich sie und ihr Tonfall bricht meinen Kampfgeist. Bri steht hinter mir und hält mir die Tür auf.

»Ich finde auch, es ist alles gesagt. Komm, ich bring dich zur Haustür.«

Weil ich dadurch immerhin eine kleine Zeitspanne gewinne, in der ich unter vier Augen mit ihr sprechen kann, gehe ich mit.

»Bri, wir müssen das ja nicht gleich entscheiden. Lass dir alles nochmal durch den Kopf gehen.«

Sie sieht mich an, Tränen stehen in ihren Augen.

»Ich – wir – können uns nicht mehr sehen. Florian sagt, ich muss mich jetzt endlich für einen von euch entscheiden. Und die Ungers werden für mich sorgen. Es ist die sicherste Option.«

»Es ist die sicherste Option? Bri, es geht um *dein* Leben. Wenn du dich einmal in dem Netz dieser Familie verfangen hast, wirst du dich nicht mehr befreien können. Sie werden dich nicht mehr gehen lassen.«

Bri schnieft und hebt den Kopf. »Es wird mir gut gehen bei den Ungers. Kein Tanzen im Regen mehr und keine Träume von Nächten im All«, eine einzelne Träne läuft ihre Wange hinunter und ärgerlich wischt sie sie weg, »aber Sicherheit. Egal wie schlimm die Lage hier wird.«

Ich seufze, lasse die Schultern hängen. Dieses Mädchen hatte schon immer die Gabe, die Gesamtsituation richtig zu beurteilen. Die Stürme, die Blitze und das Chaos werden die nächsten Jahre schlimmer werden.

Leider gibt sie, wie so viele Menschen, dem falschen Bedürfnis nach: Schutz bei dem zu suchen, der die breitesten Schultern hat und sich ihm unterzuordnen. Der Beschützer wird dafür heiliggesprochen, egal was er sonst noch tut und wie er den Schutz erreicht.

»Darf ich dich noch eine Sache fragen?« Ich schmecke Galle in meinem Mund und genauso klingt auch meine Stimme.

185

Bri sieht mich nur an und so frage ich, was an meiner Seele zerrt:

»Warum dann diese eine Nacht? Hat dich heute Morgen blitzartig die Erkenntnis getroffen, dass du dein Leben wegwerfen willst, oder wusstest du das schon gestern?«

Tränen laufen jetzt offen über ihre Wangen.

»Ich wollte, dass du mich nicht vergisst. Ich wollte für eine Nacht glauben, dass wir eine Zukunft haben«, schluchzt sie.

Ich kann nicht mehr an mich halten und packe sie bei den Schultern.

»Wir haben eine Zukunft! Ich kann dich auch beschützen. Bleib bei mir!«

Zwei Atemzüge sind wir wie eingefroren und fast denke ich, ich habe noch eine Chance.

»Leb wohl, Neo«, sagt sie dann, windet sich aus meinem Griff und verschwindet in der Wohnung.

Ich stehe draußen auf der Leopoldstrasse. Ich spüre den Regen nicht. Wieder nicht. Diesmal jedoch scheint jede Emotion und jedes Grundbedürfnis in ein schwarzes Loch aufgesogen zu werden. Hunger, Kälte, Trauer. Eigentlich spüre ich nichts davon.

Eine Sirene schraubt sich kreischend in meinen Gehörgang, wird immer lauter, bis sie auf dem Dach eines grünen Krankenwagens mit einer großen Bugwelle an mir vorbeirast. Grün – das ist der Seuchenschutz. Um mich davon abzulenken, was gerade in Bris Wohnung passiert ist, denke ich darüber nach. Sekunden später rasen drei weitere grüne Wägen an mir vorbei. Was zur Hölle ist da los?

Sie fahren alle Richtung Osten. Osten ... immer noch ist mein Hirn taub und will sich zusammenrollen, sich ausklinken, aufwachen und merken, dass die letzte Stunde nur ein böser Traum war.

Ich setze mich ins Auto und ausnahmsweise schalte ich das Radio an.

»Ausbruch des mutierten Norovirus in der Auffangstation Ost. Achtung, extreme Ansteckungsgefahr!« Das letzte Wort geht im Geräusch meines aufheulenden Motors unter.

Baba!

Ich fädle mich, so schnell es irgendwie geht, durch den Verkehr. Als ein weiterer grüner Wagen an mir vorbeirast, klemme ich mich einfach an seine Stoßstange, kümmere mich nicht um rote Lichter oder Vorfahrtsstraßen.

In meinem Kopf tobt ein Sturm – wie konnte ich Baba warten lassen? Aus selbstsüchtigen Gründen! Dann mache ich mir wieder klar, dass es erst mittags ist und ich ihn auch ohne die Geschichte mit Bri noch nicht aus dem Lager hätte holen können.

Selbst die Krankenwagen werden durch die Straßensperre auf Schrittgeschwindigkeit runtergebremst. Scheiße, die werden mich niemals durchlassen. Ich bin auch nicht der Einzige, der Angehörige in diesem Lager hat. Überall stehen Autos und Menschen bilden Trauben um Wachpersonal und flehen.

Eine Durchsage läuft auf Dauerschleife: »Akuter Seuchenausbruch im Auffanglager Ost. Extrem hohe Ansteckungsgefahr. Kurze Inkubationszeit. Keiner kommt in dieses Lager hinein, und keiner hinaus. Von dieser Regel ist ausschließlich das Personal der Seuchenbehörde ausgenommen.«

Ich wende mein Auto. Hier durchzukommen ist aussichtslos. Ich biege in eine Seitenstraße ab und will weiterfahren, eine andere Möglichkeit finden, Baba zu retten. Doch wie aus dem Nichts brennt eine Sicherung bei mir durch.

Es reicht!

Der Anblick meines Elternhauses, die Behandlung an der Grenze, die schwierige Bewerbung auf der *Hope*, Florian und wie er Bri in sein Netz eingewickelt und mir gestohlen hat. Und jetzt soll ich das Schicksal meines Vaters der Stadtwache überlassen?

Ich reiße die Autotür auf, springe auf die nächste Motorhaube des von der Straßensperre gestoppten Autos, von dort auf das nächste Auto und so weiter, bis ich etwa dreißig Meter vor der Straßensperre auf einer alten G-Klasse stehe. Ich balle meine Fäuste. Ich würde gern von mir als Held denken, der sich bewusst für den Widerstand entscheidet, aber es ist viel mehr so, als hätte jemand, der die Unmenschlichkeit und Ungerechtigkeit nicht mehr aushält, von mir Besitz ergriffen.

»Hey Leute!«, schreie ich. Der Regen prasselt, Sirenen heulen, ein paar sehen mich an, doch die meisten wollen einfach nur zu ihren Angehörigen.

»Denken wir wirklich, unseren Angehörigen wird von der Stadtverwaltung geholfen?«, brülle ich. »Wenn wir alle gleichzeitig losfahren, walzen wir die Schranke einfach nieder.«

Ein Mann zupft an meinem Bein. Ich blicke nach unten, bereit ihn zu treten, doch er reicht mir ein Megafon. Hinter ihm steht ein Wagen, auf dessen Tür dasselbe Baufirmenlogo prangt, wie auf seiner Latzhose.

»Ich mag, was du sagst. Wiederhol es nochmal, aber lauter.« Er reicht mir das Megafon.

Ich hole tief Luft. »Der Statthalter Maximilian Unger wird nichts für unsere Angehörigen in diesem Zelt tun.« Ich atme rasselnd gegen das Rauschen in meinen Ohren an. »So wie er für alle Menschen außerhalb von München nichts tut.« Meine Stimme wird lauter. »Wir alle haben unsere Lieben in die Stadt geholt, um sie vor den Stürmen zu schützen. Und jetzt sollen sie hier am erstbesten Virus verrecken?« Alle Augen sind auf mich gerichtet. Ich recke meine Faust in die Luft und brülle: »Wir lassen das nicht zu! Wenn wir alle gleichzeitig losfahren, hält uns keine Schranke auf.«

Jetzt habe ich jede Menge Aufmerksamkeit – die der Menschen vor der Straßensperre, die sich aufgerüttelt umsehen, aber auch die der Stadtwache.

»Komm da runter, sofort!«, brüllt einer der Beamten. Er zieht sein Gewehr von der Schulter und zielt auf mich.

»Wenn ihr hier einfach stehen bleibt und wartet, werdet ihr eure Angehörigen nie wiedersehen!« Der erste Schuss pfeift knapp an meinem rechten Ohr vorbei.

Die Stadtwache gibt sich nicht mit Warnschüssen ab. Jeglicher Applaus, den ich kurzfristig geerntet habe, verstummt. Ich sehe mich um, bis mein Blick auf eine der Überwachungskameras fällt, die auf mich gerichtet ist. Sieht *er* gerade zu? Schwenkt Florian ein Glas mit irgendeinem teuren Alkohol und lächelt dabei, weil er weiß, dass er gewonnen hat? Ich hebe langsam meine Faust und zeige der Kamera und Florian den Mittelfinger.

»Geh nach Hause, Neo.« Es ist wirklich Florians Stimme, die aus dem Lautsprecher kommt. Ich presse meinen Kiefer so fest zusammen, dass es weh tut. »Keiner mag Unruhestifter hier in München.«

Noch einen Moment verharre ich, starre, presse und zeige den Mittelfinger. Aus dem Augenwinkel sehe ich drei Beamte der Stadtwache auf mich zukommen. Deshalb verschwinde ich. Ohne ein Wort drücke ich dem Besitzer des Megaphons sein Gerät wieder in die Hand und versuche mit hochgeschlagener Kapuze, den Blicken der Menschen zu entgehen. Niemand hält mich auf. Doch auch, wenn ich gehen darf, gebe ich mich keiner Illusion hin. Meine Tage in München sind gezählt. Meine berufliche Laufbahn ist beendet, bevor sie angefangen hat. Meine Teilnahme an der Expedition der *Hope* kann ich auch vergessen. Denn eben habe ich mir die Ungers öffentlich zu Feinden gemacht.

Es spielt keine Rolle, sagt eine Stimme in meinem Kopf, *er hätte dich eh nicht in Frieden in München leben lassen – nicht jetzt, nachdem Bri sich für ihn entschieden hat.*

Mit aller Kraft drücke ich die sich aufbäumende Verzweiflung nieder. Ich werde München verlassen, aber nicht ohne Baba!

Bei meinem Auto angekommen, starte ich den Motor und fahre zurück in die Richtung, aus der ich gekommen bin. Ich muss einen anderen Eingang zu dem Auffanglager finden. Dann biege ich in eine Seitenstraße ab. Und auch wenn mein Kopfkino eine große Viruswolke zeigt, die sich meinem Baba nähert, zwinge ich mich, abzubremsen, denn vom Asphalt ist hier praktisch nichts übrig. Es gibt nur noch zwei matschgefüllte Fahrrinnen. Wenn ich steckenbleibe, war's das.

Im Schatten eines alten Wasserturmes parke ich das Auto in den Büschen. Ich laufe halbgeduckt bergab zu dem hohen Drahtzaun des Auffanglagers und stelle mit Erleichterung fest, dass er nicht unter Strom steht. Dass man in den Auffanglagern nicht zu Gast ist, verdeutlicht trotzdem der Stacheldraht, der an der Oberkante des Zaunes in einer endlosen Spirale rund um das Grundstück festgemacht ist. Wie soll ich da rüberkommen? Fluchend renne ich zurück zu meinem geparkten Auto und zerre die Fußmatte unter den Gaspedalen hervor. Im Laufen rolle ich die Matte zusammen und klemme sie mir unter den Arm, während ich beschleunige, um für diese halsbrecherische Kletteraktion möglichst viel Anlauf zu haben. Am Zaun stoße ich mich ab und kralle mich in die Maschen. Auch meine Füße finden etwas Halt. Ich hänge am Zaun und keuche. Wie geht es jetzt weiter? Ich klettere einige Maschen nach oben, dann werfe ich die Fußmatte über den Stacheldraht. Ich ziehe mich hoch und über das schützende Plastik. Doch am höchsten Punkt beginnt die Matte zu rutschen. Mir bleibt nichts anderes übrig, als zu springen, und ich schaffe es gerade so, meine Füße unter mich zu bringen.

Den Stein, der rasend schnell auf mich zukommt, sehe ich zu spät. Er ist glitschig, hat eine scharfe Kante und liegt genau an der falschen Stelle. Ich schaffe es nicht mehr, auszuweichen. Mein Fuß landet auf dem grauen Felsbrocken und rutscht ab. Mein rechtes Knie verdreht sich, und ich höre ein schnappendes Geräusch im Gelenk. Die Beine geben nach und mein Gesicht landet im flüssigen Morast. Eine Welle des Schmerzes rast über mich hinweg und lässt Vorhänge von gnädigem Schwarz vor das düstere Mittagslicht gleiten. Mit aller Kraft schiebe ich sie weg. Ich kann hier nicht ohnmächtig werden, ich bin gerade in eine staatliche Einrichtung eingebrochen. Und ich muss Baba retten.

Schnell rappele ich mich auf und sehe mich um. Durch den Regen erkenne ich das Auffanglager – riesige, weiße Zelte umringt von grell-leuchtenden Strahlern. Mein rechtes Knie erträgt kein Gewicht. Bei jedem Schritt rammt sich ein Dolch in mein Bein. Trotzdem werde ich nicht aufgeben. München und diese verdammten Ungers werden mir nicht auch noch den letzten Menschen nehmen, den ich liebe.

Ich verschanze mich hinter einer Hütte und beobachte das Zelt.

Mein Versteck befindet sich in der Nähe eines Hintereingangs, aus dem immer wieder Wachleute raus- und reinlaufen. Sie holen Dinge aus einer Nebenhütte, die so etwas wie ein Lager sein könnte. Sie haben Schutzanzüge und Gesichtsmasken an. Das ist meine Chance.

Unentdeckt humple ich zu dem kleinen Holzverschlag und kauere mich erneut tief in den Schatten. Meine Hand umschließt einen großen Stein.

Ich habe Glück. Wenig später kommt ein einzelner Mann aus dem Lager. Als er mir den Rücken zuwendet, springe ich wie eine dreibeinige Katze auf seinen Rücken und hole mit dem Stein aus. Noch bevor er etwas rufen kann, geht er zu Boden. Ich zerre ihn aus dem Blickfeld seiner Kollegen und schäle ihn aus seinem Schutzanzug.

Der Mann ist um einiges stabiler gebaut als ich. Obwohl ich den Overall über meine Kleidung zerre, wirft das Material Falten an Oberkörper, Armen und Beinen. Ich schnalle mir noch den Gürtel mit einer Pistole und einem Teaser um.

Ich muss nur noch irgendwie mit meinem Knie klarkommen. Die Schmerzpulsationen donnern durch meinen ganzen Körper und machen es mir fast unmöglich, einen klaren Gedanken zu fassen.

Ich werfe einen Blick in das Lager und sehe Vorräte. In dem Regal genau vor mir sind vor allem medizinische Utensilien, unter anderem ein Infusionsständer.

Ich werde von hinten angerempelt: »Hey, machst du hier ein Nickerchen? Los komm, hilf mir tragen.« Bevor ich mich umdrehe, lass ich den Helm des Seuchenschutzanzuges, der mich von der Außenluft abschirmt, vor mein Gesicht gleiten. Dann strecke ich meine Hand aus und zeige dem anderen Mann einen Daumen nach oben.

Wahllos nehme ich eine Kiste mit Infusionsflüssigkeit aus dem Regal.

»Was machst du?«, fragt mich der Mann. »Wir behandeln die Opens doch nicht.«

»Die Opens?« Was meint er damit?

»Alle, die nicht aus der Stadt sind, sondern vom offenen Land. Die Wilden halt. Das weißt du doch!«

Wilde? Ich atme wie ein Stier vor einem Angriff, so dass mein Gesichtsschutz beschlägt. Ein Glück vermutlich, da so mein Gegenüber meine Gesichtszüge nicht erkennen kann.

»Du musst das Ventil an deinem Hals aufmachen, sonst bekommst du da drin bald keine Luft mehr«, sagt der Mann und bevor ich reagieren kann, greift er an meinen Hals und dreht an etwas. Frischluft flutet meinen Helm und die beschlagene Frontscheibe klärt sich augenblicklich. Hastig sehe ich zu Boden.

Der Mann legt mir die Hand auf die Schulter: »Keine Angst, auf die Luftfilter kannst du dich verlassen. Absolut virensicher.« Dann dreht er sich zum Regal um, sucht einen Moment und greift sich dann einen Stapel schwarzer Säcke.

»Na komm jetzt, nimm dir auch ein paar Leichensäcke. Lass uns das möglichst schnell über die Bühne bringen und dann nach München zurückkehren.«

Die Säcke brennen in meinen behandschuhten Händen wie Säure. Was, wenn Baba ...

Wir betreten das Zelt. Was draußen durch das Geräusch von strömendem Regen auf dem Zeltdach abgeschwächt wurde, bricht hier wie eine Welle über mich hinein. Stöhnen, Kreischen, Schmerzensschreie, Anweisungen und Namen, die gerufen werden, vermischen sich zu einer panischen Symphonie, der man sich nur schwer entziehen kann. Die Menschen ohne Schutzanzug haben sich Stofffetzen über Mund und Nase gebunden. Denken sie, dies schützt sie vor der Ansteckung oder versuchen sie, dem Geruch zu entfliehen? Es muss gewaltig stinken, auch wenn ich durch das Belüftungssystem meines Anzugs allenfalls einen Hauch davon erahnen kann. Doch der Boden ist bedeckt von Erbrochenem und anderen menschlichen Exkrementen, in den Ecken stehen volle Eimer und notdürftig zugeknotete Säcke. Jeder der Eingänge ist schwer bewacht, trotzdem bilden sich davor Trauben von Menschen, die ins Freie flüchten wollen. Was ist der Plan, wollen sie einfach alle hier drinnen sterben lassen?

An einem der Zelteingänge außerhalb meines Blickfeldes fällt ein Schuss. Ein Mann brüllt in sein Megafon, irgendwas von Weisungen befolgen und auf die Krankenwagen warten.

Es werden keine kommen, zumindest nicht genug für all diese Leute hier. Kurz taumle ich und ringe nach Luft, als mir klar wird, wie viele Menschen hier in den nächsten vierundzwanzig Stunden sterben werden. Auf Befehl der Ungers. Bri, wie konntest du dich so täuschen lassen?

Ich kann mich heute nur um meinen Vater kümmern, ich muss ihn retten. Ich versuche, die aufgestapelten Leichensäcke an der Nordseite des Zeltes zu ignorieren, und renne durch die Gänge. Ich gebe mir Mühe, nicht zu humpeln, um keine

Aufmerksamkeit zu erregen. Es gelingt mir nicht. Mein Knie kann kaum Gewicht übernehmen, bevor es wegknickt wie ein zerbrochener Stock.

Da – endlich sehe ich ihn. Er sitzt ganz ruhig auf seiner Pritsche. In seinen Händen hält er ein Bild und betrachtet es. Ich weiß genau welches: das von Mama, wie sie am See steht und ihre langen dunklen Haare mit dem Sturm tanzen, ihr breites Grinsen die Kamera blendet und ihre dunklen Augen Baba sagen, dass sie ihn liebt.

Ich trete an sein Bett. Es dauert Sekunden, bis er den Blick hebt. Als er mich ansieht, bricht mein Herz. Er hat tiefe Ringe unter den Augen und das Weiße hat sich gelb verfärbt. Die Lippen sind aufgesprungen und spröde und die Falten seiner blassgrauen Haut graben tiefe Rinnen in seine Gesichtszüge. Es ist zu spät. Hätte ich ihn doch nur am See gelassen.

»Komm Baba, wir gehen nach Hause.«

Die Augen meines Vaters flackern, dann senkt er den Blick zurück auf das Bild. Ächzend knie ich mich vor ihn, um ihn ansehen zu können.

»Ich bin fast schon da«, flüstert er so leise, dass ich es gerade noch verstehen kann.

»Ich lasse dich auf keinen Fall hier sterben, an diesem schrecklichen Ort. Ich hätte nie zulassen dürfen, dass du hierherkommst.«

»Junge, mach dir keine Gedanken. Ich habe mich bemüht, deinetwegen, aber eigentlich ...« Zärtlich streichelt er über die Fotografie.

»Lass uns an den Chiemsee zurückkehren. Dir mag es egal sein, aber Mama wird dich schimpfen, wenn du einfach hier sitzt und dich dann in so einen schwarzen Sack stopfen lässt. Sie will sicher, dass du den See siehst, wenn du gehst.«

Baba hebt den Kopf. Er lächelt. »Daran habe ich gar nicht gedacht. Du hast recht.«

Ich helfe ihm hoch, doch er merkt sofort, dass etwas nicht stimmt. »Was hast du?«, fragt er mich.

»Das Knie aufgeschlagen, nicht der Rede wert. Hör mal, ich werde da vorn gleich lügen. Spiel einfach mit, okay?«

Baba sieht mich an und schürzt die Lippen, wie er es immer tut, wenn er mir nicht über den Weg traut.

Ich nähere mich der Menschentraube am hinteren Ausgang. Kurz davor ziehe ich die Pistole aus dem Holster und drücke sie Baba in die Seite.

»Lasst mich mal durch«, sage ich zu den Männern vom Seuchenschutz. »Ich nehm den da mit nach draußen und *helf* ein bisschen nach.« Die Beamten stutzen einen Moment und mir bricht der Schweiß aus. Haben sie doch mehr Anstand, als ich ihnen zutraue?

»Die Alten sind immer am zähesten. Und ich habe heute auch noch etwas anderes vor, als Menschen beim Verrecken zuzuschauen.«

Meine Glieder werden bleischwer, als die Beamten heiser lachen, mir auf die Schulter klopfen und mich und meinen Vater durchlassen. Ich hätte mich so gern getäuscht. Aber es ist wie befürchtet: Die Bewohner dieses Auffanglagers sind zum Tode verurteilt. Weil sie nur Mühe machen. Weil sie keiner vermisst. Weil sie mit dem Virus München gefährden könnten. Wenn ich einen von ihnen erschieße, um *Zeit zu sparen*, stört sich keiner daran.

Draußen ist der Regen stärker geworden. Außerdem heult ein Sturm über unseren Köpfen.

Wie soll es weitergehen? Mein Vater stützt sich schwer auf mich und auch mein gesundes Bein zittert heftig. Niemals schaffen wir es über den Zaun und durch den Wald bis zu meinem Auto.

Beruhig dich Sinan, denk nach! Ich versuche, meinen an der Innenseite des Helmes kondensierenden Atem zu ignorieren und betrachte einen leerstehenden Einsatzwagen. Wenn sie mich damit an der Sperre aufhalten, dann war es das für mich. Straftäter wandern in die Wolframmienen bei Kiefersfelden. Ohne Prozess.

Aber anders als mit einem fahrbaren Untersatz schaffen es der alte Herr neben mir und ich nicht.

Ohne noch länger zu überlegen, bugsiere ich ihn auf den Beifahrersitz, setze mich ans Steuer und gebe Gas. Die Straßensperre kommt in Sicht. Ein Schlagbaum versperrt meinen Weg. Doch dahinter ist der Weg frei. Womit haben sie gedroht, um die Angehörigen von der Straße zu kriegen? Ich habe keine Kraft mehr für Diplomatie oder Täuschung und so trete ich das Gaspedal durch. Splitter fliegen durch die Luft, doch mir ist gelungen, was ich gehofft habe. Die Stadtwache ist völlig überrumpelt, schießt zwar ein paar Mal hinter uns her, doch nach einer scharfen Rechtskurve sind wir außerhalb ihrer

Reichweite und sie haben genug damit zu tun, die Menschen daran zu hindern, das Lager doch noch zu stürmen.

Es ist Nacht, als wir am Wasserturm ankommen und den Wagen achtlos am Straßenrand stehenlassen. Ich öffne die Beifahrertür meines eigenen Autos und lasse Baba einsteigen. Als ich ihn anschnalle, komme ich ihm so nah, dass ich seinen rasselnden Atem trotz des Regens hören kann.

Zum ersten Mal dringt durch den ganzen Stress die Bedeutung dessen bis zu meinem Herzen vor: Ich bin dabei, meinen Vater zum Sterben an den Chiemsee zu bringen. Tränen quillen aus meinen Augen und ich reiße an meinem Gesichtshelm, den ich bis jetzt immer noch getragen habe.

Eine zittrige Hand legt sich auf meinen fahrigen Arm.

»Lass das.«

»Baba, ich werde nicht hier im Auto sitzen und dich wie einen Aussätzigen behandeln.«

»Wieso nicht? Denn das ist genau das, was ich bin. Dich anzustecken, ändert daran gar nichts.«

Ich lasse einen Moment den Kopf hängen, dann schlage ich die Beifahrertüre zu, steige selbst ein und starte den Motor.

Ich fädle mich in den spärlichen Verkehr nach Osten ein. Die Straßen sind wie ausgestorben und wir können alle Straßensperren passieren, ohne dass die Bürgerwehr uns behelligt. Das bedeutet in der Regel nichts Gutes.

Mit einem mulmigen Gefühl schalte ich das Radio an: *Auch in der Südstadt ist es zu einem explosionsartigen Ausbreiten des Norovirus A2c gekommen. Bleiben sie zuhause. Extreme Ansteckungsgefahr! Sollte es Ihnen möglich sein, bittet die*

Polizei trotzdem um ihre Hilfe: Gesucht wird Sinan Kaya, etwa eins achtzig groß, dunkle Haare, trägt einen grauen Hoodie und Jeans. Er wurde zuletzt im Auffanglager Ost gesehen, als er einen Volksaufstand anzetteln wollte. Der Gesuchte ist besonders brutal und unberechenbar. Hinweise nimmt jede Stadtwache entgegen.

Ich schalte das Radio aus. Dann kurble ich das Seitenfenster hinunter, nehme mir den Schutzhelm vom Kopf und atme tief durch. Lasse endlich wieder zu, etwas zu fühlen. Ein kleines, wehmütiges Lächeln zupft an meinem Mundwinkel. Frei. Endlich bin ich frei.

Ich muss mich nicht mehr verbiegen, um Bri zu gefallen oder in München eine Karrierechance zu haben. Ich kann endlich machen, was richtig ist.

Ich sehe meinen Vater an, hebe die Hand und streiche über seinen Nacken, streiche über seine grauen, verschwitzten Locken und lasse meine Finger noch einen Moment auf seiner Schulter liegen.

»Sinan, bring dich nicht in Gefahr, nur für das.« Babas Stimme ist nicht mehr als ein Flüstern.

»Keine Sorge, Babaciğim. Ich stecke mich nicht an. Ich habe vor, in nächster Zeit den Ungers ordentlich in den Hintern zu treten und ihnen die Tour zu vermasseln. Das hätte ich schon viel früher machen sollen.«

Zum ersten Mal seit Langem tritt etwas von dem lebendigen Glanz, mit dem Baba früher alle Menschen angesteckt hat, in seine Augen.

»Ich wundere mich schon so lange, dass du das alles mitmachst.«

»Weißt du, ich hatte ein Mädchen – und ich wollte ins All.«

Baba lächelt mich traurig an. »Tut mir leid, Oğlum. Ich weiß, du hättest gern die Sterne aus der Nähe gesehen.«

Ich zucke mit den Schultern. »Ja, hätte ich. Aber sie hätten mich niemals gelassen. Also mache ich Ihnen stattdessen die Hölle heiß.«

Wir fahren über den Samerberg und das Wunder wird wahr. Der Regen lichtet sich, und einzelne Sonnenstrahlen brechen durch die Wolken hervor. Wir haben einen wunderschönen Ausblick auf den glitzernden Chiemsee, über dessen Westseite ein Regenbogen gespannt ist.

»Schau, Mama hat den Himmel für dich geschmückt«, rede ich gegen den Kloß in meinem Hals an. Mein Vater schweigt, aber legt mir eine Hand auf die Schulter. Ich erschrecke, wie kalt sie ist.

Wir halten am Friedhof. Die unteren Gräber stehen schon unter Wasser, doch oben auf der Anhöhe sehe ich den Baum, unter dem sich Mamas Grab befindet. Ich schalte den Motor aus. Auf einmal verlässt mich der Mut. Doch nicht so Baba. Er klappt den Rückspiegel herunter und als ob es darauf ankäme, zieht er einen Kamm aus seiner hinteren Hosentasche und zieht sich zitternd den Scheitel neu. Er sieht mich an und lächelt. »Ich freu mich so auf sie. Lass uns gehen.«

Ich steige aus, gehe um das Auto und helfe meinem Vater heraus. Zusammen schaffen wir es irgendwie auf diesen kleinen Hügel, bis zu Mamas Grab. Ich setze Baba auf die

Bank daneben, dann hole ich Mamas Decke, die immer noch in meinem Auto liegt. Ich will mich zu ihm setzen, doch er hält mich auf.

»Mein lieber Junge«, er ringt nach Atem, »ich möchte, dass du jetzt gehst. Ich will mit deiner Mutter allein sein. Es wird auch nicht mehr lange dauern.«

»Baba, ich lass dich doch nicht einfach ...«

»Doch, genau das wirst du.« Er versucht, seiner Stimme den strengen Unterton von früher zu geben, doch es bleibt bei einem Flüstern. »Bring dich in Sicherheit. Schau, dass du dieses Knie gesund kriegst, und dann mach diesen Ziegenhintern in München das Leben schwer.«

Ich stehe vor Baba wie ein Bittsteller. Die Lider meines Vaters senken sich immer wieder und ich möchte so gern seinen Kopf auf meinen Schoß betten. Er muss doch Angst haben.

»Geh.« Er macht sich nicht die Mühe, die Augen wieder zu öffnen. »Vielleicht kommt dann noch die Seejungfrau, bevor ich gehe. Deine Mama würde das mögen.«

»Aber ...«

»Junge!« Noch einmal sieht er mich an und das alte Feuer lodert in seinen Augen auf. »Willst du mir wirklich diesen letzten Wunsch verwehren?«

»Nein, natürlich nicht. Hoşçakal. Leb wohl, Baba.«

Ich beuge mich zu meinem Vater und – Viren oder nicht – nehme ihn ganz fest in den Arm. Dann gehe ich. Da ich weiß, dass ich, wenn ich mich einmal umdrehe, nicht mehr stark genug sein würde um ihn zu verlassen, laufe ich immer weiter, steige in mein Auto und fahre davon.

12. Juni 2037

Liebste Bri,

wird dich dieser Brief jemals erreichen? Es würde mich wundern, wenn die Ungers dir unzensierte Post zugestehen. Deswegen Florian, wenn du das liest: Fick dich einfach und lass mich meinem Mädchen »auf Wiedersehen« sagen.

Ich lebe jetzt bei den Opens. Ja, so nennt München alle Menschen, die es nicht hinter die hohe Ungermauer schaffen.

Als wären wir irgendwie eine andere Art. Dabei sind es dieselben Menschen wie die edlen Münchner – wie ihr kämpfen wir mit dem seit Wochen steigenden Hochwasser um unser Leben, nur um dann doch am Dreck und allem was darin lauert zu verrecken.

Aber es hat auch sein Gutes hier zu leben: keine Straßensperren, keine Wichtigtuer, kein Alltagsterror.

Ich habe einen schönen Platz zum Leben gefunden und bin den Sternen so nahe, wie ich ihnen wohl in diesem Leben je kommen werde. Außerdem habe ich Freunde, die denken wie ich. Nur mein Knie macht mir immer noch Probleme – vor allem der Winter war hart.

Ich habe eine Bande gegründet, stell dir vor. Man braucht eine Gemeinschaft, wenn man überleben will. Wir haben auch einen Namen. Du weißt ja, wie die Bande aus meinem Lieblingsbuch heißt. Verrat es nicht Florian, dann haben wir ein letztes kleines Geheimnis.

Liebste Bri, ich habe die Nachrichten gelesen. Florian und du erwarten ein Kind. Damit gebe ich auch die letzte Hoffnung auf, dass du mich suchen kommen wirst. Und ich bin doppelt froh, dass ich nicht mehr in München bin. Ich hätte es nicht ausgehalten, zuzusehen, wie du langsam wirst wie sie, wie du ein Kind in dieser Familie großziehst und alles Gute in ihm langsam verkümmert.

Doch den Sommer 2036 behalte ich für immer in meinem Herzen – als ich sicher war, dass du mir dein Herz schenkst und wir ins All fliegen. Und als du mir in einer Nacht genug Liebe für ein ganzes Leben gegeben hast.

Der Sommer 2036 war der letzte Sommer, bevor alles wortwörtlich den Bach runtergegangen ist. Denn dass sich das Klima wieder beruhigt, glaubt ihr Münchner doch nicht wirklich. Die Klimakipppunkte sind erreicht, und dieser Regen, diese Stürme? Das ist unser neues Normal.

Doch du, Bri, wirst einen Weg finden, damit klarzukommen. Du wirst dir Scheuklappen aufsetzen lassen und so tun, als wäre alles in Ordnung.

Wir beide hätten die Welt verändern können – wenigstens ein kleines bisschen. Schade, dass es nichts mehr gibt, was uns verbindet.

Leb wohl, Aşkim, mein Schatz, ich werde dich nie vergessen.

Philipp Klaiber

Philipp Klaiber begann zu schreiben, als sich die Welt gerade im Ausnahmezustand befand. War es anfangs noch mehr eine Beschäftigungstherapie während des Corona-Lockdowns, packte ihn die Faszination am Geschichtenschreiben recht schnell. Angespornt durch Freunde und Familie fand er so seinen Weg zum Selfpublishing.

Seine ersten Bücher waren Dystopien, doch Klaiber fühlt sich auch im Gebiet der historischen Fiktion sowie Fantasy sehr wohl. Es ist ihm dabei wichtig, dass die Leser nicht nur eine unterhaltsame Geschichte lesen, sondern zwischen den Zeilen auch eine tiefere Bedeutung finden können, sofern sie danach suchen.

Bisher erschienene Bücher im Selfpublishing:

<u>Projekt Schimäre-Trilogie:</u>

→ Der Verfall (Teil 1)

→ Der erste Krieg (Teil 2)

→ Aufbruch in eine alte Welt (Teil 3)

.

<u>Helden der Zeit-Reihe:</u>

→ Der Ritter von Beauvin

KONTAKT

E-Mail: philippklaiberautor@web.de

Website: www.philippklaiberautor.de

Instagram: @philippklaiberautor

Sanctuary

Philipp Klaiber

Inhalt:

Der Klimawandel hat das Leben auf der Erde massiv verändert. Dennoch findet die Menschheit einen Weg, um sich anzupassen. Doch als ein Experiment schiefgeht, ändert sich alles. Nun heißt es für die Überlebenden, sich erneut an die Neue Welt anzupassen. Als eine kleine Gruppe von einem Ort mit dem Namen *Sanctuary* erfährt, macht sie sich auf den gefährlichen Weg von den toten Ebenen Deutschlands über das Eismeer Frankreichs, bis hin zum ersehnten Ort der Rettung in Spanien. Werden sie die letzte Hoffnung der Menschheit erreichen, oder scheitern sie vorher an den gnadenlosen Bedingungen, denen sie nun gegenüberstehen?

13. Oktober 2038

Liebes Tagebuch,

Ich hätte nie gedacht, dass wir uns jemals begegnen. Die Preise für Papier sind extrem hoch und es ist schwer, an genügend für ein ganzes Buch zu kommen. Mama und Papa haben aber ihr gesamtes Geld gespart, um dich mir zum Geburtstag zu schenken. Ich hab mich wirklich gefreut. In der Schule schreiben wir immer nur auf alten Zeitungen oder anderem bereits benutzten Papier. Aber jetzt kann ich dich mit meinen Gedanken und Sorgen füllen, ohne dass irgendjemand schonmal in dich geschrieben hat.

Ich bin heute fünfzehn geworden, deshalb durfte ich sogar eine Cola trinken. Mama hat sie irgendwo von einem Flüchtling aus dem Norden gekauft und mir geschenkt. Keine Ahnung, wo der sie gefunden hat, aber sie hat so verdammt gut geschmeckt. Seitdem das Grundwasser knapp wird und Lebensmittel rationiert werden, muss diese Flasche ein Vermögen wert gewesen sein.

Morgen will ich mit meinen Freundinnen ans Meer gehen. Der Strand von Ulm ist zwar nicht so schön wie der von Heidenheim, aber die Bootsfahrt ist uns zu teuer. Wir fahren einfach mit dem Fahrrad über die alte Autobahn, dann sind wir schnell in der Stadt. Man muss ja irgendwie das Leben genießen, wenn der Klimawandel unaufhaltbar voranschreitet. Ich bin gespannt, was in Ulm für Jungs rumlaufen.

Deine Jenny

14. Oktober 2038

Liebes Tagebuch,

der Tag am Strand war wirklich lustig. Wir haben mittlerweile Oktober, deshalb sind es nur noch knappe dreißig Grad im Schatten. Unter einem Sonnenschirm konnte man es gut aushalten. Ich hab meinen neuen Bikini ausprobiert. Die anderen waren ganz neidisch auf mich. Mich hat sogar ein Junge angesprochen. Sein Name ist Martin. Er hat mir erzählt, dass er aus Hamburg kommt. Dort mussten sie als Erste fliehen, als der Meeresspiegel gestiegen ist. Mein Vater sagt, diese Flüchtlinge seien alle nur Schmarotzer und würden uns die Lebensmittel wegnehmen, aber ich fand Martin wirklich sympathisch. Ich glaube, ich gehe morgen wieder an den Strand. Vielleicht sehe ich ihn ja wieder. Ich glaube, mein Vater hätte etwas dagegen, wenn ich einen Flüchtling aus dem Norden mit nach Hause bringen würde, aber was will er denn schon groß machen? Ich finde dieses Schubladendenken sowieso furchtbar. Warum muss es denn immer »wir« oder »die« heißen? Wir sind doch alle Deutsche und am Ende sind wir alle immer noch Menschen. Aber wenn man Nachrichten hört, dann hört man immer nur von Gewalt und Hass. Dass viele der Flüchtlinge stehlen, um über die Runden zu kommen, macht das Ganze nicht gerade besser.

Apropos Nachrichten. Ich habe heute gehört, dass angeblich irgendwelche amerikanischen Wissenschaftler einen Weg gefunden haben wollen, wie man den Klimawandel verlangsamen, wenn nicht sogar aufhalten kann. Meine Mutter meinte, dass das nur Fake News seien, aber irgendwie glaube ich das nicht. Na ja, wir werden sehen, was die Zukunft bringt.

Deine Jenny

16. November 2038

Liebes Tagebuch

Oh! Mein! Gott! Du glaubst nicht, was heute passiert ist. Martin und ich haben uns geküsst! Er war heute bei uns. Mein Vater war wie erwartet nicht begeistert, dass ich mit einem Sozialschmarotzer, wie er es nennt, zusammen sein will. Martin hat ihn aber überzeugen können. Er ist so schlau und gut erzogen. Er hat sämtliche Vorurteile meines Vaters in

Sekunden beiseite wischen können. Martin sieht auch so verdammt gut aus. Seine braunen Locken und seine blauen Augen treiben mich noch in den Wahnsinn. Und der Junge kann küssen! Ich glaube, wenn meine Mutter nicht reingeplatzt wäre, dann hätten wir wahrscheinlich sogar ...

Mir wird schon ganz heiß, wenn ich nur daran denke. Die Nachricht, mit der sie dazwischengefunkt hat, war aber auch wirklich der Hammer. Wir saßen alle mit offenen Mündern im Wohnzimmer, als aus dem Radio die Stimme eines Mannes kam, der auf Englisch sprach. Er sagte, dass es den amerikanischen Wissenschaftlern gelungen sei, einen Weg zu finden den Klimawandel nicht nur zu stoppen, sondern ihn sogar umzukehren. Wir sind alle in Tränen ausgebrochen, als er sagte, dass die Erde zwar nie wieder so aussehen würde, wie vor acht Jahren im Jahr 2030, aber dass wir zumindest wieder normale Wetterverhältnisse haben würden. Er sagte, dass man bereits Anfang Dezember mit dem Prozess beginnen würde. Wir haben jetzt Mitte November. Aktuell sind es fünfundzwanzig Grad im Schatten, aber wer weiß. Vielleicht haben wir an Weihnachten sogar Schnee? Es wäre so schön. Es gibt so vieles, was ich gern wieder tun würde. Eis essen, Schlittschuhlaufen oder Schlitten fahren. Ich hoffe wirklich, dass dieses Projekt nicht ein weiteres Kapitel in der Geschichte der Fehlschläge wird, die die Menschheit im Kampf gegen diese Bedrohung zu verantworten hat.

Deine Jenny

21. Dezember 2038

Liebes Tagebuch

Schnee! Es schneit wirklich! Es sind noch drei Tage bis Weihnachten und tatsächlich schneit es. Ich kann es kaum glauben, aber dank dieser Wissenschaftler ist es in den letzten Wochen so rapide kalt geworden, dass wir nun tatsächlich null Grad Celsius haben. Ich habe keine Ahnung, wie sie das geschafft haben, aber es ist mir eigentlich auch egal. Das einzig Negative daran ist, dass mein Vater krank geworden ist. Er hat den Temperatursturz nicht gut vertragen und hat sich deshalb erkältet. Ich hab zeitweise wirklich gedacht, er muss in einem früheren Leben Schauspieler gewesen sein. So wie er gelitten hat, hätte man meinen können, er würde an einer tödlichen Krankheit leiden. Mama hat sich um ihn gekümmert. Das war ganz gut so, denn dann hat er sich nicht für mich und Martin interessiert.

Wir haben es getan! Mir wird schon wieder ganz heiß, wenn ich dran denke. Es war mein erstes Mal und ich hatte Angst, dass es weh tun könnte. Das hat es auch, aber Martin war so liebevoll und vorsichtig. Es war auch sein erstes Mal, obwohl er in ein paar Tagen schon siebzehn wird.

Immer wenn er bei mir ist, dann schwebe ich wie auf Wolken und jedes Mal, wenn er gehen muss, dann vermisse ich ihn bereits, bevor er überhaupt zur Tür raus ist. Ich liebe ihn so sehr.

Deine Jenny

10. Januar 2039

Liebes Tagebuch,

es wird immer kälter. Weihnachten ist vorbei und es liegt mittlerweile fast ein Meter Schnee. Mein Vater motzt schon wieder nur rum, dass er so viel Schnee schippen muss und dass er ständig friert. Ich finde es aber toll.

Wir haben jetzt minus zehn Grad und die Luft fühlt sich so frisch an, wenn man rausgeht. Martin und ich wollen morgen Schlittschuhlaufen gehen.

Es gibt einen neuen Laden, der uralte Schlittschuhbestände in einer verlassenen Lagerhalle gefunden hat, und seitdem rennen alle aus meiner Klasse dort hin. Ich habe in den letzten Tagen einen Schal gestrickt. Ich will ihn Martin schenken, denn morgen ist sein Geburtstag. Ich hoffe, er freut sich darüber, denn es war gar nicht so leicht, an genügend Wolle zu kommen. Mit dem massiven Temperaturwechsel ist der Preis von Wolle in die Höhe geschossen. Ich musste mein gesamtes Erspartes ausgeben, um genügend zu bekommen. Aber das ist mir Martin wert.

Deine Jenny

03. Mai 2039

Liebes Tagebuch,

es ist so unglaublich kalt. Wir haben inzwischen minus dreißig Grad und die Temperaturen fallen immer weiter. Es hört einfach nicht auf zu schneien und Schneestürme sind an der Tagesordnung. Martin kommt kaum noch vorbei. Der Weg aus Ulm ist mittlerweile unglaublich gefährlich geworden. Im Radio haben sie heute gesagt, dass wohl bei dem Umkehrprozess des Klimawandels etwas schiefgegangen ist. Anstatt immer wärmer zu werden, kühlt die Erde nun mehr und mehr ab. Niemand weiß, wann das aufhören wird, aber die ersten Menschen sterben. Es wird geplündert, da die Nahrungsmittel und Ressourcen knapp werden. Papa hat sich heute eine Schrotflinte gekauft, da er befürchtet, dass wir ebenfalls zum Ziel der Plünderer werden könnten, denn wir sind als Ortsansässige noch gut versorgt. Die Flüchtlinge hat es weitaus schlimmer getroffen. Martin war sehr dünn, als ich ihn das letzte Mal gesehen habe. Ich habe ihn gefragt, wann er das letzte Mal etwas gegessen hat, aber er ist meiner Frage ausgewichen. Es tut mir weh, wenn er wieder gehen muss und selbst Vater sagt, dass er bei uns bleiben könne, aber Martin sagt, dass er Verantwortung für seine Mutter trage. Deshalb liebe ich ihn. Er denkt immer zuerst an andere. Ich bin so froh bei dem Gedanken, dass es mein Schal ist, der ihm da draußen ein wenig Wärme schenkt.

Deine Jenny

07. Juli 2039

Hallo Tagebuch,

mein Name ist Martin. Wie ich gelesen habe, hast du bereits von mir gehört. Es wird dich wahrscheinlich wundern, wieso ich dir schreibe, anstatt Jenny. Ich weiß nicht, wie ich es in Worte fassen soll, und es zerreißt mir das Herz. Jenny und ihre Eltern sind tot. Meine Gruppe kam gerade in dem Moment an ihrem Haus vorbei, als die Plünderer sie umbrachten. Ich rannte ins Haus, aber ich war zu spät. Meine Freunde und ich schossen diese feigen Bastarde über den Haufen, doch als ich Jenny am Boden liegen sah, brach ich zusammen. Ich hielt ihren leblosen Körper in meinen Armen. Ich hatte mich einer kleinen Gruppe angeschlossen, die auf dem Weg in den Süden war. Wir hatten gehört, dass es dort einen Ort geben soll, an dem sie eine Kuppel über einer Stadt errichtet haben sollen, sodass sie darin Wärme speichern können. *Sanctuary* wird dieser Ort genannt und soll angeblich im Norden Spaniens liegen. Ich wollte Jenny und ihre Eltern dazu überreden, sich uns anzuschließen. Stattdessen konnte ich nur noch die Liebe meines Lebens verbrennen. Um sie zu vergraben, war der Boden zu gefroren. Ich hatte ein schlechtes Gewissen, als wir das Haus durchsucht haben, doch wir brauchten die Vorräte. Ich habe dich in Jennys Nachtschrank gefunden und habe beschlossen, dass ich dich mitnehmen will. Ich habe das Gefühl, dass auf diese Weise ein Teil von Jenny noch in meiner Nähe ist. Vielleicht kann ich so eines Tages mit ihrem Tod abschließen, doch aktuell tut es nur weh. Wir verbringen die Nacht hier in ihrem Haus und werden morgen früh aufbrechen. Tut mir leid für die Tränen auf deinen Seiten. Sie werden trocknen.

10. Juli 2039

Hallo Tagebuch,

wir marschieren seit drei Tagen. Wir kommen nur schwer voran, da uns der ganze Schnee den Weg erschwert. Toni und

Pietro, die zu unserer Gruppe gehören, haben beim Durchsuchen eines verlassenen Hofes eine eingestürzte Scheune gefunden. Wir haben den Schnee und die Trümmer fortschaffen können. Leider konnten wir nicht mehr viel retten, da die Masse an Schnee und Schutt alles darunter Befindliche zerstört hatte. Wir konnten allerdings im hinteren Teil des Gebäudes einen Generator finden, mit dem wir einige Heizungen betreiben können. Wir haben das Gerät und die Heizungen auf einen alten Holzkarren geladen, den wir entdeckt haben. Erstaunlicherweise haben wir auch einen Esel auftreiben können, der den Wagen zieht. Ich dachte, dass mittlerweile die meisten Tiere verendet seien, aber auf einem ebenfalls verlassenen Bauernhof war der Esel herumgesprungen. Wir nennen ihn Robert. Greta hat irgendwann damit angefangen, ihn so zu nennen und nachdem keiner etwas dagegen hatte, ist der Name hängengeblieben.

Neben dem Generator fanden wir auch ein Festzelt, welches wir ab jetzt nutzen, um in der Nacht einen warmen Unterschlupf zu haben. Unser Improvisationstalent Elif hat eine Vorrichtung gebaut mit deren Hilfe wir die schädlichen Gase des Generators aus dem Zelt herausleiten können, ohne dass wir zu viel Kälte hineinlassen müssen. Eigentlich sind es nur ein paar Rohre, die sie aneinandergeschweißt hat, aber die Idee ist so genial wie simpel. Die erste Nacht war anstrengend, denn der Generator ist ziemlich laut. Dadurch schläft man schlecht, aber mit der Zeit gewöhnt man sich daran. Außerdem ziehe ich es vor, wegen des Brummens wach zu liegen anstatt der Kälte, die trotz meines Schlafsacks in meine Glieder fährt.

23. Juli 2039

Hallo Tagebuch,

was richtig scheiße begann, hat sich im Laufe des Tages noch zum Guten entwickelt. Unsere ursprünglich vorgesehene Route mussten wir leider verlassen. Wir sind mittlerweile in den Schweizer Alpen. Hier ist es saukalt und ständig kann es Lawinen geben. Wir wollten über eine alte Autobahnbrücke, die über einen Abgrund gespannt war, aber eine Lawine hat die Stützpfeiler eingerissen, weshalb von der Brücke nichts mehr übrig war. Wir haben uns dann dazu entschlossen, ins Tal abzusteigen und unser Glück dort zu versuchen. Die Schweizer sind zwar vom Anstieg des Meeresspiegels verschont geblieben, aber dafür hatten sie ebenfalls mit Überschwemmungen durch steigende Flüsse zu kämpfen. Die Täler waren entweder eine Todesfalle wegen des Eis und Schnees oder wegen der Plünderer, die alles taten, um zu überleben.

Als wir ein wenig weitergewandert waren, trafen wir auf eine solche Plünderer-Gruppe, die gerade im Begriff war, ein Gebäude zu beschießen. In dem Haus hatten sich einige andere Leute verschanzt. Wir wollten uns eigentlich raushalten, aber einer der Plünderer hatte uns entdeckt und seinen Kameraden

Bescheid gegeben. Wir waren nur zu fünft, und sie hatten knapp die dreifache Anzahl an Leuten, doch dank der anderen Gruppe in dem Haus mussten sie ihre Kräfte aufteilen. Wir waren in der besseren Position, da wir leicht erhöht hinter einigen Ruinen standen, während wir die Plünderer unter Beschuss nehmen konnten. Das Feuergefecht war kurz, aber heftig. Bevor die Welt den Bach runterging, hatte ich noch nie eine Waffe in der Hand gehalten, doch seitdem ich mit diesen Leuten unterwegs bin, habe ich einiges an Übung bekommen. Das Schlimmste ist der Moment, in dem du deinen ersten Menschen tötest.

Ich werde den Moment nie vergessen. Ich kann mich ganz genau an das Gesicht dieses Typs erinnern, der meine Mutter erschossen hatte, weil sie sich geweigert hatte, ihm unsere letzte Konservendose zu geben. Wäre ich nur zwei Sekunden früher Zuhause gewesen, dann hätte ich ihn aufhalten können. Stattdessen war mir nur übriggeblieben, ihn zu überwältigen und ebenfalls zu erschießen. Kurz darauf hatte ich die anderen getroffen, die mir von *Sanctuary* erzählt hatten. Ich weiß gar nicht, wie viele Menschen ich seitdem erschossen, erschlagen oder erstochen habe. Toni hingegen ritzt sich für jeden Feind eine Kerbe in sein Gewehr. Mittlerweile hat er vierundzwanzig oder fünfundzwanzig. Ich hab ihn gefragt, ob er das macht, weil er stolz darauf ist. Er meinte nur, dass es nichts mit Stolz zu tun habe, sondern dass es ihn daran erinnere, dass er dankbar für jeden weiteren Tag sein müsse, auch wenn diese Tage nicht unbedingt besser würden. Ich denke, jeder geht anders mit dieser Belastung um.

Nachdem wir einige Plünderer hatten töten können, haben die anderen die Flucht ergriffen. Daraufhin kamen die Leute, die sich verschanzt hatten, aus dem Haus heraus. Es war eine dreiköpfige Familie. Der Vater heißt Samuel, die Mutter Lea und die Tochter heißt Paula. Wir haben uns mit ihnen unterhalten und dabei kam raus, dass sie ebenfalls auf dem Weg nach *Sanctuary* gewesen waren, bevor sie in diesem Gebäude nach Vorräten gesucht und dabei von den Banditen überrascht worden waren. Greta hat vorgeschlagen, dass sie sich uns anschließen könnten. Da niemand etwas dagegen hatte, ist unsere Gruppe damit um drei weitere Mitglieder gewachsen.

Paula erinnert mich an Jenny. Ich hatte es in den letzten Tagen geschafft, nicht zu viel darüber nachzudenken. Als ich das Mädchen gesehen habe, kam jedoch jede Erinnerung an Jenny zurück. Trotzdem ist es gut, die Familie bei uns zu haben. Jedes weitere Mitglied ist zwar auch ein weiteres Maul, das gestopft werden muss, aber gleichzeitig bedeutet das auch Sicherheit gegenüber anderen Gruppen, die uns nicht so freundlich gesinnt sind.

Wir haben den Rest des Tages damit verbracht, das Dorf nach Vorräten zu durchsuchen. Es gab einiges an Nahrungsmitteln und Waffen, doch das Wichtigste war, dass wir eine Tankstelle finden konnten. Wir sind nun im Besitz mehrerer voller Benzinkanister für den Generator. Diese ganze Situation kommt einem gar nicht mehr so schlimm vor, wenn man weiß, dass einem am Abend ein warmer Schlafsack erwartet.

05. August 2039

Hallo Tagebuch,

wir sind fast im ehemaligen Frankreich angekommen. Sobald wir die Berge verlassen haben, müssen wir über das Eismeer wandern. Das wird der schwierigste Part unserer Reise. Mal davon abgesehen, dass wir jederzeit Gefahr laufen, im Eis einzubrechen. Die Nahrungsversorgung wird ebenfalls schwierig, wenn nichts weiter um uns herum als Eis zu sehen ist. Ich wusste gar nicht, dass das Salzwasser der Meere gefrieren kann. Greta meinte, dass mit dem Schmelzen der Polkappen und dem damit verbundenen Meeresspiegelanstieg auch der Salzgehalt des Wassers abgenommen hat. Anscheinend gefriert das Meer dann schon bei null Grad Celsius. So arschkalt, wie es ist, wundert mich dann gar nichts mehr. Es ist noch nicht einmal ein Jahr her, seit wir Temperaturen um die dreißig oder vierzig Grad im Schatten hatten und jetzt frieren wir bei minus dreißig Grad. Die Idee, den Klimawandel umzukehren, klang so gut. Im Nachhinein war es wohl das Dümmste, was die Menschheit je getan hat. Jetzt sterben wir nicht durch Hitzschläge und Erdbeben, sondern durch Frostbeulen und Nahrungsmangel. Vom Treibhaus zum Kühlschrank in weniger als sechs Monaten muss man aber auch erstmal hinkriegen. Hinterher ist man aber immer schlauer heißt es ja so schön.

Ich habe Toni gesagt, dass ich das Gefühl habe, dass wir verfolgt werden. Er meinte nur, dass ich mir das einbilde, aber ich weiß doch, was ich gesehen habe. Ich glaube, es sind die Plünderer, die geflohen sind, als wir die drei Neuen gerettet haben. Wir rasten heute Nacht ein letztes Mal auf festem Boden. Unser Ziel ist es, dass wir ab morgen über Frankreich wandern werden. Sobald wir das geschafft haben, ist unser Ziel nicht mehr weit entfernt. Die anderen schlafen bereits, aber ich kann kein Auge zumachen. Ich habe dieses ständige Gefühl von kaltem Stahl in meinem Rücken. Wer weiß, vielleicht hat Toni recht und ich sehe wirklich Gespenster.

06. August 2039

Hallo Tagebuch,

Toni ist tot. Wir wurden in der Nacht angegriffen. Ich hatte recht und die Plünderer hatten uns verfolgt. Sie griffen an, als alle außer mir geschlafen haben. Paula hätte Wache halten sollen, aber sie hat die Männer nicht bemerkt, als sie sich an uns anschlichen. Hätte ich nicht wach dagelegen, dann hätten sie uns wahrscheinlich alle getötet. Ich sah einen Schatten, der außerhalb unseres Zeltes vorbeischlich, also habe ich losgeschrien und die anderen damit geweckt. Daraufhin wurde unser Zelt von Messern aufgeschlitzt und mehrere Männer stürmten herein. Toni versuchte sie abzuwehren, aber als er einem der Männer ins Gesicht schlug, rammte ihm ein anderer sein Messer in die Seite. Ich habe instinktiv nach meiner Pistole gegriffen und geschossen, aber Toni blutete bereits wie ein Schwein. Die anderen zogen nun ebenfalls ihre Waffen und wir konnten die Angreifer zurückdrängen, aber sie haben das Feuer erwidert. Nachdem wir auch den Letzten der Banditen erledigt hatten, mussten wir unsere Verluste zählen. Toni tat am meisten weh, doch auch der Verlust unseres Zeltes war schmerzhaft. Pietro und Elif hatten ein paar Streifschüsse abgekriegt, Samuel war an der Schulter getroffen worden.

Wir packten alles zusammen und machten uns so schnell wie möglich auf den Weg. Wir wollten nicht riskieren, dass noch andere Plünderer in der Nähe waren und uns angriffen. Wir sind alle müde und erschöpft, aber wir müssen weiter. Ich habe nur ständig diesen Gedanken, dass ich all das hätte verhindern können, wenn ich früher bemerkt hätte, dass jemand vor unserem Zelt umhergeschlichen ist. Jetzt sind es schon fünf Menschen, die gestorben sind, weil ich zu spät kam oder zu langsam war. Meine Mutter, Jenny und ihre Eltern und jetzt Toni.

Es wird immer kälter und jetzt haben wir kein Zelt mehr, in dem wir schlafen können. Zum Glück sind unsere Schlafsäcke für solche Temperaturen geeignet, aber wenn das so weitergeht, weiß ich nicht, ob wir nicht im Schlaf erfrieren werden. Wir haben zwar unseren Karren, der von Robert gezogen wird, aber wir können uns nicht alle neben die Heizungen legen. Dafür ist schlichtweg nicht genügend Platz. Lea hat den Vorschlag gemacht, dass wir uns jede Nacht abwechseln könnten, sodass jeder mal etwas Wärme kriegen könnte. Die anderen haben dem zugestimmt, aber ich habe den Gedanken geäußert, dass vor allem Samuel auf dem Karren mitfahren und auch schlafen sollte. Seine Wunde ist tief und wir haben keine Möglichkeit, sie zu versorgen.

12. August 2039

Hallo Tagebuch,

und ich dachte, schlimmer kann es nicht werden. Tja, so irrt man sich. Wir haben unseren Generator und fast unsere gesamte Ausrüstung verloren. Wir waren bereits seit mehreren Tagen auf dem Eismeer unterwegs, als das Eis unter dem Karren aufbrach. Es ging alles unglaublich schnell und wir hatten kaum Zeit, zu reagieren. Ein Rad des Wagens war durch das Eis gebrochen. Robert begann zu schreien und in Panik zu verfallen, als er merkte, dass der Karren, den er zog, ihn auf einmal in die Tiefe zu reißen drohte. Das machte die ganze Situation nur schlimmer, denn das Eis unter ihm brach dadurch noch weiter weg. Samuel, der auf dem Wagen lag, rutschte ebenfalls ins Eiswasser. Lea und Paula, die direkt hinter dem

Wagen gelaufen waren, versuchten Samuel aus dem Wasser zu ziehen. Sein Schlafsack, in dem er lag, sog sich sofort mit Wasser voll und wurde dadurch unglaublich schwer. Pietro half den beiden Frauen, während Elif, Greta und ich versuchten, den Karren und Robert aus dem Loch zu befreien. Das Eis brach jedoch nur noch weiter auf und drohte, uns ebenfalls in die Tiefe zu befördern. Greta zog ihr Messer und schnitt Roberts Zügel durch, womit der Esel aus dem Wasser gezogen werden konnte. Leider war damit unser Wagen und alles, was sich darauf befand, verloren. Zu unserem Pech war das auch ein Großteil unserer Nahrungsvorräte.

Greta und Elif versuchten Robert zu beruhigen, sodass ich den anderen mit Samuel helfen konnte. Sie hatten ihn fast aus dem Eis gezogen, doch auch bei ihm brach es immer weiter auf. Ich holte mein Messer aus meiner Tasche und schnitt den Schlafsack auf. Die anderen konnten ihn dadurch herausziehen. Wir waren alle erschöpft und klitschnass. Das Eis hatte inzwischen aufgehört, zu brechen, doch war dieser Vorfall mehr als fatal.

Zitternd und frierend setzten wir unseren Weg fort. Samuel ging es dabei am schlechtesten. Seine Wunde machte ihm zu schaffen, denn sie hatte sich entzündet. Langsam beginne ich zu glauben, dass es vielleicht keine gute Idee war, diese Reise anzutreten. Doch was wäre die Alternative gewesen? Ich hätte in Ulm bleiben und dort mein Glück versuchen können. Stattdessen sitze ich hier mitten auf dem französischen Eismeer und friere mir den Arsch ab, nur weil Toni mich überreden konnte, ihm zu folgen. Wer weiß, ob es dieses *Sanctuary* überhaupt gibt? Am Ende erreichen wir unser Ziel, nur um zu erkennen, dass wir einem Hirngespinst eines einzelnen Mannes hinterhergejagt sind.

Toni hat's zumindest schon hinter sich. Vielleicht wäre es das Einfachste, wenn ich mir eine Kugel durch den Schädel jage. Dann könnte ich im Paradies meine Jenny wiedersehen. Aber auf der anderen Seite stellt sich auch die Frage, ob es überhaupt so etwas wie ein Leben nach dem Tod gibt. Vielleicht sind wir schon alle gestorben und wissen bloß nicht, dass wir in der Hölle gelandet sind. Tut mir leid für diesen chaotischen Bericht. Ich höre lieber auf, zu schreiben, denn sonst werde ich nur noch depressiver. Der Tag war einfach scheiße.

23. August 2039

Hallo Tagebuch,

der Weg über das Eismeer scheint kein Ende zu nehmen. Die Stimmung ist gereizt. Wir haben seit Tagen kaum gegessen oder geschlafen, denn unsere Vorräte gehen langsam zur Neige und die Nächte sind kalt. Samuel geht es immer schlechter. Er hat hohes Fieber bekommen. Keine Ahnung, ob es an seiner Wunde liegt oder an dem Vorfall mit dem Eiswasser. So oder so sieht er nicht gut aus. Seine Wunde eitert und ich glaube, dass er es nicht überlebt, wenn wir nicht bald irgendwelche Medikamente finden können. Ich habe heute vorgeschlagen, dass wir nach Norden gehen, wo es einige Inseln geben soll. Es wäre zwar ein Umweg, aber dort gäbe es die Chance, auf Zivilisationsreste zu stoßen. Pietro hat das allerdings abgelehnt. Seitdem Toni tot ist, spielt er sich als unser neuer Anführer auf. Die anderen akzeptieren seine Entscheidung, dem Weg über das Eismeer zu folgen. Ich hingegen halte es für dumm. Leider habe ich mir ein blaues Auge eingefangen, nachdem ich ihm das auch gesagt habe.

Ich bin seit dem Vorfall dafür zuständig, Robert zu führen. Der Esel ist extrem unruhig. Wir haben versucht, Samuel auf ihm reiten zu lassen, aber er wehrt sich gegen jegliche Versuche, ihn zu besteigen. Ihm geht es wahrscheinlich genauso wie uns. Ich muss aufhören. Pietro will weitermarschieren. Es ist zwar kurz vor Sonnenuntergang, aber er wird schon wissen, was er tut. Hoffe ich zumindest ...

24. August 2039

Hallo Tagebuch,

ich wusste es!

Wir sind die gesamte Nacht marschiert. Samuel hat das nicht durchgehalten und ist zusammengebrochen. Er konnte sowieso kaum laufen und Lea sowie Paula mussten ihn stützen. Sein Fieber wurde immer schlimmer und letztendlich kam der Moment, an dem sein Körper kapitulierte. Die beiden Frauen flehten uns an, ihnen zu helfen, aber Pietro hatte sich einfach eiskalt umgedreht und war weitergegangen. Elif und Greta folgten ihm, aber ich konnte die drei nicht einfach ihrem Schicksal überlassen. Ich habe protestiert und Pietro gefragt, ob er glaubt, dass Toni irgendjemanden zurückgelassen hätte. Pietro kam auf mich zu und sagte mir, dass es ihm egal sei, denn Toni sei nicht mehr da. Ich war so dumm ihm zu sagen, dass ich wünschte, die Plünderer hätten ihn getötet und nicht Toni. Das hat mir mehrere Schläge eingebracht. Nachdem er sich an mir abreagiert hatte, sagte er, dass jeder, der überleben wolle, ihm folgen dürfe, aber nur, wenn man seine Führung anerkennen würde.

Es tat mir weh, Lea und Paula mit dem kranken Samuel zurückzulassen, doch letztendlich sind sie Fremde. Paula sieht zwar aus wie Jenny, aber sie sieht eben nur so aus. Ich musste an mich selbst denken. Ich werde ihre Schreie wahrscheinlich nie wieder vergessen. Die Flüche, die sie uns hinterherriefen, verfolgen mich. Wir haben sie dort einfach zum Sterben zurückgelassen. Jedem von uns war klar, dass Samuel es nicht schaffen würde. Für Lea und Paula sah es auch nicht besser aus. Um ehrlich zu sein, geht es uns auch nicht wirklich gut.

Ich bekomme langsam Frostbeulen an den Händen und Füßen. Es fällt mir immer schwerer, den Stift zu halten und etwas zu schreiben. Wenn wir aber nicht bald etwas zu essen finden, dann ist das auch egal, denn dann werden wir jämmerlich verhungern. Ich hoffe nur –

25. August 2039

Hallo Tagebuch,

ich musste aufhören, zu schreiben, denn Pietro und Greta hatten angefangen zu streiten. Pietro hatte ein Messer in der Hand und wollte Robert schlachten. Er meinte, dass der Esel mittlerweile sowieso nutzlos sei und man ihn deshalb auch einfach essen könne. Greta versuchte, ihn aufzuhalten. Sie hatte mittlerweile eine enge Verbindung zu dem Tier aufgebaut. Elif wollte dazwischengehen und die beiden Streithähne trennen, doch Pietro hat sie einfach zur Seite geschubst. Zuerst dachte ich, dass er ihr das Messer in die Kehle rammen würde. Zutrauen würde ich es ihm mittlerweile. Ich wollte ebenfalls helfen, aber als ich näherkam, habe ich sofort einen Schlag kassiert, der mich zu Boden geschickt hat. Pietro ist einfach größer, älter und besser trainiert als ich. Er hat Greta an den Haaren gepackt und sie daran gezogen, sodass sie den Weg freigeben musste. Das Geschrei der beiden Menschen und des Esels musste bestimmt kilometerweit zu hören gewesen sein.

Ich frage mich, ob Lea und Paula es gehört haben, denn ich gehe davon aus, dass Samuel inzwischen nicht mehr unter uns weilt. Robert hatte bemerkt, was vor sich ging und versuchte zu entkommen, aber wir hatten ihn an einem einzelnen Baum, der aus der Eisdecke herausschaute, festgebunden. Pietro zwang Greta, dabei zuzusehen, wie er Robert das Messer ganz langsam über die Kehle zog. Das Tier blutete aus und wir alle waren geschockt, wie psychisch krank dieser Mann war. Ich kannte ihn schon, bevor er Teil unserer Gruppe wurde. Damals gab es Gerüchte, dass er mal einen umgebracht haben soll. Damals waren es aber eben nichts weiter als Gerüchte. Mittlerweile glaube ich, dass einiges davon wahr ist. Ich habe keine Ahnung, wie Toni es gutheißen konnte, dass dieser Spinner uns begleiten wollte.

Das Ganze ist jetzt knappe vier Stunden her. Wir haben gerade gegessen und auch, wenn es eigentlich schon sehr makaber ist, war es trotzdem verdammt lecker. Nur Greta sitzt seit vier Stunden an dem Baum und weint. Ich denke, ich werde gleich mal rübergehen und versuchen, sie zu trösten.

03. September 2039

Hallo Tagebuch,

wir sind einige Tage durchmarschiert und sind fast bei *Sanctuary* angekommen. Pietro hat gesagt, dass wir ein letztes Mal Rast machen, bevor wir weitermarschieren, bis wir endlich in diesem sicheren Hafen angekommen seien. Ich hoffe, dass dann vieles besser werden wird. Ich habe Greta getröstet, als wir Robert geschlachtet hatten. Ich muss gestehen, dass ich sie vorher nie wirklich wahrgenommen habe, aber in den letzten Tagen haben wir viel miteinander gesprochen. Mir wird ein wenig seltsam im Bauch, wenn ich sie ansehe. Entweder habe ich mich in sie verknallt, oder ich habe eine Lebensmittelvergiftung von Robert.

Greta hat in den letzten Tagen auch meine Nähe gesucht. Irgendwie habe ich ein schlechtes Gewissen gegenüber Jenny. Ich weiß nicht, was ich machen soll. Sobald wir *Sanctuary* erreicht haben, werde ich eine kleine Abschiedszeremonie für meine Mutter, Jenny, Toni und Robert abhalten. Vielleicht wollen Greta und Elif ja mitmachen. Danach hoffe ich, dass mein Gewissen mich in Ruhe lässt und ich Greta auf ein Date einladen kann. Wer weiß schon, was die Zukunft bringt? Solange ich Pietro aus dem Weg gehen kann, habe ich zum ersten Mal seit Langem wieder so etwas wie Hoffnung. Das nächste Mal, wenn ich schreibe, dann tue ich das in einem gemütlichen, warmen Zimmer mit einem heißen Kakao und etwas Leckerem zu essen. Hoffe ich zumindest.

04. September 2039

Hallo Tagebuch,

wir sind erneut die ganze Nacht durchmarschiert und haben *Sanctuary* erreicht. Unsere Erwartungen wurden immer größer, je näher wir unserem Ziel kamen. Nachdem wir das Eismeer hinter uns gelassen hatten, fanden wir am Wegesrand immer wieder Schilder, die auf *Sanctuary* hinwiesen. Unsere Vorstellungen überschlugen sich und jeder erzählte, was er als Erstes tun wolle. Sogar Pietro war recht umgänglich. Doch als wir ankamen, sahen wir nichts als Trümmer und Ruinen. Der Ort, der uns Hoffnung gegeben hatte, war vollkommen zerstört.

Wir liefen durch die Stadt und suchten nach irgendjemanden, der uns sagen konnte, was geschehen war, doch außer Leichen, die mit gesplittertem Glas übersät waren, fanden wir niemanden. Die Soldaten, die offenbar die Stadt beschützen sollten, waren von Schüssen durchsiebt worden. Einige Stadtbewohner sahen ähnlich aus. Wir sahen uns weiter um und entdeckten, dass sämtliche Vorräte, Technologie sowie Waffen verschwunden waren. Keine Ahnung, wer oder was diesen Ort angegriffen hatte, aber sie hatten nichts übriggelassen. Es musste eine gewaltige Schlacht gewesen sein, denn im ganzen Stadtgebiet fanden wir Leichen. Seltsamerweise entdeckten wir niemanden, der so aussah, als wäre er Teil der Angreifer gewesen. Entweder hatten sie ihre gefallenen Kameraden mitgenommen, oder vielleicht hatte es gar keinen Angriff gegeben. Vielleicht hatten die Bewohner aus irgendeinem Grund gegeneinander gekämpft.

Es bringt jedoch nichts, darüber nachzudenken. Die Toten werden es uns jedenfalls nicht mehr verraten. Es war ein unheimliches Gefühl, als wir so dastanden und das Bild betrachteten, das sich vor uns entfaltete. Der kalte Wind zog durch die Ruinen und die Stille war bedrückend. Im ersten Moment starrten wir alle auf die geplatzten Träume, die vor unseren Füßen lagen und im nächsten schlug Pietro auf Elif ein. Sie stand ihm am nächsten und musste dafür herhalten, dass sich Pietro abreagieren konnte. Die kleine, zierliche Elif hatte keine Chance gegen diesen muskelbepackten Scheißkerl. Er hatte sie so schnell zu Boden gerungen und auf sie eingeschlagen, dass Greta und ich einige Sekunden benötigten, um zu realisieren, was gerade geschah.

Pietro schrie vor Wut. Greta wollte ihn von Elif runterziehen, doch sie schaffte es nicht. Ich packte Pietro am Arm, um Greta zu helfen, doch er riss sich los und stieß Greta von sich weg. Ich wurde von Pietro geschlagen und fiel ebenfalls zu Boden. Der Psychopath ließ von Elif ab und kam nun auf mich zu. Ich reagierte instinktiv und wollte einfach nur überleben, also zog ich meine Pistole und drückte ab. Pietros überraschter Gesichtsausdruck, als die Kugel seine Stirn durchbohrte, hat sich mir ins Gedächtnis gebrannt. Ich stand auf und ging zu Elif, doch sie war bereits tot. Pietro hatte ganze Arbeit geleistet. Ihr gesamter Hinterkopf war aufgeplatzt und ihr Gesicht kaum wiederzuerkennen. Die Wucht, mit der Pietro auf sie eingeschlagen hatte, war zu viel für sie gewesen.

Ich drehte mich um und schaute nach Greta. Sie lag am Boden und hielt sich den Bauch. Ich dachte, dass sie Pietros Ellenbogen abbekommen hatte, doch dann sah ich das Messer in ihrem Bauch stecken. Ich rannte zu ihr, konnte jedoch nichts weiter tun, als ihre Hand zu halten. Sie hatte bereits viel Blut verloren und selbst wenn ich das Messer entfernt hätte, so hätte ich keinerlei Verbandszeug gehabt.

Es dauerte nicht lang, bis mich ihre tränenerfüllten Augen leer ansahen. Das Ganze ist jetzt fast fünf Stunden her. Seitdem sitze ich hier und starre in die Ferne. Meine blutverschmierten Hände zittern. Ich weiß nicht, ob sie es wegen der Kälte tun oder wegen dem, was gerade passiert ist. Ich fühle nichts mehr. Meine Gedanken kreisen pausenlos darum, was schiefgelaufen ist. War es der Moment, in dem wir Samuel, Lea und Paula geholfen haben? War es der Moment, in dem Toni gestorben ist? Haben die Flüche der beiden zurückgelassenen Frauen am Ende doch ihren Dienst erfüllt? Oder war es der Moment, in dem die Menschheit dachte, dass sie mit diesem Planeten machen könnte, was sie will?

Wir haben über unsere Maßen gelebt. Der Klimawandel war der Warnschuss, doch wir haben nichts daraus gelernt. Stattdessen haben wir Gott gespielt und versucht, unsere früheren Fehler rückgängig zu machen. Jetzt haben wir dafür die Quittung bekommen. Ich weiß nicht, ob es etwas gebracht hätte, wenn wir früher die Notbremse gezogen hätten. Vielleicht hätte all das verhindert werden können, wenn die

Generationen vor uns etwas geändert hätten. Wer kann das schon mit Gewissheit sagen?

Für mich bleibt nur eines. In meiner Pistole ist lustigerweise noch genau eine einzige Kugel übrig. Vielleicht ergeht es mir im nächsten Leben ja besser. Wer auch immer dieses Tagebuch hier findet, dem wünsche ich nur das Allerbeste. Ich hoffe, du hast mehr Glück als ich. Doch jetzt heißt es Abschied nehmen. Mama, Jenny, meine Freunde. Ich bin unterwegs.

Lebe wohl, Welt.

Thomas Paul

»Mein Motto: 26 Buchstaben – unendlich viele Möglichkeiten, ein Abenteuer daraus zu machen.

Schreiben ist für mich weit mehr, als nur Wörter aneinanderzureihen. Es ist ein Verlangen, Geschichten zu erzählen. Eine Leidenschaft, den Leser zu fesseln. Und ein Riesenspaß, neue Welten zu erschaffen, die ich im realen Leben niemals kennenlernen würde.«

Thomas Paul, Jahrgang 1980, lebt und arbeitet in der Nähe von Stuttgart. Er schreibt nicht nur Fantasy-Romane und Thriller für Erwachsene, sondern auch Jugendbücher.

Bisher erschienene Bücher im Selfpublishing:

→ Chinook – Heißer Schnee

→ Germelshausen – Das vergessene Dorf

→ Der Schwarze Mann

→ Der Babymacher

→ Grünes Eis

→ Finstertann – Das Lager

→ Der dunkle Pfad

.

Die Niflheim-Saga:

→ Der Knochenturm (Buch 1)

→ Die Knochenstadt (Buch 2)

→ Die Knochenwelt (Buch 3)

→ Das Knochenschiff (Buch 4)

.

Jugendbücher:

→ Die Planetenjäger

→ Die Zeitjäger

→ Daniel und die Regenbogenbrücke

KONTAKT

E-Mail: thomaspaul-autor@web.de

Website: www.thomaspaul-autor.de

Instagram: @thomas_paul_autor

Das verbotene Kind

Thomas Paul

Inhalt:

In ferner Zukunft wird die Menschheit vom *System* regiert. Eine künstliche Intelligenz, die über die Arbeit, die Fortpflanzung und das Sterben von jedem Einzelnen entscheidet.

Yara ist eine von vielen Millionen, die in diesem verlogenen Paradies lebt. Doch sie hat ein Geheimnis: In ihrem Bauch wächst ein Kind heran, das niemals geboren werden darf. Schon bald beginnt das *System*, sie zu jagen. Aber wohin soll Yara fliehen – in einer Welt, in der ihr Feind so mächtig wie ein Gott ist?

Phase 1

Der Aufzug raste mit hundert Kilometern pro Stunde durch Antropolis.

Für Yara gehörte das zur Routine. Sie war Angestellte des Wartungstrupps und ließ sich jeden Morgen von dieser riesigen Pistolenkugel quer durch die Stadt schießen, um zu ihrem Arbeitsplatz zu gelangen. Während sie also an der Glaswand der Kabine lehnte, überprüfte sie die Werkzeuge an ihrem Gürtel sowie ihren Schutzanzug. Sie tastete akribisch über den Stoff, befühlte jeden Schmutzfleck, misstraute allen Kratzern. Weil jede noch so kleine undichte Stelle tödlich sein konnte.

Sieht alles gut aus ... Moment!, stutzte Yara. Ihr Finger zuckte zu einem Kratzer an der Schulter. *Ist das ein Riss? Nein? Sicher?*

Yara wollte kein Risiko eingehen. Sie nahm eine Rolle Klebeband von ihrem Gürtel, riss einen Streifen davon ab und befestigte diesen über dem Kratzer. Danach hängte sie die Rolle zurück an ihren Platz und strich unauffällig mit der Hand über ihren Unterbauch.

Bleib ruhig, beschwor sie das kleine Leben darin. Ein Leben, das streng verboten war, weil Yara keine Genehmigung zur Fortpflanzung besaß. Aber wie gesagt: Noch war dieses Leben winzig klein, sodass es noch keine verräterische Beule an Yaras Bauch erzeugte. Außerdem durfte sie hoffen, dass sie die erforderliche Genehmigung bald erhalten würde. Sie hatte den entsprechenden Antrag bereits vor Monaten beim *System* eingereicht und wartete täglich auf einen positiven Bescheid. Warum auch nicht? Sie hatte das perfekte Alter und erstklassige Gene für einen Nachwuchs.

Also bleib ruhig, beschwor Yara ihr ungeborenes Kind. Sowie vielleicht auch ein bisschen sich selbst. *Mama regelt das schon, versprochen.*

Der Fahrstuhl schwebte unterdessen konstant in die Höhe, mitten zwischen zahlreichen Wolkenkratzern hindurch. Sie hingen wie Tropfsteine aus Glas und Stahl von einer Kuppeldecke herab, die den Himmel über Antropolis bildete. Diese Stadt war eine von zwanzig Megacitys, die es auf der Erde gab. Ein Wunderwerk der Technik, mit gefilterter Luft, einem künstlichen Sonnenlicht, ja sogar einem simulierten Wetterwechsel. Erschaffen in einem gewaltigen Dom, der viele Kilometer unter der Erde lag und das Habitat für zweihundert Millionen Menschen bildete. Denn außerhalb dieser Stadt herrschte der Tod. Die Erdoberfläche war aufgrund des Klimawandels unbewohnbar geworden und zwang die Menschen dazu, sich tief im Boden zu verkriechen, wo die Hitze und Strahlung sie nicht erreichen konnten. Umso verrückter, ja geradezu *wahnsinnig* klang es, dass Yara dorthin unterwegs war und ständig dabei hoffen musste, dass sie dort oben nicht verseucht wurde. Oder gar starb.

Bleib ruhig, wiederholte sie, weil ihr Kind auf einmal nervös zuckte. *Uns wird nichts passieren, ich verspreche es dir.*

Als sie den Kopf hob, bemerkte sie Holly neben sich.

247

Ihre Arbeitskollegin sah sie teils verwundert, teils aber auch argwöhnisch an. Vielleicht witterte sie ja, dass Yara seit Kurzem ein süßes Geheimnis in sich trug. Holly hätte sie sicherlich darauf angesprochen, wenn sie nicht von einer Stimme daran gehindert worden wäre.

»Haltet euch bereit! Noch zwanzig Sekunden«, verkündete der Aufseher des Wartungstrupps. Ein Androide, der sich an der Tür des Fahrstuhls postiert hatte. Auf seiner Metallhaut spiegelte sich die Morgendämmerung wider – ein wahres Feuerwerk aus gelben und roten Farben –, aber sein Gesicht blieb davon völlig unberührt. Es wirkte ebenso kalt wie das *System* selbst; eine Maschine, die streng über die Arbeiter wachte und jedes Fehlverhalten rigoros bestrafte.

Yara musste wohl nicht extra betonen, wie sehr sie den Androiden hasste. Dennoch hielt sie sich an seinen Befehl und zog sich eine Schutzmaske über den Kopf. Ein leises Zischen ertönte, als der Sauerstoff aus einer Druckflasche in die Maske strömte und Yara fortan mit sauberer Atemluft versorgte.

Holly und die anderen elf Arbeiter in der Kabine ahmten es ihr nach.

Währenddessen glitt der Fahrstuhl in einen Schacht an der Kuppeldecke und ließ Antropolis endgültig unter sich zurück. Außerhalb der Glaswände wurde es stockfinster. Lediglich ein paar LED-Lichter zuckten wie Sternschnuppen an der Kabine vorbei. Für Yara bedeutete es die letzte Pause vor einem Zwölf-Stunden-Tag, der sie mehr Kraft kosten würde, als sie eigentlich besaß. Aber sie durfte nicht schwach sein, musste tadellos arbeiten und möglichst unauffällig bleiben. Um sich und ihr Kind nicht zu gefährden.

Wenig später drosselte der Fahrstuhl rapide sein Tempo und stoppte schließlich vor einer Panzertür.

»Haltet euch an die Vorschriften. Und erledigt eure Arbeit gewissenhaft«, wies der Androide den Wartungstrupp an. »Zum Wohle des *Systems!*«

»Zum Wohle des *Systems*«, erwiderten die Frauen und Männer die Parole.

Der Androide nickte zufrieden und betätigte einen Schalter an einer Konsole, worauf sich die Tür des Fahrstuhls öffnete. Ein Überdruck sorgte dafür, dass keine giftige Luft in die Kabine dringen konnte, und dennoch schien die verdorbene Atmosphäre an der Oberfläche sofort durch die Tür zu strömen. Yara hatte sich längst daran gewöhnt und fürchtete sich kaum mehr davor, sich dort hinauszuwagen. Ihr Kind tat es dafür umso mehr. Denn Yara glaubte, plötzlich einen ängstlichen Herzschlag in ihrem Unterbauch zu fühlen.

Mach dir keine Sorgen, flüsterte sie in Gedanken. *Ich passe auf dich auf.*

Dann folgte sie ihren Kollegen ins Freie.

Geradewegs in eine fremdartige Welt.

Von alten Videoaufnahmen wusste Yara, dass die Erde ursprünglich ein blauer Planet voller Vegetation gewesen war. Heute ähnelte sie vielmehr einer endlosen Apokalypse, die den gesamten Globus umspannte. Über den Himmel hatte sich eine Dunstglocke gelegt, an der sich gelbe und ockerfarbene Schlieren von einem Horizont zum anderen bewegten. Die Luft darunter war ein toxisches Gemisch aus Abgasen und Ozon, das jeden Menschen binnen weniger Atemzüge vergiften konnte. Und es war heiß. So unerträglich heiß, dass Yara trotz ihres gekühlten Anzugs sofort zu schwitzen begann. Kein Wunder, denn die Sonne stand wie ein feuerroter Dämon im Osten und trieb die Temperaturen auf über sechzig Grad. Wodurch sie alles hier draußen in eine öde Wüste verwandelt hatte. Nichts konnte in diesem Backofen leben. Abgesehen von ein paar dürren Grasbüscheln und allerlei Insekten, die über den Boden wuselten. Diese sechs- und achtbeinigen Krabbelmonster kamen in dieser giftigen Umgebung bestens zurecht und wurden Jahr für Jahr zu einer größeren Plage.

»Sieht aus, als würden wir heute gutes Wetter haben«, fand Holly sarkastisch. »Wir hätten unsere Bikinis mitbringen sollen, was?«

»Ja ... irgendwie schon«, antwortete Yara schleppend. Sie massierte noch mal ihren Bauch, weil sich der Herzschlag darin allmählich zu einem stechenden Schmerz steigerte.

Hollys Blick hinter der Maske wurde besorgt. »Ist alles in Ordnung?«

»Alles bestens«, versicherte Yara ihr. »Ich habe nur was Falsches gegessen.«

Holly roch natürlich die Lüge, aber sie ging nicht näher darauf ein. Zumal der Androide hinter ihnen alles mithörte und bereits ungeduldig in ihre Richtung starrte. »Na schön, lass uns anfangen«, beschloss sie. »Du kannst mir ja nach Feierabend erzählen, was dir auf den Magen geschlagen ist.«

Sie legte Yara eine Hand auf den Rücken und führte sie nach rechts. Fort von dem Fahrstuhl, hinüber zu einem Kühlturm. Er war ein martialisches Gebilde aus Karbon und erinnerte an einen zweihundert Meter hohen Vulkankegel. Aus der Öffnung an seiner Spitze dampfte die heiße Abluft des Fusionsgenerators, der Antropolis mit Energie versorgte. Darunter verlief ein Irrgarten aus Treppen, Laufstegen und Filteranlagen, die regelmäßig gereinigt werden mussten. Eine Knochenarbeit. Eigentlich wie geschaffen für Androiden. Aber diese zweibeinigen Automaten waren sündhaft teuer. Menschen der Arbeiterklasse drei – zu denen Yara gehörte – kosteten bloß einen Bruchteil davon, weshalb ihnen diese Tätigkeit überlassen blieb.

Yaras Kollegen hatten den Kühlturm bereits erreicht und verteilten sich soeben über die Laufstege, um mit ihrer Arbeit zu beginnen. Auch Holly griff beschwingt nach dem Treppengeländer und hangelte sich die Stufen hinauf. Yara wollte ihr folgen, aber im selben Moment fuhr ein neuer Schmerz durch ihren Unterleib und sorgte dafür, dass sie mitten in der Bewegung stoppte. Vielleicht hätte Yara sogar gestöhnt, wenn sie nicht mit aller Macht ihre Lippen zusammengepresst hätte. Sie wollte sich kurz ausruhen, aber sie durfte sich kein weiteres Zögern mehr erlauben. Also zwang sie sich ebenfalls die Treppe hoch. Der Schmerz verstärkte sich bei jedem zusätzlichen Schritt; bohrte sich wie ein Fausthieb von ihrer rechten Leiste in die linke und schien alles dazwischen zu Glassplittern zu zermahlen. Trotzdem kämpfte sich Yara beharrlich bis zu einer kleinen Plattform hinauf, die in luftiger Höhe lag.

Holly wartete dort bereits auf sie und zog gerade ein Tablet aus ihrer Tasche. Eine flüchtige Berührung mit dem Finger genügte, und der Touchscreen listete alle Filter in der Nähe auf, die dringend gereinigt werden mussten. »Oh Mann, diese Ebene ist übel«, fand Holly. »Am besten, wir trennen uns. Sonst werden wir heute nie fertig.«

Yara nickte zustimmend und atmete so flach wie möglich, um sich ihre Qualen nicht anmerken zu lassen. Danach wandte sie sich auch schon zu einem Laufsteg um, der an die Plattform grenzte.

»Ist wirklich alles in Ordnung mit dir?«, vergewisserte sich Holly.

»Wie oft denn noch?«, erwiderte Yara. Sie versuchte, es genervt klingen zu lassen. »Ich vertrage mein Frühstück nicht, das ist alles.« Um es Holly zu beweisen, schleppte sie sich über den Laufsteg, an der Seitenwand des Kühlturms entlang. Sie musste höllisch aufpassen, dass sie von den Sturmböen hier oben nicht umgeblasen wurde. Mit einer Hand krallte sich Yara fest an die Brüstung, mit der anderen rieb sie immer vehementer über ihren Unterbauch, um das Pochen und Stechen darin zu bezähmen.

Viel nützte es nicht.

Im Gegenteil. Als Yara den ersten Filter erreichte, breitete sich in ihrer Magengrube auch noch eine Übelkeit aus, die ihr bis in die Kehle schäumte. *Reiß dich zusammen!*, ermahnte sie sich.

Mit zittrigen Fingern nestelte sie einen Akkuschrauber von ihrem Gürtel und machte sich daran, eine Abdeckhaube von dem Filter zu lösen. Sie war groß wie ein Türblatt und mit zehn Schrauben befestigt, sodass sich Yara ganz schön bücken und dehnen musste, um alle zu erreichen. Knapp die Hälfte davon schaffte sie mit viel Disziplin, aber als sie ihre Hand nach einer weiteren Schraube ausstreckte, geschah es: In ihrem Unterleib explodierte ein Schmerz, der rasend schnell zu einem Krampf wurde, als hätten soeben ihre Wehen eingesetzt. Und diesmal konnte Yara beim besten Willen nicht mehr stillbleiben. Sie schrie – nein – *kreischte* lautstark auf, brach in die Knie, ließ den Akkuschrauber fallen. Er polterte neben ihr auf den Laufsteg und fiel von dort in die Tiefe, wobei er mehrmals mit einem metallischen *Klong-Klong* gegen die unteren Laufstege prallte. Aber darauf achtete Yara nicht. Ihre Welt bestand bloß noch aus diesem sengenden, nicht enden wollenden Krampf, der sich unerbittlich um ihre Eingeweide zusammenballte.

»Yara, was hast du?«, rief Holly in der Ferne.

Yara konnte ihr nicht antworten. Sie konnte nicht einmal mehr vernünftig atmen. Irgendwie gelang es ihr gerade noch, beide Hände in ihren Unterleib zu krallen, um den kleinen Engel darin zu beschützen, der sich ebenfalls vor Schmerzen krümmte. *Bitte, bleib einfach ruhig. Es ist gleich vorbei. Hörst du? Gleich ... vorbei.*

»Yara!« Hollys Stiefel trommelten über den Laufsteg. »Sag schon! Was ...«

Eine besonders heftige Sturmböe schnitt ihr das Wort ab.

Sie fegte wie ein Peitschenhieb um den Kühlturm und blies den beiden Frauen nicht nur eine dicke Sandwolke entgegen, sondern fuhr auch mitten in die Abdeckhaube. Im Normalfall wäre dabei nichts passiert, aber da Yara bereits etliche Schrauben gelöst hatte, brach die Haube mit einem lauten Knall aus ihrer Verankerung und schnellte zur Seite. Holly sah die Katastrophe kommen und setzte zu einem Warnschrei an, und auch in Yara zuckte ein Reflex, um noch irgendwie auszuweichen.

Zu spät.

Die Haube versetzte Yara einen derben Stoß gegen die Schulter, sodass sie zuerst gegen die Brüstung des Laufstegs prallte und dann darüber hinaus in den Abgrund kippte. Ihre Hände zuckten panisch in alle Richtungen, glitten über die Metallstreben, suchten Halt. Ganz kurz tauchte Holly über ihr auf und streckte den Arm nach ihr aus, doch ihre Fingerspitzen verfehlten sie um eine Winzigkeit.

Gleichzeitig begann Yara zu fallen.

Zehn, zwanzig, vermutlich über fünfzig Meter in die Tiefe.

Die Welt vor ihren Augen verwandelte sich in ein Chaos aus wirbelnden Schatten, und aus ihrem Krampf wurde ein hohles, schwereloses Kribbeln, während sie im Sturzflug dem Boden entgegenraste. Yara wusste, was das bedeutete. Für sie und ihr Kind. *Es tut mir leid, Kleines*, dachte sie wehmütig, aber voller Liebe. *Ich wäre gern deine Mama gewesen, hätte dich großgezogen, dir einen schönen Namen gegeben.*

Im nächsten Moment stieß Yara mit voller Wucht gegen etwas Hartes, Scharfkantiges. Dann war da bloß noch Schwärze.

Phase 2

Es war seltsam: Eigentlich hätte Yara tot sein müssen. Zerschmettert auf dem Boden oder erstickt in der giftigen Atmosphäre. Als sie jedoch irgendwann zu sich kam, wurde sie von allerlei Dingen begrüßt, die sich verdächtig nach Leben anfühlten. Von einer Atemmaske zum Beispiel, die kühlen Sauerstoff in ihren Rachen pumpte. Von Schmerzen, die noch immer wie Stromschläge durch ihren Körper zuckten. Sowie von einem lästigen Piepen, das im Takt zu Yaras Puls ertönte. Und da waren Hände. Warme, aber raue Hände, die von Yaras Hals bis hinab zu ihrer Hüfte wanderten und sich immer wieder tief in ihre Haut gruben.

Yara öffnete benommen die Augen – und staunte.

Die Sandwolken und der Kühlturm waren verschwunden. Nun entdeckte Yara neben sich strahlend weiße Wände. Links hing ein Monitor, der medizinische Werte anzeigte und dieses nervige Piepen von sich gab. Yara selbst lag halbnackt auf einer Krankenliege. Rechts stand eine Ärztin. Sie trug eine Schutzmaske und tastete mit ihren Fingern jede wunde Stelle an ihrer Patientin ab. Und zwar so grob, dass sich Yara ernsthaft fragte, ob die Ärztin sie wirklich nur untersuchen oder noch mehr verletzen wollte.

Sie stöhnte gequält und windete sich auf der Liege zur Seite.

»Halten Sie still«, verlangte die Ärztin mit einer Stimme, die ähnlich rau wie ihre Finger waren.

Yara rollte widerwillig in ihre alte Position zurück. Dabei erhaschte sie zufällig einen Blick auf ein Namensschild, das an dem Arztkittel der Frau angenäht war. *Dr. Janette Marx*, verkündete es.

»Wo ... bin ich?«, stammelte sie.

»Auf der Krankenstation in Sektor 4. Sie hatten einen Arbeitsunfall und sind gestürzt«, erklärte Dr. Marx. »Können Sie sich daran erinnern?«

Yara forschte durch ihr Gedächtnis, aber sie machte sich nicht die Mühe, all die vielen verworrenen Bilder darin zu einer klaren Erinnerung zusammenzufügen. »Ein bisschen. Auch wenn ich den Unfall gerne vergessen würde.«

Dr. Marx nickte. *Verstehe.* Sie zog eine kleine Taschenlampe aus der Brusttasche ihres Kittels und testete damit Yaras Pupillenreaktion. Das grelle Licht ätzte wie Säure in den Augen. »Sie hatten wahnsinniges Glück, ist Ihnen das klar?«, sagte sie. »Ihr Anzug hat sich am Treppengeländer verfangen und Sie gebremst. Ganze sieben Meter über dem Boden.«

»Ich würde nicht unbedingt von *Glück* reden – so lädiert, wie ich mich fühle«, murrte Yara.

Dr. Marx lächelte so zynisch, dass man es selbst unter der Maske sehen konnte. »Vielleicht freut es Sie trotzdem, dass Sie nicht ernsthaft verletzt sind. Sie haben eine leichte Gehirnerschütterung erlitten und sich die Rippen geprellt, aber ansonsten fehlt Ihnen nicht viel. Was man von Ihrem Anzug nicht behaupten kann.« Die Ärztin winkte zu einem Sideboard, auf dem der besagte Anzug lag. Er sah so zerfleddert aus, als wäre er zwischen die Zähne eines Wolfsrudels geraten. »Es wird nicht billig, wenn Sie ihn ersetzen müssen. Immerhin haben Sie Eigentum des *Systems* beschädigt.«

»Entschuldigung«, murmelte Yara.

Dr. Marx zeigte sich davon unbeeindruckt. Etwas Strenges, Tadelndes blitzte in ihrem Gesicht auf. »Können Sie sich bewegen? Sich hinsetzen?«

»Ich weiß nicht.« Yara krümmte zaghaft ihre Gelenke und stemmte sich langsam mit den Ellbogen hoch. Jede einzelne Bewegung war mindestens so quälend, wie Yara es befürchtet hatte, aber sie gab nicht auf, bis sie halbwegs gerade saß.

Dr. Marx quittierte ihre tollpatschigen Bemühungen mit einem zweiten Nicken. Danach ließ sie sich auf einen Antigravitationsstuhl nieder, der neben ihr schwebte, und glitt mit ihm zu einem Terminal hinüber. An ihm gab es noch mehr Monitore, auf denen Ultraschallbilder von Yaras Innenleben zu sehen waren. Der Fötus in ihrem Bauch war rot markiert, als wäre er ein Fremdkörper.

Das wird Ärger geben, wusste Yara.

»Wie lange war ich bewusstlos?«, erkundigte sie sich.

»Etwa zwei Stunden.« Dr. Marx studierte die Bilder auf den Monitoren. »Es war ein großer Aufwand nötig, um Sie von der Oberfläche hierher zu bringen. Die Rettungsmaßnahmen werden Sie neunhundert Units kosten.«

»Neun...?«, krächzte Yara. Der Rest blieb ihr glatt im Hals stecken, weil diese horrende Summe einem vollen Monatslohn entsprach. »Bei diesem Preis wäre meine Beerdigung wohl günstiger gewesen.«

Dr. Marx warf ihr einen pikierten Blick zu.

»Oh, das soll keine Kritik am *System* sein«, beschwichtigte Yara sie hastig. »Ich werde die Kosten natürlich bezahlen.«

»Natürlich werden Sie das«, bestätigte die Ärztin in einem Tonfall, der sich wie eine Drohung anhörte. »Ich habe übrigens auch eine gute Nachricht für Sie: Das *System* gewährt Ihnen drei Tage zur Erholung.«

»Danke, das ist sehr großzügig«, sagte Yara. Und das meinte sie durchaus ernst. Drei freie Tage waren in Antropolis mehr, als ein Arbeiter im ganzen Jahr bekam.

»Wir haben Ihren Ehemann Marlin über den Vorfall informiert. Er wird nächstens hier sein und Sie abholen«, berichtete Dr. Marx.

Yara wollte sich auch dafür bedanken. Sie verkniff es sich jedoch, als die Ärztin sie plötzlich vorwurfsvoll anstarrte.

»Da wäre noch etwas.« Dr. Marx tippte mit dem Finger gegen den Fötus auf dem Ultraschallbild. »Warum haben Sie es nicht gemeldet, dass Sie schwanger sind?«

Yara senkte schuldbewusst den Kopf. »Weil ich keine Genehmigung dafür habe«, druckste sie heraus. Sie zögerte kurz, bevor sie fragte: »Geht es meinem Kind gut?«

»Es lebt«, bestätigte Dr. Marx sachlich.

»Und was ist mit meinen Krämpfen? Mein Bauch ist seit heute Morgen die Hölle.«

»Das sind harmlose Muskelkontraktionen. Ihre Gebärmutter dehnt sich aus, das ist alles. Wenn Sie möchten, kann ich Ihnen ein Schmerzmittel geben. Es kostet sie nur achtzig Units.«

»Danke, ich komme schon klar.« Yara ließ einen weiteren Moment verstreichen, ehe sie scheu nachfasste: »Werden Sie mich anzeigen, weil ich unerlaubt schwanger bin?«

»Ich muss es. Alles andere wäre ein Verbrechen«, erklärte Dr. Marx. »Aus Erfahrung kann ich Sie jedoch beruhigen. Das *System* wird Ihre illegale Fortpflanzung sicherlich dulden – sofern Sie sich einschläfern lassen, wenn Ihr Kind das zehnte Lebensjahr erreicht hat und keine Mutter mehr benötigt.«

Yara hätte über dieses Angebot zutiefst entsetzt sein müssen. In Wahrheit empfand sie jedoch bloß eine grenzenlose Liebe für das kleine Wunder, das in ihr schlummerte. »Ja, ich werde mich einschläfern lassen«, stimmte sie zu.

Dr. Marx lächelte wieder unter ihrer Maske. Allerdings wirkte es jetzt sehr viel freundlicher. »Sehr gut. Dann werde ich alle Formalitäten in die Wege leiten.« Sie öffnete auf einem Monitor ein Tastenfeld und tippte einen entsprechenden Vermerk in Yaras Akte. Insbesondere den Begriff *Letale Injektion*, als würde sie bereits einen Totenschein ausstellen.

Yara stand unterdessen mühsam auf. Ihr Kreislauf hatte sich noch nicht gefestigt, sodass es ihr sofort schwindelig wurde, aber sie durfte sich keineswegs zurück auf die Krankenliege setzen. Sonst hätte sie die Benutzung extra bezahlen müssen. Stattdessen nahm sie die Atemmaske ab, wankte zu ihrem Anzug hinüber und schlüpfte hinein. »Ich werde draußen auf meinen Mann warten«, sagte sie. »Vielen Dank für Ihre Hilfe, Frau Doktor.«

»Halt!«, bremste die Ärztin sie, gerade als sich Yara zur Tür abwenden wollte. »Sie müssen sich gedulden, bis Ihre Blutprobe analysiert ist. Ihr Anzug war undicht; da könnten Sie ein Virus von draußen eingeschleppt haben.«

»Ich bin geimpft. Gemäß Verordnung C-56.«

»Trotzdem.« Dr. Marx machte eine scharfe Handbewegung, als würde sie Yara damit auf den Boden nageln wollen. »Sie werden hier warten, bis ...«

Bing!, meldete das Terminal.

Gleichzeitig ploppte auf dem Monitor ein neues Fenster auf.

»Da haben wir es ja schon«, sagte Dr. Marx. Sie lehnte sich vor und scrollte durch das Laborergebnis. »Ihre Blutwerte sind normal. Allerdings ist Ihr Oxycotin-Spiegel etwas erhöht. Ich werde Ihnen ein Medikament gegen das Glückshormon verschreiben, damit Sie sich besser auf Ihre Arbeit konzentrieren können.«

»Wenn es sein muss.« Yara seufzte verhalten. *Sind wir jetzt endlich fertig?*

Dr. Marx ließ sich nicht hetzen und studierte weiter alle Werte auf dem Bildschirm. »Das Labor konnte keine Giftstoffe oder Viren bei Ihnen feststellen ... *Oh!*«, rief sie auf einmal erschrocken.

Ein Schreck, der hochgradig ansteckend war. Denn plötzlich machte Yaras Herz einen nervösen Sprung. »Was ist?«, hakte sie alarmiert nach. Ihr Blick hastete nun selbst über den Monitor. Sie konnte aus der Entfernung zwar nichts darauf lesen, aber sie erkannte sehr wohl, dass mehrere Wörter rot blinkten. So wie es bereits der Fötus auf dem Ultraschallbild getan hatte. »Nun sagen Sie schon, Doktor! Ist etwas mit meinem Kind?«

»Ich fürchte es«, nickte Dr. Marx. Ihre Miene füllte sich mit einem unheilvollen Ausdruck. »Die Analyse hat ergeben, dass das Produkt in Ihrem Bauch mutiert ist.«

»Mutiert?«, stutzte Yara. »Was meinen Sie damit? *Was ist mit meinem Kind?*«

»Es trägt das Z-Chromosom in sich.« Dr. Marx starrte zu ihr herüber. Mit einem Blick, der nicht mehr unheilvoll war, sondern fast schon feindselige Züge besaß. »Verstehen Sie? Ihr Kind ist kein Mensch.«

Phase 3

Das Z-Chromosom.

Die Nachricht traf Yara mit kalter Wucht. Denn sie verstand sehr wohl, was das bedeutete. Und sie wusste noch viel besser, welche Konsequenzen das hatte. Für sie und ihr Kind. Das Z-Chromosom grassierte seit Jahren wie eine Seuche in Antropolis und bedrohte tausende Schwangere, indem es eine völlig neue Generation von Menschen hervorbrachte. Yara hatte nie eines der mutierten Kinder gesehen, aber angeblich besaßen sie eine Haut, die in denselben giftigen Farbtönen schimmerte wie die Atmosphäre an der Oberfläche. Kinder, die keineswegs behindert oder gefährlich waren, aber die nun mal nicht dem Ideal des *Systems* entsprachen. Und nun wütete das Z-Chromosom auch in Yaras Unterleib und verkehrte ihr Mutterglück ins absolute Gegenteil.

»Das kann nicht sein«, sagte sie erschüttert. »Marlin und ich mussten unser Erbgut prüfen lassen, bevor wir heiraten durften.«

»Das Ergebnis ist eindeutig.« Dr. Marx wischte mit dem Finger über den Bildschirm, um den Fötus darauf zu vergrößern. Er sah eigentlich völlig normal aus – wie eine Erdnuss mit Knopfaugen und kleinen Stummeln, aus denen mal Arme und Beine werden würden. Und doch betrachtete Dr.

Marx ihn, als wäre er ein Krebsgeschwür. »Das Produkt in Ihrem Bauch entspricht nicht dem genetischen Kodex.«

»Sind Sie sicher?«, vergewisserte sich Yara. »Vielleicht ist bei der Untersuchung ja ein Fehler passiert?«

»Wollen Sie damit andeuten, das *System* irrt sich?«

»Nein, natürlich nicht«, sagte Yara schnell. Weil so eine Behauptung nahezu einer Blasphemie gleichkam. »Aber vielleicht sollten Sie den Test wiederholen, um ...«

»Das ist unnötig«, ließ Dr. Marx sie abblitzen. Die Ärztin schwang sich aus ihrem Stuhl und zeigte auf die Krankenliege. »Nehmen Sie wieder Platz. Ich werde unverzüglich das Operationsteam verständigen.«

In Yaras Kehle begann eine leichte Panik zu klopfen. »Operationsteam?«

»Wir müssen das Produkt aus Ihnen entfernen.«

»Sie wollen mein Kind ... *töten?*«

»Es ist kein Kind, sondern ein Parasit. Das *System* duldet derartige Lebensformen nicht, weil es die innere Ordnung stören würde.« Dr. Marx wiederholte ihre Geste von gerade eben; allerdings mit einer wesentlich strengeren Note. *Nehmen Sie Platz!*

Yara widersetzte sich dem Befehl. »Bitte, gibt es denn keine andere Lösung? Ich möchte mein Kind nicht verlieren.«

»Das haben Sie nicht zu entscheiden.« Dr. Marx ging zu einem Interkom an der Wand und betätigte einen Knopf. »Ich brauche ein OP-Team«, meldete sie in das Mikrofon. »Meine Patientin trägt ein Z-Produkt in sich.«

»Verstanden«, antwortete eine Computerstimme. »Team ist unterwegs.«

Dr. Marx wandte den Kopf und runzelte missbilligend die Stirn, als sie erkannte, dass sich Yara noch immer nicht hingesetzt hatte. »Sie müssen sich vor dem Eingriff nicht fürchten. Er ist schnell vorbei. Wenn Sie dreihundert Units bezahlen, werden wir ihn sogar unter Narkose durchführen.«

»Sie werden mein Kind nicht anrühren!«, stellte Yara klar.

»Zum letzten Mal: Was in Ihnen heranwächst, ist ein Parasit«, verdeutlichte Dr. Marx ihr. »Also werden Sie vernünftig. Wir möchten Ihnen doch nur helfen.«

»Nein, wollen Sie nicht. Sie werden mich sterilisieren, damit ich kein zweites mutiertes Kind bekomme. Ist es nicht so?« Yara sah die Ärztin mit einem Blick an, der nichts als die schonungslose Wahrheit verlangte.

Dr. Marx' Augen zuckten. Vielleicht weil sie sich ertappt fühlte. »Es muss nun mal sein. Zum Wohle des *Systems*.«

Passend in diesem Moment glitt neben ihr die Tür auf.

Aus dem Flur traten zwei Androiden herein. Sie waren vom selben Modell wie der Aufseher des Wartungstrupps – Kolosse aus Stahl und Elektronik. Mit dem einzigen Unterschied, dass auch sie einen Arztkittel trugen, um menschlicher zu wirken.

Yaras Panik verdoppelte sich.

Erst recht, als die beiden Androiden sie kaltherzig musterten.

»Bei der Patientin muss eine Interruption vorgenommen werden«, erklärte Dr. Marx. »Bringt sie in den Operationsraum und leitet die erforderlichen Maßnahmen ein.«

Am Hals der Androiden blinkte eine grüne LED; zum Zeichen, dass sie verstanden hatten. Dann setzten sie sich auch schon in Bewegung und kamen auf Yara zu.

»Bleibt weg von mir!« Yara schlug die Hand eines Androiden von sich fort, als er nach ihr greifen wollte. Gleichzeitig sprang sie nach hinten, bis sie gegen die Krankenliege stieß. Die Androiden setzten ihr jedoch unerbittlich nach und versuchten, sie abermals zu packen.

»Ihr sollt mich in Ruhe lassen!«, keifte Yara.

»Hören Sie auf, sich zu wehren«, verlangte Dr. Marx. Sie öffnete am Terminal eine Schublade und zog eine Spritzpistole daraus hervor, die mit einem Betäubungsmittel gefüllt war. Anschließend trat die Ärztin damit auf Yara zu. »Ihr Widerstand nützt Ihnen gar nichts. Sie sind gesetzlich dazu verpflichtet ...«

Weiter kam sie nicht.

Yara warf sich überfallartig nach vorn. Sie rammte ihren rechten Ellbogen in die Brust von Dr. Marx, worauf die Ärztin schmerzhaft keuchte und zu Boden sackte. Den linken Ellbogen hämmerte Yara gegen einen der beiden Androiden. Sie schaffte es nicht, auch ihn von den Füßen zu kegeln, aber ihr gelang es sehr wohl, ihn zur Seite zu schubsen. Damit war für Yara der Weg frei. Sie stürzte aus der offenen Tür, hinaus in den Flur. Ihre Beine waren noch furchtbar zittrig und in ihrem Kopf setzte ein heftiger Schwindel ein, der sie taumeln ließ. Die Panik hielt sie jedoch in der Senkrechten und beförderte sie im Eiltempo durch die Krankenstation.

Ihr kamen zahllose Ärzte und Patienten entgegen. Manchmal gelang es Yara, ihnen mit einem wilden Haken auszuweichen; manchmal riss sie die Frauen und Männer auch mit einem weiteren Rammstoß nieder. Und zwischendurch rempelte sie gegen einen Essenswagen und kippte ihn um, sodass Dutzende Becher und Teller quer über den Boden flogen.

»Stopp!« Dr. Marx wankte hinter ihr aus dem Behandlungszimmer. Sie rang noch so schwer nach Atem, dass sie sich gegen den Türrahmen lehnen musste. »Haltet … die Frau auf!«

Yara spähte über die Schulter.

Gerade in dem Moment, als die beiden Androiden ebenfalls aus dem Zimmer traten. Die Servomotoren an ihren Gelenken summten kurz, als würden sie sich mit einer explosiven Energie aufladen. Dann jagten die Androiden los, um ihre entlaufene Patientin einzufangen.

Auch das noch!

Yara windete sich an zwei weiteren Ärzten vorbei und erreichte wenig später den Ausgang der Krankenstation. In einem ersten Impuls wollte sie ins Treppenhaus abbiegen, aber plötzlich gab es neben ihr ein fröhliches *Ding!* – und die Tür eines Fahrstuhls öffnete sich. In der Kabine dahinter stand ein junger Mann mit schwarzen Lockenhaaren und Dreitagebart.

Für Yara hätte es keinen schöneren Anblick geben können.

»Marlin«, keuchte sie.

Ihr Mann wirkte erstaunt und irritiert zugleich über ihren Auftritt. Besonders als er Yaras zerrissenen Anzug bemerkte.

Sowie den Tumult, den seine Frau in dem Flur angerichtet hatte. »Was zum ...?«

»Fahr!«, presste Yara hervor. Sie sprang in die Kabine und schubste Marlin bis zur Stirnwand zurück, gerade als er hinaus in den Flur treten wollte.

»Bist du verrückt geworden?«, beschwerte er sich. »Was willst ...?«

»*Fahr endlich!*«, wiederholte Yara. Nur dass sie jetzt nicht mehr ihren Mann meinte, sondern den Aufzug. Nebenbei warf sie einen gehetzten Blick in den Flur. Die beiden Androiden kämpften sich gerade durch die letzten Hindernisse und streckten die Hände nach vorn, um gleich mit ihnen zuzupacken.

»Nun fahr schon, du verflixter Kasten!«, kreischte Yara. »Bring uns ins Erdgeschoss! Beeilung!«

Der Fahrstuhl reagierte endlich und schloss sich.

Einen Augenblick später donnerten draußen die Androiden gegen seine Metalltür. Yara rechnete unwillkürlich damit, dass sie bersten würde, aber die Tür hielt dem Aufprall stand und federte die Androiden hörbar in den Flur zurück.

Gleichzeitig sank der Fahrstuhl in die Tiefe.

Geschafft!, hätte Yara am liebsten gedacht. Aber das stimmte nicht. Das Schlimmste lag noch vor ihr. Denn sie hatte sich strafbar gemacht; war zu einer Staatsfeindin des *Systems* geworden. Und damit hatten sie und ihr Kind jegliches Recht auf Leben verloren.

Phase 4

Yara und Marlin standen in der Kabine, atmeten hektisch durch und lauschten darauf, wie der Lärm über ihnen in der Krankenstation leiser wurde. Doch Yara beging keineswegs den Fehler, sich in Sicherheit zu wiegen. Sie war in den letzten Minuten so voller Adrenalin gewesen, dass sie bis jetzt noch keinen vernünftigen Gedanken fassen konnte. Aber je länger sie nun in der Kabine ausharrte, desto mehr wurde ihr bewusst, was sie getan hatte. Und welche Strafe sie befürchten musste.

»Na schön, raus mit der Sprache!«, forderte Marlin. »Was ist hier los? Ich habe einen Anruf erhalten, dass du einen Unfall hattest. Aber was du da eben getan hast, sah vielmehr so aus, als hättest du dir die Tollwut eingefangen.«

Yara konnte ihm nicht gleich antworten. Sie war viel zu sehr mit den Nerven runter, sodass sie mehrmals schlucken musste, um ihre Aufregung zu bezähmen und gegen ihre Tränen anzukämpfen. »Ich kann nichts dafür«, begann sie schließlich. »Ehrlich, du musst mir glauben.«

»Ich glaube dir ja.« Marlin legte ihr fürsorglich die Hand auf den Oberarm, suchte ihren Blick. »Und nun sag schon: Was ist hier los?«

»Ich bin schwanger«, eröffnete Yara ihm. Sie hätte sich gewünscht, dass sie Marlin diese freudige Nachricht unter anderen Umständen mitteilen konnte. Bei Kerzenschein, romantischer Musik, bestenfalls beim Kuscheln auf dem Sofa. Aber das ließ sich jetzt leider nicht mehr ändern. So wie vieles andere auch.

Marlin wölbte verblüfft die Augenbrauen. »Schwanger? Ohne Genehmigung?«

»Das ist noch nicht alles.« Yara berührte wieder ihren Bauch und spürte dabei auf einmal die ungeheure Verantwortung, die sie als werdende Mutter trug. »Unser Kind hat das Z-Chromosom.«

Sie schielte zaghaft zu Marlin nach oben, fürchtete sich vor seiner Reaktion. Und tatsächlich: In sein Gesicht platzte ein schockierter Ausdruck. Ganz kurz – aber wirklich nur ganz kurz! – blitzte in seinen Augen sogar dieselbe Abscheu wie bei Dr. Marx auf. Er hätte sicherlich auch etwas dazu gesagt, aber bevor er ein einziges Wort von sich geben konnte, stoppte der Fahrstuhl im Erdgeschoss und öffnete sich.

»Verschwinden wir von hier.« Yara zog Marlin am Jackenärmel aus der Kabine und durchquerte mit ihm das Foyer des Krankenhauses. Mit ihrem zerrissenen Anzug und dem blassen Gesicht erregte sie natürlich sofort die Aufmerksamkeit aller Menschen, die sich hier unten tummelten. Das änderte sich jedoch in dem Moment, als aus mehreren Lautsprechern an der Decke ein Alarm ertönte und dafür sorgte, dass die Frauen und Männer verwirrt die Köpfe hoben. Offenbar ließ Dr. Marx nichts unversucht, um ihre Patientin zu stoppen.

Yara missachtete die Sirene natürlich und bugsierte ihren Mann ins Freie. »Ich vermute, unser Auto steht im Parkhaus«, meinte sie, ohne jedoch eine Antwort von Marlin abzuwarten. Stattdessen orientierte sie sich anhand der Schilder und eilte auf das besagte Parkhaus zu. Es fiel ihr relativ leicht, ihr Auto zu finden, weil es mit seiner gelben Lackierung schon von Weitem auffiel.

»Warte!«, sagte Marlin, während sie sich dem Fahrzeug näherten.

»Wir können nicht warten«, erwiderte Yara.

In Marlins Haltung regte sich immer mehr Widerstand. Er stapfte noch kurz neben Yara her, bevor er sich aus ihrem Griff befreite und stehenblieb. »Warte, verdammt! Was hast du vor?«

»Wir müssen fliehen ... untertauchen.«

»Das kommt gar nicht infrage!«, empörte sich Marlin. »Weißt du, was uns blüht, wenn wir gegen das *System* ...«

»Das *System* kann mich mal«, spuckte Yara ihm trotzig entgegen. Sie presste ihren Daumen auf die Beifahrertür, um das Auto mit ihrem Fingerabdruck zu entriegeln. »Wir werden ohnehin bestraft werden, weil wir ein mutiertes Kind gezeugt haben. Und jetzt steig ein, wir müssen von hier fort!«

Marlin stand unschlüssig da; haderte mit seinem Gewissen und der Pflicht, dem *System* dienen zu müssen. Er hätte wohl noch viel länger mit Yara gestritten, wenn hinter ihm nicht das bedrohliche Summen etlicher Servomotoren laut geworden wäre.

Das brachte Marlin endlich zur Vernunft.

Er gab sich einen Ruck und setzte sich hinters Lenkrad. Yara nahm neben ihm Platz. Sie hatte noch kaum die Tür geschlossen, da bogen mehrere Androiden um die Ecke des

Parkhauses. Nicht zwei – wie oben in der Krankenstation –, sondern fünf. Einer von ihnen schwang sogar etwas in seiner Hand, das einem Taser ähnelte.

»Los!«, schrie Yara. »Los jetzt! Bring uns hier weg!«

»Ich bin ja schon dabei.« Marlin startete den Elektromotor und fuhr aus der Parklücke.

Ein Android wollte ihm den Weg versperren.

Marlin wich ihm aus, indem er das Lenkrad zur Seite riss und rasant beschleunigte. Das Auto schlitterte um Haaresbreite an dem Androiden vorbei und verfehlte auch die anderen nur so knapp, dass ihre Hände über die Fahrerseite kratzten. Kurz darauf durchbrach das Auto die Schranke am Ausgang des Parkhauses und holperte auf die Straße. Es wäre dort beinahe mit einem Fahrzeug kollidiert, wenn Marlin nicht hart in die Eisen gestiegen wäre und praktisch sofort wieder Gas gegeben hätte, damit das Auto nicht allzu viel Geschwindigkeit verlor.

Denn die Androiden folgten ihnen beharrlich und stürmten aus dem Parkhaus. Allerdings konnten selbst sie nicht schnell genug laufen, um das Auto noch einzuholen. Sie blieben deshalb punktgenau am Bordstein stehen und funkelten Yara und Marlin vernichtend hinterher.

Die beiden tauchten derweil in dem dichten Verkehr unter.

Lange Zeit herrschte in ihrem Auto ein bedrücktes Schweigen. Jeder fühlte sich in seinen Gedanken wie gefangen und versuchte die Tatsache zu akzeptieren, dass von nun an nichts mehr so sein würde, wie es war.

Unterdessen fiel das Krankenhaus hinter ihnen zurück und sie bewegten sich auf die Innenstadt von Antropolis zu. Ihr

Auto glitt geräuschlos über das Antigravitationsfeld, das von der Fahrbahn erzeugt wurde. Gleiches galt übrigens auch für die Straßen, die federleicht zwischen den Wolkenkratzern schwebten. Links und rechts flirrten etliche Hologramme in der Luft umher. Sie alle simulierten Bäume oder Vögel und hauchten dieser Stadt einen farbigen Akzent ein. Doch letztlich waren diese Hologramme nur ein verlogener Schein. So wie das gesamte Leben, das die Menschen hier führten.

Denn über allem wachte das *System*.

Eine künstliche Intelligenz, die jede Politik überflüssig gemacht hatte und seit achtzig Jahren die Einwohner von Antropolis kontrollierte. Ihre Arbeit. Ihre Freizeit. Ihre Familienplanung. Oftmals auch die Gedanken und Gefühle. Stets unter der Prämisse, die Menschheit retten zu wollen. Yara hatte sich längst daran gewöhnt, dass jeder Tag vom *System* vorbestimmt war. Sie hatte bereits in frühester Kindheit gewusst, wann sie mal heiraten oder wo sie wohnen würde. Und auch, wann sie per Giftspritze sterben musste. Nur jetzt fühlte sich ihr Leben plötzlich seltsam frei und unvorhersehbar an. Und das machte ihr Angst. Mehr als alles andere.

»Wie konnte das nur passieren?«, fragte Marlin irgendwann. »Unsere Gene passen doch perfekt zusammen.«

Liegt in seiner Stimme ein leichter Vorwurf?, überlegte Yara.

»Es hat nichts mit uns zu tun«, sagte sie. »Ich vermute, es liegt an der Strahlung, der ich jeden Tag an der Oberfläche ausgesetzt bin. Selbst mein Anzug kann mich nicht dauerhaft davor schützen.«

Marlin warf ihr einen Seitenblick zu, als würde er ihr tatsächlich die Schuld an dieser Misere geben. »Seit wann weißt du überhaupt, dass du schwanger bist?«

»Schon seit einigen Wochen«, gestand Yara kleinlaut. »Mein Urin-Scan hat es eines Morgens festgestellt. Inzwischen müsste ich im vierten Monat sein.«

»Warum hast du mir nie was davon erzählt?«

»Weil ich die ganze Zeit über gehofft habe, dass wir endlich diese verfluchte Genehmigung erhalten. Ohne sie hättest du dir nur unnötig Sorgen gemacht. Und außerdem habe ich auf einen passenden Moment gewartet, um dich mit der Nachricht zu überraschen.«

»Das ist dir durchaus gelungen.«

Yara forschte in Marlins Gesicht. »Bist du wütend?«

»Ja ... nein ... ich weiß auch nicht.« Marlin schüttelte frustriert den Kopf. »Warum musste dieses Schicksal ausgerechnet uns treffen? Wir haben in den letzten Jahren so hart gearbeitet, um uns ein ordentliches Leben aufzubauen. Aber jetzt ist alles aus. *Einfach alles!*«

»Noch ist nichts verloren.«

»Mach die Augen auf, Yara! Glaubst du ernsthaft, wir können nach Hause gehen und hoffen, dass morgen die Welt wieder in Ordnung ist? Das *System* wird uns mit allem jagen, was es mobilisieren kann.« Marlin sah sich in seiner Befürchtung sogleich bestätigt, als eine Drohne über ihnen durch die Luft kreiste. Eigentlich diente sie nur der Verkehrsüberwachung, aber das *System* sah durch ihre Kameras auch alles, was illegal war. Oder sich verstecken wollte.

274

»Es hat Angst«, flüsterte Yara auf einmal.

Marlin runzelte ungläubig die Stirn. »Angst? Das *System*?«

»Es fürchtet sich vor den Z-Kindern.« Yara sah verträumt auf ihren Bauch hinab. »Sie sind ein Wunder der Natur.«

»Ich verstehe nicht.«

»Angeblich können die Z-Kinder an der Oberfläche leben. Ohne Anzug und Atemmaske. So wie es unsere Vorfahren getan haben.« Yara nickte zu dem künstlichen Himmel hinauf, der eigentlich zu ihrem Schutz diente, der aber insgeheim zu einem Kerker geworden war. »Das *System* will diese neue Generation ausrotten, weil es sonst seine Macht über die Menschen verlieren würde. Es ist völlig außer Kontrolle geraten und hält sich für einen Gott, der mit uns ein perfides Spiel treiben kann.«

Marlin hätte ihr sicherlich auch in diesem Punkt widersprochen.

Eine Sirene kam ihm jedoch zuvor.

Sie heulte irgendwo hinter ihnen auf. Begleitet von einem grellen Blaulicht, das wie ein Gewitter über die Autos blitzte.

»Auch das noch«, fluchte Marlin. Er spähte nervös in den Außenspiegel.

Yara drehte sich zur Heckscheibe um und entdeckte genau das, was sie befürchtet hatte: Hinter ihnen rasten drei Polizeiautos über die Straße. Mit ihrer schlanken, aerodynamischen Form wirkten sie eher wie Motorräder, sodass sie sich ungehindert durch den Verkehr schlängeln konnten.

»Sie haben uns gefunden«, stellte Marlin fest. »Ich habe es dir gleich gesagt, dass wir nicht vor dem *System* fliehen können.«

»Wir müssen es. Irgendwie«, appellierte Yara an ihn.

»Das wäre Wahnsinn«, urteilte Marlin. »Wir müssen aufgeben.«

»Wenn wir das machen, ist unser Kind tot, bevor es überhaupt geboren wird. Also sieh zu, dass du unsere Verfolger abschüttelst!« Yara wartete erst gar nicht, bis Marlin reagierte. Sie streckte spontan ihr linkes Bein zu ihm hinüber und trat selbst auf das Gaspedal. Eigentlich hätte das Auto sofort noch mehr beschleunigen müssen, aber in Wahrheit machte es bloß einen kläglichen Hüpfer nach vorn und sackte dann wie ein Stein zu Boden. Es schleifte noch zehn, fünfzehn Meter über den Straßenbelag und erzeugte dabei ein widerliches Quietschen, ehe es zum Stillstand kam.

So wie alle anderen Fahrzeuge ringsum. Sie knallten ebenfalls auf den Asphalt, schlitterten unkontrolliert durch die Gegend und blieben schließlich in einem heillosen Chaos mitten auf der Straße liegen.

»Was ist passiert?«, wunderte sich Marlin.

»Die Polizei hat das Antigravitationsfeld abgeschaltet«, erkannte Yara. »Los, raus hier! Wir müssen zu Fuß weiter.«

Sie ging mit gutem Beispiel voran und schwang sich ins Freie. Marlin fluchte etwas hinter ihr, aber letztlich kletterte auch er aus dem Auto. Zusammen rannten die beiden los, im Slalom zwischen den havarierten Fahrzeugen hindurch.

Die Polizeiautos kamen hinter ihnen unaufhaltsam näher. Was daran lag, dass sie ihr eigenes Antigravitationsfeld erzeugen konnten. Zwei von ihnen umrundeten gerade mehrere Fahrzeuge; das dritte schanzte hoch in die Luft und segelte ein gewaltiges Stück auf Yara und Marlin zu, ehe es knapp hinter ihnen auf der Straße landete. Es hätte sie einfach niedergewalzt, wenn die beiden nicht instinktiv nach rechts ausgewichen wären.

»Da rüber!« Yara zerrte Marlin auf den Straßenrand zu. »Wir müssen springen.«

»Springen?«, keuchte Marlin. »Wir können nicht ...«

»Es ist die einzige Möglichkeit, zu entkommen.«

»Ja, und eine todsichere Methode zu sterben.«

»Vertrau mir. Uns wird nichts passieren«, versprach Yara ihm.

Einen Augenblick später flog sie mit Marlin über die Leitplanke. Dahinter wartete ein zweihundert Meter tiefer Abgrund auf sie – der reinste Selbstmord! Yara schloss einfach die Augen und hoffte das Beste, während sie (mal wieder) in die Tiefe stürzte. Auf den ersten dreißig Metern passierte rein gar nichts. Ebenso wenig nach fünfzig. Und nach hundert Metern musste Yara befürchten, dass sie sich geirrt hatte und jetzt wirklich sterben würde.

Aber dann geschah es.

Neben ihr gab es ein hohles *Plopp!* an einem Metallmast, als wäre eine Konfettikanone abgefeuert worden. Nahezu gleichzeitig schnürte sich ein Fangnetz um Yara und Marlin zusammen, das an einem armdicken Gummiseil befestigt war.

277

Es bremste die beiden rapide ab, sodass sie sanft auf dem Boden von Antropolis landeten und in einem Gewirr aus Armen, Beinen und zerzausten Haaren liegenblieben.

»Bist du jetzt völlig übergeschnappt?«, zürnte Marlin. Er wühlte sich linkisch aus dem Netz hervor und torkelte auf seinen wackeligen Beinen umher, als wäre er seekrank geworden.

»Reg dich ab. Ich habe damit gerechnet, dass die Sicherungsanlage uns rettet.« Yara winkte zu dem Metallmast hinauf, an dem tatsächlich eine Art Kanone montiert war; mit einem Trommellauf sowie zahllosen Netzen, die dort für den Notfall bereitstanden. »Eigentlich soll die Anlage all jene Autos abfangen, die von der Straße rutschen. Aber wie du siehst, funktioniert sie auch bei Menschen.« Yara lächelte verschmitzt.

Marlin konnte ihre gute Laune nicht teilen, sondern starrte sie nur verärgert an. »Du hast damit *gerechnet?*«

Ein Sirenenlärm hinderte Yara daran, ihm zu antworten.

Über ihnen stoppten die Polizeiautos soeben am Straßenrand. Ihre Türen flogen auf und sechs Beamte eilten an die Leitplanke heran, um einen Blick in die Tiefe zu werfen.

Yara und Marlin versteckten sich unter einem naheliegenden Baum. Von dort aus beobachteten sie die Polizisten dabei, wie sie durch die Gegend schwärmten, Ausschau hielten, fieberhaft miteinander diskutierten. Einer von ihnen zückte auch ein Funkgerät; wohl um Verstärkung zu rufen oder die Drohnen auf die Suche nach den Flüchtigen zu schicken.

»Unsere Lage wird immer prekärer«, erkannte Marlin.

»Dann sollten wir Antropolis verlassen und nach Olympos übersiedeln«, schlug Yara vor. »Ich habe gehört, dass das *System* in unserer Nachbarstadt weit weniger streng ist.«

»Wir können nicht nach Olympos«, erklärte Marlin. »Nicht ohne unsere ID-Karten, die zuhause liegen. Und schon gar nicht ohne eine Genehmigung, die uns die Ausreise erlaubt.«

»Nun, dann werden wir uns die erforderlichen Papiere eben besorgen.«

»Wie denn?«, stutzte Marlin. Gleichzeitig traf ihn die Erkenntnis wie ein Axthieb, sodass er merklich zusammenzuckte. »Warte mal! Willst du etwa ...?«

Yara sah ihn verschlagen an. »Ja, genau das habe ich vor.«

Phase 5

Sektor 17 wucherte wie ein bösartiges Geschwür am äußersten Rand von Antropolis. Früher hatten hier Tagelöhner gewohnt, die sich buchstäblich zu Tode schuften mussten, um diese Stadt zu errichten. Heute war aus Sektor 17 ein reines Elendsviertel voller Gewalt und Verruchtheit geworden, in dem selbst das *System* jeglichen Einfluss verloren hatte. Und deshalb war Sektor 17 der einzige Ort, an dem man nicht ständig überwacht wurde. Aber leider war er auch ein Ort, an dem man auf hundert verschiedene Arten sein Leben verlieren konnte, wenn man nicht aufpasste.

Yara war noch nie in Sektor 17 gewesen, und selbst jetzt sträubte sich in ihr alles dagegen, einen Fuß in dieses Sodom und Gomorra zu setzen. Aber es ließ sich nun mal nicht vermeiden. Weil es nur hier eine Rettung für sie gab. *Hoffentlich.*

Marlin erging es ähnlich. Er hatte zigmal versucht, Yara von diesem idiotischen Plan abzubringen, und er wurde auch jetzt nicht müde darin, sich gegen jeden einzelnen Schritt zu wehren, mit dem sie sich durch diesen Sündenpfuhl bewegten. Doch Yara blieb hartnäckig und lotste ihn von einer zwielichtigen Gasse in die nächste, obwohl sie absolut keine Ahnung hatte, wohin sie gehen musste. Oder wonach genau sie suchte.

Dabei gab es in Sektor 17 alles, was im Rest von Antropolis streng verboten war. An jeder Ecke befand sich eine Kaschemme, aus der es nach Alkohol und Drogen roch. Darüber pulsierten die Fenster der Bordelle in einem lasterhaften Rot oder luden Reklameschilder zum illegalen Glücksspiel in den Casinos ein. Und auf den Gassen tummelten sich tausende Gestalten, die Waffen feilboten oder schamlos die Besucher ausraubten.

Yara klammerte sich an Marlin, um bei ihm Schutz zu suchen. Auch wenn er sie im Ernstfall gar nicht beschützen konnte. In der ersten Stunde irrten sie nur ziellos durch dieses Labyrinth; mal nach links und mal nach rechts, aber meistens einfach im Kreis. Je tiefer sie in Sektor 17 eindrangen, desto schmutziger wurden die Straßen, die Fassaden und irgendwie auch die Moral. Jeder in diesem Viertel kämpfte ums nackte Überleben, und die Luft vibrierte von zahllosen Hilfeschreien oder dem tollwütigen Knurren irgendwelcher Männer, die in den Häusern wie Tiere wüteten.

»Klingt, als wären wir hier genau richtig«, fand Yara.

»Es klingt vielmehr, als würden wir gleich mächtig Ärger bekommen«, verbesserte Marlin sie. Er sah sich scheu nach allen Seiten um. »Wir dürfen uns in diesem Bereich nicht lange aufhalten. Ich fühle mich beobachtet, verfolgt. Also, wohin müssen wir?«

»Warte, das haben wir gleich.« Yara löste sich von Marlin und trat auf die erstbeste Frau zu, die ihr begegnete. »Entschuldigen Sie bitte«, begann Yara. »Können Sie mir sagen, wo wir ...«

»Verpiss dich!«, zischte die Frau.

Yara fühlte sich wie geohrfeigt und blinzelte ihr verstört hinterher. Das konnte sie allerdings nicht daran hindern, sofort die nächsten Passanten anzusprechen. Mit demselben frustrierenden Ergebnis. Yara fing sich noch mehr wüste Beschimpfungen ein und kassierte so manchen feindseligen Blick, der tatsächlich schon fast ein mörderisches Karat hatte. Aber niemand wollte ihr eine Auskunft geben.

»Das hat keinen Zweck«, erkannte Marlin irgendwann. »Lass uns gehen.«

»Wir können nicht gehen«, sagte Yara störrisch. »Da draußen in der Stadt gibt es keinen Platz mehr, der sicher für uns ist.«

»Sektor 17 ist es noch viel weniger.« Marlin unterband jeden weiteren Protest, indem er seine Hand unter Yaras Achsel hakte und sich mit ihr umdrehte.

Die beiden stoppten jedoch abrupt.

Vor ihnen stand ein Mann.

Er trug einen schwarzen Mantel, mit dem er in dem Schummerlicht nahezu unsichtbar wirkte, und hatte sich noch dazu eine Kapuze über den Kopf geschlagen. Unter dem Saum starrte ein leichenblasses Gesicht mit schwefelgelben Augen hervor.

»Ihr solltet zu Ramirez gehen«, sagte der Fremde.

»Was meinen Sie?«, erkundigte sich Marlin. »Wer sind Sie überhaupt?«

Der Fremde ignorierte seine letzte Frage, weil Namen in Sektor 17 nur bedeutungslose Anhängsel waren. »Wenn ihr eine neue Identität haben wollt, müsst ihr zu Ramirez.« Er deutete mit der Kinnspitze nach rechts auf eine enge Seitengasse.

Yara und Marlin wandten sich in die besagte Richtung.

»Woher wissen Sie, dass wir eine neue Identität ...?« Marlin brach ab, als er zurück zu dem Fremden sah. Denn der Mann war verschwunden. Einfach so. Wie ein Hologramm, das man abgeschaltet hatte.

»Wo ist er hin?«, stutzte Marlin.

Yara schüttelte ahnungslos den Kopf.

Sie beschäftigte sich jedoch nicht weiter mit dem Fremden, sondern wagte sich zusammen mit Marlin in die Gasse. Es war beklemmend eng hier drin und so finster, dass sich Yara und Marlin stellenweise mit den Fingern vorantasten mussten, um gegen kein Hindernis zu stoßen. Die Gasse windete sich unterdessen im Zickzack zwischen mehreren Häusern hindurch, ehe sie vor einer Stahltür endete. An ihr gab es weder einen Knauf noch eine Klingel, aber dafür eine Kamera, die Yara und Marlin ausgiebig durchleuchtete. Offenbar bestanden die beiden diese Prüfung, denn die Tür glitt wenig später zur Seite und gewährte ihnen freien Zutritt.

Zaghaft traten Yara und Marlin über die Schwelle.

Hinter der Tür erwartete sie ein Raum, der Labor und Drogenküche in einem war. Ein grünes Licht waberte aus mehreren Deckenlampen und spiegelte sich auf allerlei Apparaturen und Glasbehältern wider, die in mehreren Regalen standen. Die meisten davon waren mit irgendwelchen Chemikalien und synthetischen Flüssigkeiten gefüllt. In einigen Behältern schwammen jedoch auch Augen oder Fingerkuppen.

Ersatzteile, dämmerte es Yara mit einem Schaudern.

Gegenüber dem Eingang spannte sich eine Theke quer durch den Raum. Sie war mit einer Panzerglasscheibe gesichert. Dahinter saß ein Mann. Er hatte einige Modifikationen an sich vorgenommen; war halb Mensch, halb Androide. Seine linke Schädelhälfte bestand aus Platinen und Bioports, von denen mehrere Kabel zu einem Computer führten, und seine Augen lagen unter einem silbernen Visier verborgen. Trotzdem spürten Yara und Marlin sofort den wachsamen Blick des Mannes. Ein Blick, der ihnen vom ersten Moment an zu verstehen gab, dass sie hier zwar geduldet aber keineswegs willkommen waren.

Yara ging mit Marlin auf die Theke zu und räusperte sich dezent. »Sind Sie Ramirez?«, erkundigte sie sich.

»Manchmal. Sofern ich nicht unter diesem Namen von der Polizei gesucht werde.« Der Mann wiegte den Kopf und musterte eingehend seine beiden Besucher. »Und ihr seid wohl auch auf der Suche nach einem neuen Namen, was?«

Marlin leckte sich nervös über die Lippen. »Wir benötigen neue Pässe, ja«, raunte er über die Theke.

»Du kannst hier offen und frei reden«, sagte Ramirez. Er winkte durch den Raum. »Hier in meinem Studio hört uns das *System* bestimmt nicht zu.«

Marlin blieb dennoch vorsichtig. »Können Sie uns helfen?«, flüsterte er weiter. »Wir müssen schnellstens aus der Stadt verschwinden, weil ...«

»Keine Details!«, schnitt Ramirez ihm durchs Wort. »Mich interessiert nicht, was ihr ausgefressen habt. Ich will nur wissen, ob ihr mich bezahlen könnt.«

»Was kosten zwei neue ID-Karten denn?«, erkundigte sich Marlin.

»Und eine Ausreisegenehmigung nach Olympos«, fügte Yara hinzu.

»Alles, was ihr besitzt«, erklärte Ramirez.

Marlin schnappte entrüstet nach Luft. *Alles? Sind Sie verrückt?*, wollte er protestieren.

Yara stoppte ihn jedoch mit einer strengen Geste, bevor er den ersten Ton von sich geben konnte. »Welche Garantie haben wir, dass die Karten echt aussehen?«, wollte sie wissen.

»Na hör mal!«, antwortete Ramirez pikiert. »Niemand täuscht das *System* besser als ich. Meine Arbeit ist absolut perfekt, das kann ich euch versichern. Was ist nun?« Er lehnte sich ungeduldig bis zu der Scheibe vor. »Sind wir im Geschäft?«

Yara seufzte matt. »Wir haben ja keine andere Wahl.«

Ramirez bleckte die Lippen zu einem heimtückischen Lächeln und entblößte dabei Zähne, die ebenso silbrig glänzten wie sein Visier. »Sehr gut. Ihr werdet eure Entscheidung nicht bereuen.«

Plötzlich gab es neben Yara und Marlin ein Zischen, und an der Wand öffnete sich eine weitere Tür. Dahinter kam ein Stuhl zum Vorschein, der an ein Foltergerät erinnerte – mit Metallfesseln und etlichen Werkzeugen, die an Greifarmen befestigt waren. An einem davon hing ein Bohrer, an einem anderen gab es gleich mehrere Skalpelle. Und irgendwo rechts unten entdeckte Yara etwas, das einer Kreissäge glich. Sie schielte bei dem Anblick unwillkürlich zu den Ersatzteilen in den Glasbehältern hinüber ... und ahnte Schreckliches.

»Nehmt Platz!«, wies Ramirez seine Besucher an. »Ich werde einen operativen Eingriff vornehmen müssen, um euch neu zu codieren.«

Phase 6

Drei Stunden später hatten Yara und Marlin es überstanden. Zumindest was die Prozedur in Ramirez' Studio betraf. Im Nachhinein konnte Yara es nicht im Einzelnen aufzählen, was dieser Spinner alles mit ihnen getan hatte. Denn leider genügte es nicht, nur zwei neue ID-Karten auszustellen. Wer Antropolis verlassen wollte, musste beim Zoll eine DNA-Probe abgeben – und darum hatte Ramirez ihnen allerlei Substanzen gespritzt und mit einem Laser die Iris in ihren Augen verändert. Nichts davon war lebensbedrohlich gewesen, aber doch so schmerzhaft, dass Yara sich zweimal übergeben und einmal sogar kurz das Bewusstsein verloren hatte.

Nun mussten Yara und Marlin bloß noch warten, bis Ramirez die ID-Karten für sie angefertigt hätte. Sie saßen dazu in einer Eckkneipe, irgendwo in Sektor 17. Umgeben von zahlreichen Frauen und Männern, die ungeniert ihre Drogen konsumierten oder sich ins Koma tranken. Aus einem Lautsprecher dröhnte eine Elektromusik, und die Lampen fluteten den gesamten Raum mit einem grellen Neonlicht.

Yara ließ sich von alledem nicht stören und träumte durch die verschmutzte Glasscheibe hinaus. In der Ferne waren die Wolkenkratzer von Antropolis zu sehen. Sie strahlten im künstlichen Sonnenuntergang wie gelbe und rote Gletscher.

»Glaubst du, Ramirez hält sein Wort?«, fragte sie.

»Ich will es hoffen.« Marlin nahm einen Schluck von seinem Cocktail, als müsste er sich damit den Frust die Kehle hinunterspülen. »Wir haben ihm bis auf fünfzig Units alles gegeben, was wir besaßen. Und wenn er uns betrügt, können wir ihn wohl kaum verklagen.«

»Sieh es mal von der guten Seite: Das *System* hätte demnächst wohl unsere Konten gesperrt und unsere ganzen Ersparnisse konfisziert. So haben wir sie wenigstens noch sinnvoll eingesetzt.«

»Soll mich das jetzt aufmuntern?«, murrte Marlin.

Yara verkniff sich jedes Wort dazu, um keinen Streit aufkommen zu lassen. »Hast du Angst?«, fragte sie stattdessen.

Marlin dachte kurz darüber nach. »Nein, ich habe keine Angst. Ich bedaure es nur, dass wir hier alles aufgeben müssen. Antropolis ist trotz allem unsere Heimat. Wer kann schon wissen, was uns in Olympos erwartet?«

»Betrachte es als neue Chance für unsere Familie.« Yara tastete nach Marlins Hand und legte sie auf ihren Unterbauch, damit er zum ersten Mal ihr kleines Glück darin spüren konnte. »Wir werden alles zusammen schaffen, wenn wir nur fest an unsere Träume glauben. Findest du nicht auch?«

»Natürlich«, stimmte Marlin ihr zu.

»Du wirst stolz auf unsere Tochter sein, das verspreche ich dir.«

»Woher weißt du, dass es ein Mädchen wird?«

Yara zuckte die Achseln. »Ich fühle es. Vielleicht sollten wir sie *Hope* nennen. Ein passender Name, wie ich finde – in Anbetracht dessen, wie wertvoll sie für die Menschen sein wird. Ihre Kinder werden eines Tages wieder unter der echten Sonne aufwachsen, durch die Landschaft toben, diesen Planeten neu besiedeln. Und irgendwann wird das *System* bloß noch ein finsteres Kapitel in der Geschichte sein.«

Marlin ließ sich einen Moment lang von dieser Vorstellung berieseln. Ein Lächeln huschte über seine Lippen. »Ja, das wäre fast zu schön, um wahr zu sein.« Er straffte sich und blickte auf seine Armbanduhr. »Es wird Zeit. Die Stunde ist um.«

Yara wollte sich aus ihrem Stuhl schwingen, aber Marlin drückte sie sanft zurück.

»Lass mich allein zu Ramirez gehen«, bot er ihr an, während er sich selbst erhob. »Es wäre zu gefährlich, wenn du dich noch mal in dieses dunkle Viertel begeben würdest. Hier in der Kneipe bist du sicherer.« Er beugte sich vor und küsste Yara.

Sie wollte etwas erwidern; wollte Marlin sagen, dass sie ihn liebte und er auf sich aufpassen sollte. Aber bis dahin hatte er sich bereits von ihr gelöst und war hinaus auf die Straße getreten. Yara entdeckte ihn noch einmal kurz hinter der Fensterscheibe. Dann tauchte er zwischen den Passanten unter und verschwand.

Zehn Minuten.

Zwanzig.

Schließlich über vierzig.

Anfangs übte sich Yara in Geduld und glaubte fest daran, dass Marlin jeden Moment zurückkommen würde. Aber als er nach einer Stunde noch immer nirgendwo zu sehen war, begann sie sich ernsthaft Sorgen zu machen. *Komm schon! Wo steckst du?*, fieberte sie. Ihr Blick hastete ruhelos über alle Gesichter, die an ihr vorbeizogen. *Jetzt komm schon, bitte!*

Aber Marlin kam nicht.

Vielleicht weil er überfallen worden war. Weil er tot in der Gasse lag. Weil Ramirez ihn hintergangen hatte. Vielleicht kam Marlin aber auch deshalb nicht, weil er ...

Oh nein! Yara wurde es plötzlich eiskalt, als sich ein furchtbarer Verdacht in ihr anbahnte. *Nein! NEIN! Bitte, tu mir das nicht an!*

Sie federte von ihrem Stuhl hoch, stürzte hinaus auf die Straße und drehte sich dort einmal im Kreis, um Ausschau zu halten. Es blieb dabei: Marlin war fort.

Nein, verdammt!

Spätestens hier wurde Yaras Verdacht zur Gewissheit. Denn Marlin war offensichtlich mit den ID-Karten geflohen, hatte seine Frau zurückgelassen. Und nun war Yara völlig allein. Hier in Sektor 17. Ohne Geld, ohne Schutz, ohne Möglichkeit, jemals aus Antropolis fliehen zu können. Ein Gefühl, das sich wie ein Stahlkorsett um sie zusammenschnürte und sie zu ersticken drohte.

In ihrer Verzweiflung wollte Yara schon selbst zu Ramirez laufen, aber im gleichen Moment ertönte hinter ihr eine vertraute Stimme.

»Yara!«

Sie drehte sich um – und seufzte erleichtert.

Marlin stand nur wenige Meter von ihr entfernt. Er lächelte und hielt seine rechte Hand in der Hosentasche vergraben; wohl um die ID-Karten darin zu schützen.

Für Yara gab es kein Halten mehr. Sie fiel ihm so überschwänglich um den Hals, dass Marlin unter ihrem Aufprall wankte, und schluchzte ein paar Tränen in seine Brust. »Du bist endlich da. Ich ... ich dachte schon ...«

Marlin streichelte ihr über das Haar. »Was dachtest du?«

»Nichts, vergiss es.« Yara schniefte noch zweimal, ehe sie sich wieder beruhigte. Danach sah sie erwartungsvoll zu ihrem Mann auf. »Hast du die Karten bekommen?«

»Besser«, erklärte Marlin. »Ich habe eine Lösung für unser Problem gefunden.«

Er wandte den Kopf zur Seite.

Wie auf Kommando traten von rechts ein Dutzend Polizisten aus einer Gasse hervor. Jeder von ihnen trug einen blauen Schutzpanzer sowie einen Helm mit getöntem Visier, und hielt noch dazu ein Sturmgewehr in der Hand. Nicht nur Yara war darüber maßlos schockiert. Auch die übrigen Passanten wichen fluchtartig beiseite, schrien auf oder verkrochen sich in alle Schlupflöcher in der Nähe. Dadurch hatten es die Polizisten umso leichter, Yara und Marlin einzukreisen.

Zuerst begriff Yara nicht, was hier gespielt wurde.

Aber dann sah sie zu Marlin zurück; sah die Verlogenheit in seinem Gesicht. Und sie verstand. Ja, sie verstand es so gut, dass sich ihr Magen in eine Säuregrube verwandelte und sie erschüttert nach hinten wankte. »Was hast du getan?«, keuchte sie.

»Meine Pflicht erfüllt«, sagte Marlin nüchtern.

»Deine einzige Pflicht als Ehemann und Vater wäre es gewesen, unsere Familie zu schützen!«, empörte sich Yara. Sie war traurig und wütend zugleich. Aber mehr als das fühlte sie sich betrogen. Von dem einzigen Menschen, den sie je geliebt hatte.

»Niemand darf sich dem *System* widersetzen«, erklärte Marlin. »Es hat sich immer bestens um mich gekümmert, mir einen Beruf und ein sicheres Zuhause gegeben. Und außerdem will ich mit dem Ding in deinem Bauch nichts zu tun haben.« Er machte einen Schritt rückwärts, um sich von Yara zu distanzieren. »Das *System* hat mir Straffreiheit versprochen, wenn ich dich ausliefere. Es wird mir schon bald eine neue Ehefrau zuteilen, mit der ich mich fortpflanzen darf. Um *gesunde* Kinder zu bekommen.«

»Nur mal zur Info: Das Ding – wie du es nennst – ist deine Tochter!«, verdeutlichte Yara ihm.

»Es wird niemals geboren werden. Sonst würde es uns alle gefährden«, sagte Marlin ungerührt.

»*Du dreckiger Verräter!*«, kreischte Yara. Sie riss ihre Hände nach oben und warf sich auf Marlin zu, doch kurz bevor sie ihn erreichen konnte, wurde sie von einem Polizisten zu Boden gestoßen. Sie schlug hart auf die Schulter und wollte sich sogleich wieder hochstemmen, aber der Polizist drückte sie gewaltsam nieder.

»Wie konntest du mir das antun?«, heulte Yara. »Ich bin deine Frau ... wir lieben uns ... Wir hätten in Olympos glücklich werden können!«

Marlin sah ungerührt auf sie herab, als würde er sie gar nicht mehr kennen.

Was Yara noch wütender machte. »Du hast gerade unsere Familie zerstört, ist dir das klar?«, brüllte sie hasserfüllt.

Die Polizisten zerrten sie zurück auf die Füße. Zwei Beamte packten sie links und rechts am Oberarm, dann wurde Yara auch schon abgeführt.

Marlin verschwendete keinen Blick mehr für sie. Und erst recht keinen Gedanken. Er atmete lediglich einmal tief durch, als wäre er von einer unendlich schweren Last befreit worden.

»Danke, dass Sie uns gerufen haben«, lobte ein Polizist ihn. »Unsere Stadt ist Ihnen zu großem Dank verpflichtet.«

»Ich habe es zum Wohle des *Systems* getan«, gab Marlin bescheiden zurück. Er wies mit dem Daumen über seine Schulter, die Straße hinunter. »Denken Sie daran, auch Ramirez zu verhaften. Sonst wird er noch mehr Abtrünnigen zur Flucht verhelfen ...«

Phase 7

Yara konnte es nicht fassen. Sie war seit zwölf Jahren mit Marlin zusammen. Das *System* hatte ihn als geeigneten Partner für sie ausgewählt, und Yara hatte diese Entscheidung bislang nie infrage gestellt. Stattdessen hatte sie Marlin mit Herz und Seele angenommen, ihn geheiratet, ihren Alltag mit ihm bestritten. Und bis gerade eben war Yara auch überzeugt davon gewesen, dass sie beide sich liebten. Doch nun musste sie erkennen, dass ihr halbes Leben eine bittere Lüge war. *Wie konnte ich mich bloß so in Marlin täuschen?*, warf sie sich vor.

Ein kurzer Schmerz zuckte durch ihren Unterbauch.

Yara legte routiniert ihre Hand darauf. *Bleib ruhig*, beschwor sie ihr Kind wieder. *Dein Papa hat uns verraten. Aber Mama ist noch hier und wird dich beschützen.*

Auch das war natürlich eine Lüge.

In spätestens fünfzehn Minuten würde Yara auf eine Krankenliege geschnallt werden. In zwanzig Minuten würde man ihr Kind mit einer Injektion töten. Und wenige Sekunden später würde auch Yara sterben, weil sie gegen das *System* rebelliert hatte.

Ob das Gift wehtun wird?

Yaras Herz begann zu klopfen, und aus dem Schmerz in ihrem Unterleib wurde wieder ein quälender Krampf. Um sich abzulenken, hob sie den Blick. Sie kauerte auf dem Rücksitz eines Polizeiautos. Vor ihr saß ein einzelner Beamter hinter dem Steuer und chauffierte seine todgeweihte Fracht zurück nach Sektor 4.

Das Krankenhaus war bereits in Sichtweite.

Der Polizist lenkte seinen Dienstwagen auf den Eingang zu ... und fuhr daran vorbei.

Yara wandte verdutzt den Kopf und erkannte gerade noch, wie das Krankenhaus hinter einer Kurve verschwand. Danach sah sie misstrauisch zu dem Polizisten zurück, aber sie konnte aufgrund des Helms nicht ergründen, welche düsteren Absichten sich in seinem Gesicht widerspiegelten.

»Ich will mich ja nicht beschweren, aber hätten Sie eben nicht am Krankenhaus halten müssen?«, stutzte sie.

Der Polizist schwieg sie an und fuhr stoisch weiter. Quer durch die Innenstadt, hinüber zum Westende von Antropolis, wo es allerlei Industrieanlagen gab.

Und das gefiel Yara nicht. *Überhaupt nicht.*

»Wo bringen Sie mich hin?«, forschte sie.

Keine Antwort.

»He, würden Sie gefälligst mal die Klappe aufmachen?« Yara schlug mit der Hand gegen das Trenngitter, das zwischen ihr und den Vordersitzen aufragte.

Doch selbst das konnte den Polizisten nicht beeindrucken. Er setzte seinen Weg konsequent fort, wechselte noch ein paarmal die Straßen und bog zuletzt auf das Gelände einer stillgelegten Fabrik ab. Dort hielt er vor einer großen Halle, stieg aus und sah sich einmal verstohlen um, ehe er die Hintertür des Autos öffnete und Yara ins Freie zog.

»Was soll das?«, beschwerte sie sich.

»Seien Sie ruhig und verhalten Sie sich unauffällig«, ermahnte der Polizist sie. »Dieses Gebiet wird von Drohnen überwacht.«

Er hakte seine Hand unter Yaras Achsel und führte sie durch ein offenes Rolltor ins Innere der Halle. Im Laufschritt schlüpfte er zwischen mehreren Maschinen hindurch, bis er schließlich vor der Tür eines alten Fahrstuhls stoppte. Das Tastenfeld war noch intakt und blinkte rhythmisch vor sich hin. Der Polizist gab einen Zahlencode ein, worauf sich hinter der Tür hörbar die Kabine in Bewegung setzte. Erst dann widmete er sich wieder Yara.

»Bitte entschuldigen Sie meine Maskerade«, sagte er. »Aber nur so konnte ich Sie gefahrlos hierherschmuggeln.« Nebenbei zog er seinen Helm vom Kopf.

Darunter kam ein Gesicht zum Vorschein, das Yara nicht unbekannt war, obwohl sie es nur einmal flüchtig gesehen hatte. Aber die schwefelgelben Augen verbürgten sich dafür, dass sich Yara keineswegs irrte.

»Sie sind der Mann aus Sektor 17«, dämmerte es ihr. »Sie haben Marlin und mich zu Ramirez geschickt, nicht wahr?«

»Mein Name ist Vaid«, stellte sich der Mann vor. »Seien Sie unbesorgt. Sie sind jetzt mit Ihrem Kind in Sicherheit.«

»Ich verstehe nicht. Was hat das alles hier zu bedeuten?«, wunderte sich Yara.

Vaid ersparte sich eine ausführliche Erklärung, indem er sich einmal kräftig mit dem Jackenärmel über sein Gesicht rieb. Offenbar trug er eine weitere Maske, denn er wischte die leichenblasse Haut an seiner Stirn wie Theaterschminke ab und legte darunter eine zweite frei. Seine *echte* Haut, die in einem ockerfarbenen Ton glänzte.

»Sie sind auch ein Mutant?«, begriff Yara.

»Ich bevorzuge den Begriff *Z-Mensch*«, korrigierte Vaid sie. »Und ich bin wahrlich nicht der Einzige in der Stadt. Es sind noch viele hundert weitere Verbündete hier, die das *System* infiltriert haben. Um all jene zu schützen, die sonst niemals geboren werden würden.« Er warf einen bezeichnenden Blick auf Yaras Bauch. »Seien Sie unbesorgt. Ihr Kind wird leben. Ebenso wie Sie. Es gibt an der Oberfläche eine geheime Stadt namens Genesis, in der alle *Z-Kinder* mit ihren Familien aufwachsen.«

»Woher wissen Sie überhaupt von mir und meinem Kind?«

»Meine Verbündeten überwachen alle Krankenstationen in Antropolis, um die schwangeren Frauen mit den *Z-Kindern* ausfindig zu machen«, sagte Vaid. »So wurden auch Sie von uns aufgespürt. Ich wurde daraufhin losgeschickt, damit ich Sie suche und beschütze.«

Der Fahrstuhl stoppte, und die Tür glitt auf. Die Kabine dahinter wirkte ebenso trostlos wie die gesamte Fabrikhalle, aber auf ihrem Boden lag ein brandneuer Schutzanzug. Zusammen mit einer Atemmaske.

Vaid winkte einladend über die Schwelle.

Es dauerte einen Augenblick, bis Yara genügend Vertrauen gefasst hatte und in die Kabine trat.

»Der Fahrstuhl wird Sie an die Oberfläche bringen. Freunde von mir warten dort bereits auf Sie«, erklärte Vaid. Er lächelte zum Abschied und streckte die Hand nach dem Tastenfeld aus, um den Aufzug loszuschicken.

»Warten Sie!«, hielt Yara ihn zurück. »Was ist mit dem *System*? Wird es keinen Alarm schlagen, wenn ich nicht pünktlich zu meiner Hinrichtung erscheine?«

»Darum wird sich Ramirez kümmern. Er hat sich in den Zentralcomputer gehackt. Offiziell sind Sie bereits seit einigen Minuten tot.«

»Vorausgesetzt, Ramirez wurde nicht verhaftet. Marlin wird ihn sicherlich auch an die Polizei verraten haben.«

»Ramirez weiß sich zu schützen. Und was Marlin angeht ... um den werde ich mich noch kümmern.« Ein wölfisches Lächeln umspielte Vaids Lippen.

Yara schauderte zusammen. »Sie wollen ihn ermorden?«

»Das muss ich nicht«, beruhigte Vaid sie. »In wenigen Tagen wird Ihr Mann zu einem Gesundheitscheck einberufen, damit ihm eine neue Partnerin zugewiesen werden kann. Die Ärzte werden bei ihm eine schwere Verhaltensstörung feststellen und eine Lobotomie durchführen, damit er keine Gefahr darstellt. Zum Wohle des *Systems*.«

Nun war es Yara, die wölfisch lächelte. »Ich weiß gar nicht, wie ich Ihnen danken soll.«

»Indem Sie überleben. Und gut für Ihr Kind sorgen«, sagte Vaid. Er nickte ihr zum Abschied zu, dann betätigte er einen Knopf am Tastenfeld.

Yara hätte ihm noch gern zugewunken, aber die Tür schloss sich viel zu schnell, und der Fahrstuhl glitt rasch in die Höhe. Raus aus Antropolis, fort von Marlin und dem *System*. Hinauf in die Freiheit. Hinauf in eine neue Zukunft, in der Yara ungezwungen leben und lieben durfte. Zusammen mit ihrer Tochter.

»Siehst du, Kleines?« Sie streichelte erneut ihren Bauch. Die Krämpfe darin hatten aufgehört und waren wieder einem ruhigen Herzschlag gewichen. »Jetzt haben wir es endlich überstanden.«

Nachwort und Dank
von Kerstin Imrek

Da wären wir – beim berühmten Nachwort. Während ich es schreibe, denke ich daran, wie alles angefangen hat: mit einem Traum, eine eigene Dystopie-Anthologie zu veröffentlichen. Doch nicht etwa per Ausschreibung auf Instagram. Nein, ich wollte ein gemeinsames Buch mit Autorenfreunden. Mit Menschen, die ich mag und deren Geschichten mich fesseln und berühren.

Überlegen musste ich nicht lange und schnell stand das Team. Es sind leider noch welche abgesprungen, bevor es ernst wurde. Geblieben ist der Kern und es hat so wahnsinnig Spaß gemacht, alles zu koordinieren, zu organisieren und beim Wachsen zuzusehen. Und natürlich auch selbst zu schreiben. Es war auch oft anstrengend, aber es hat sich mehr als gelohnt.

Das Ergebnis dessen, was Anfang 2023 mit einer Idee begonnen hat, hältst du nun in Händen und ich könnte nicht stolzer sein. Danke **Chrissi, Geri, Ilka, Philipp** und **Thomas,** dass ihr mir eure Geschichten anvertraut habt.

Danke auch **Anne Junker** für deine Treue beim Korrektorat/Lektorat. Es war wie schon bei der UTOPIA-Reihe eine Freude, mit dir zu arbeiten. Professionalität und Herzblut perfekt vereint!

Das Cover stammt natürlich (wie bei meiner UTOPIA-Reihe) von **Christiane Cwikla**, die stets das richtige Gespür für die perfekte Atmosphäre und Harmonie hat und mit diesem Motiv alle Geschichten meisterhaft vereint. Mit ihrem Beitrag an der Anthologie feiert sie ihr Autorinnen-Debüt, worüber ich mich ganz besonders freue.

Und weil Support das A und O ist:

Schau dir doch mal die Bücher aller Autor*innen dieser Anthologie an, kauf sie bestenfalls, rede darüber, empfehle sie weiter und schreib Rezensionen. Jedes Feedback ist so unglaublich wichtig und bereichernd für uns. Unterstützen geht so einfach – und bewirkt so viel!

Für Feedback und eine Rezension dieser Anthologie wären wir natürlich auch alle sehr dankbar.